ARENI

Stefan Brijs

Arend

ELDORADO

Eldorado maakt deel uit van Amstel Uitgevers BV
Arend verscheen eerder bij Uitgeverij Atlas

Vierde druk

Omslagontwerp Studio Jan de Boer
Omslagillustratie Corbis
Foto auteur Patrick de Spiegelaere

ISBN 978 90 471 0032 4
NUR 301

www.uitgeverij-eldorado.nl

Inhoud

Uitkomen

I

Arend had nooit geboren mogen worden. Zelf had hij zijn uiterste best gedaan om het niet zover te laten komen. Toen hij nog maar net als embryo vanuit de eileider in de baarmoeder was afgedaald, nam hij het besluit zo hard te groeien dat hij nooit op natuurlijke wijze ter wereld zou kunnen komen. Drie weken na zijn verwekking mat hij reeds zes millimeter, ruim het dubbele van zijn leeftijdgenootjes. Omstreeks die tijd begon zijn moeder te braken, niet alleen 's ochtends na het opstaan, maar zowat elk ogenblik van de dag, vaak zonder dat zij het voelde opkomen. Van genoegen zou Arend zich in de handen hebben gewreven, mochten deze zich toen reeds ontwikkeld hebben. Tot op zijn veertigste dag nam hij zelfs aan dat de uitsteeksels aan weerszijden van zijn bovenlichaam nooit tot handen zouden uitgroeien, maar tot krachtige vleugels die hem ver boven het aardse bestaan moesten voeren. Toen er opeens vlezige lobben ontstonden die zich langzamerhand tot fijne vingers vertakten, was hij zwaar ontgoocheld en nam tegen wil en dank de vorm van een mens aan. Gedurende haar hele verdere zwangerschap moest zijn moeder dan ook bijna dagelijks gal oprispen als straf voor het leven dat zij hem had gegeven.

Voor zij zwanger was, was Anna een tengere vrouw met een fijn gezicht, nauwelijks borsten, een platte buik, smalle heupen. Onder het dragen van Arend zwol zij zienderogen op: haar wangen, haar boezem, haar billen en vooral, vooral haar buik. Na vier maanden leek haar huid reeds te knappen onder de druk van de foetus in haar, die onophoudelijk bleef trappen en stompen. Een echografie wees uit dat Arend toen een lengte van vijfendertig centimeter had bereikt en een gewicht van ongeveer twee kilogram; zijn hartslag zakte niet onder honderd tachtig slagen per minuut. Van die dag af moest Anna het bed houden, waarvandaan zij alleen uitzicht had op de ballon onder haar nachthemd, die zich ademloos met leven bleef vullen.

Horen kon Arend toen al, maar behalve de hartslag van zijn moeder, haar ademhaling en haar gesteun drong geen geluid door de buikwand heen, niet omdat die zo ondoorlatend was – integendeel, via het strak gespannen trommelvel zou het minste geroezemoes zijn oren vlot hebben bereikt –, maar omdat er nauwelijks iets te horen viel in huis. Naar de radio luisterde Anna zelden, de televisie zette ze zo stil dat zijzelf er amper iets van verstond, bang als ze was dat haar ongeboren kind door het vele getier en geschiet nog onrustiger zou worden, en behalve de sociaal werkster die dagelijks over de vloer kwam en met wie ze nauwelijks een woord wisselde, was er niemand die haar eenzame stilte doorbrak.

Toch verveelde Arend zich niet in zijn broeierige biotoop. Het merendeel van de tijd bracht hij door met groeien en het bijbehorende zoeken naar een comfortabele houding in de steeds enger wordende ruimte; de overige uren concentreerde hij zich op de sombere gedachten van zijn moeder of, wanneer ze uiteindelijk in slaap was gesukkeld, begon hij te spelen met de navelstreng, die hij zo lang mogelijk uitrekte en dan als een touw om zijn hals knoopte.

Een half jaar na zijn aankomst in de baarmoeder was Arend fysiek klaar om op de wereld te komen – zijn gestalte was uitgegroeid tot die van een normale pasgeborene – maar in zijn hoofd was er niet één kronkel die eraan dacht om zijn lichaam neerwaarts te drijven. Hij rekte zich zelfs nog eens uit, zodat hij dwars in de buik kwam te liggen, en luisterde tevreden naar het vertrouwde gekerm van zijn moeder.

Van het meisjesfiguur dat Anna tot voor haar zwangerschap had bewaard en dat haar, samen met haar liefelijke gelaatstrekken, het uiterlijk had gegeven van een puber, die ze met haar eenendertig levensjaren allang niet meer was, bleef nu niets meer over. Iemand die haar had gezien zoals ze vroeger was, zou haar in het kwabbige wezen op het bed nooit hebben herkend, zo was ze door Arend toegetakeld. Met nog drie maanden voor de boeg kon ze zonder hulp niet meer uit bed en een verpleegster moest tweemaal per week haar onderlichaam komen wassen, want door de dikte van haar buik was die plaats voor haar onbereikbaar geworden. Geregeld werd ze in die dagen geplaagd door de gedachte een mes te nemen en het gezwel, zoals ze haar ongeboren kind steeds vaker noemde, eigenhandig weg te snijden, maar omdat ze zich het leed welbeschouwd zelf had aangedaan, verbeet ze hardnekkig verder de pijnen.

Een week voor Anna was uitgeteld, werd ze in het ziekenhuis opgenomen. Een laatste onderzoek had uitgewezen dat de vliezen elk ogenblik konden breken, als de buik zelf het tot dan nog hield, nu de foetus zich alsnog met het hoofd naar beneden had gekeerd – een beweging die Anna driedimensionaal had zien gebeuren op het bolstaande filmscherm dat het vel van haar buik was geworden en die pijnen had veroorzaakt heviger dan ooit tevoren. Vanwege de grootte van het kind en de nauwte van haar bekken raadde de gynaecoloog een keizersnede aan, maar de pijn die een natuurlijke bevalling met zich zou meebrengen, wilde Anna er uiteindelijk ook nog wel bijnemen.

Arend zelf had toen al geruime tijd besloten te blijven waar hij zich bevond, zo niet alleen zijn dood nastrevend, maar ook die van zijn moeder, die ten onder zou gaan aan het rottingsproces dat zich na zijn verscheiden in haar buik zou voltrekken. Een paar eeuwen eerder zou het hem ook gelukt zijn om zijn voornemen tot in de dood te verwezenlijken, maar nu, in de tijd waarin de medische kennis levens nodeloos rekte en zelfs haast uit het niets creëerde, was zijn plan gedoemd te falen.

Toen er een week nadat Anna had moeten bevallen nog geen weeën op komst waren en het ernaar uitzag dat het ongeboren kind zou sterven, besloot de arts tot een spoedkeizersnede. Anna werd op haar bed naar de operatiekamer gereden, moeizaam op de tafel getild en onder narcose gebracht. Daardoor zag ze niet hoe het scalpel een kleine insnede in haar gespannen huid maakte en hoe vervolgens, zonder dat de chirurg een volgende beweging maakte, haar gehele buikwand vanzelf verder openspleet tot één grote scheur die, dwars over de onderbuik, van de linkerzij tot aan de rechterzij liep. Haast tegelijkertijd maakte de blaas van de vrijgekomen ruimte gebruik om weer zijn oorspronkelijke positie in te nemen, boven op de in de gapende wond blootliggende buikspieren, die nog steeds strak stonden als tot het uiterste uitgerekt elastiek. In allerijl maakte de chirurg de blaas van de buik los, plaatste het scalpel diep in de wond en sneed de spieren in verticale richting door om haast in dezelfde ruk ook de baarmoederwand te openen. Zijn beide handen verdwenen in de opening, die nu het patroon van een kruis vertoonde, voelden het hoofd, de schouders en de armen die, volstrekt onnatuurlijk, zijdelings gestrekt waren, zodat de chirurg ze met veel kracht moest buigen alvorens hij het kind uit zijn hachelijke positie kon bevrijden. De massa die hij te voorschijn haalde, was enorm en zag door het bloed en het slijm heen donkerblauw. Om de hals zat bleekgrijs de navelstreng gewikkeld, die naar onderen toe door twee handjes stevig werd dichtgeknepen. Een assistent sprong bij, bond het wurgtouw af, knipte het door en maakte het los van het lichaam, tegelijkertijd wurmde een verpleegster een slangetje tussen de op elkaar geklemde lippen en zoog de resten slijm en vruchtwater uit het mondje. Maar nog weigerde de baby adem te halen en pas toen de chirurg hem een harde klap op de billen gaf, weerklonk er een zo door merg en been gaande kreet dat het leek of Arend op dat ogenblik niet op de wereld kwam, maar de wereld op hem.

2

Op de dag dat Anna vijftien werd, besloot haar vader zichzelf cadeau te geven en verkrachtte zijn enige kind. Vaak heeft ze daarna op het punt gestaan haar moeder in vertrouwen te nemen, maar wanneer ze dacht aan de gevolgen die haar bekentenis voor haar beide ouders zou hebben, kroop ze mismoedig terug in de huid van het onschuldige meisje dat ze tot haar vijftiende verjaardag was geweest. Een huid die ze trouwens altijd had behouden, want na het vreselijke voorval was haar lichaam gestopt met de ontwikkeling die pas was begonnen: haar borsten zwollen niet meer, haar bekken verbreedde zich niet, haar heupen bleven smal, de beharing onder haar armen en op haar onderbuik brak niet verder door en haar eerste menstruatie kreeg ze pas toen ze negentien was, wat haar bij het zien van het bloed in haar slipje het bewustzijn deed verliezen, alsof ze een kind was dat niet wist wat haar overkwam.

Diezelfde week verloor ze behalve haar eigen bloed ook even plotseling haar moeder – een ader in haar hoofd begaf het. Zich ervan bewust dat ze haar geheim nu nooit meer aan iemand zou vertellen, besliste Anna het verleden voorgoed uit de weg te gaan en verliet, daags na de begrafenis, het huis van haar vader en het dorp van haar jeugd om zich te vestigen in de anonimiteit van de stad. Daar huurde ze van het weinige geld dat ze als caissière in een supermarkt verdiende een kleine flat en vulde de jaren met het bladeren in tijdschriften en met het glijden van de ene televisiesoap in de andere.

Toen ze de ochtend van haar dertigste verjaardag in haar lege flat ontwaakte en, liggend in bed, de balans van haar leven opmaakte, dat al die tijd manloos was gebleven, vond in haar hoofd de zwangerschap plaats die spoedig naar haar buik zou afdalen. Ze was zelfs meteen zo vervuld van het verlangen naar een kind dat op slag haar gevoelens van eenzaamheid, wanhoop en verdriet, die zich jarenlang in haar onvolwassen lichaam hadden opgehoopt en geregeld een uitweg hadden gezocht via een woede-uitbarsting of de traanklieren, verdrongen werden. Nog voor ze was opgestaan, had ze de kinderkamer al vormgegeven – de kleur, de overgordijnen, de tekeningen aan de wand, de meubels en het met een hemel overkapte wiegje – zich de kleertjes voor de geest gehaald, waarvan ze nog diezelfde dag de eerste sokjes zou haken, en de baby zelfs reeds gewassen, gepoederd en van een schone luier voorzien. Toen ze kort daarop naar haar naakte lichaam in de spiegel keek, zag Anna niet meer een meisje van vijftien, maar een vrouw van dertig, die eerst over haar vlakke buik wreef en dan, in profiel, met een beweging van haar armen de ronding van haar toekomstige moederbobbel vorm gaf; een beweging die ze giechelend herhaalde zodra ze haar jurk had aangetrokken en er een dik kussen onder had gestopt, waarna ze zich languit op bed liet neervallen en hardop de namen uitsprak die ze haar dochter kon geven.

Drie dagen later, na het eerste bezoek aan een gynaecoloog, was haar geestdrift enigermate getemperd. Ze had gehoopt bij haar binnen te stappen, uit een hoop staaltjes te kunnen kiezen, zoals in de winkel waar ze pas behang was gaan kopen, en bevrucht weer buiten te komen, maar zo bleek het niet te gaan. Na een uitvoerig gesprek werd van haar ideeën alleen het meest geruststellende bevestigd: er hoefde geen lichamelijk contact met een man aan te pas te komen. Voor de rest had Anna niet, zoals ze vermoedde, de keuze uit blond, bruin of zwart haar, uit blauwe of groene ogen en evenmin kon haar gegarandeerd worden dat ze een meisje zou baren – daarover besliste nog altijd de natuur. Wel kon de gynaecoloog haar verzekeren dat het zaad afkomstig was van een gezonde, blanke man en van een uitstekende kwaliteit zou zijn.

Toen de arts om een gynaecologisch onderzoek verzocht, aarzelde Anna even uit angst dat haar verkrachting alsnog aan het licht zou komen, alsof de nooit geheelde mentale wond ook fysiek zou zijn waar te nemen in de vorm van wild vlees dat zich in en om haar geslacht had verankerd, maar ten slotte gaf ze toch toe aan de luide roep van het kind dat ze wenste. Met tranen in de ogen verbeet ze de herinneringen die tijdens het onderzoek vanuit haar onderbuik naar boven kwamen en meer dan eens wilde ze zich met slagen en schoppen verweren om zo haar indringer, vijftien jaar te laat, uit haar lichaam te weren, maar net als toen onderging ze lijdzaam wat haar overkwam.

In de maanden die volgden nam Anna dagelijks haar temperatuur op, tekende deze nauwkeurig aan op een boven haar bed gehangen grafiek en belde, hunkerend naar de datum van de eerste bevruchtingspoging, haar arts geregeld de evolutie van haar ovulatie door. Ondertussen richtte ze, als wilde ze daarmee de komst van haar baby versnellen, de kinderkamer in en haalde wekelijks een nieuwe voorraad boeken uit de bibliotheek. In titels als *Ons kind*, *Samen groeien* en *Wegwijzer voor aanstaande ouders* merkte ze het terugkerende meervoud wel op, maar tegelijk kwam ze, al bladerend, tot de vaststelling dat de vader welbeschouwd overbodig was. In andere boeken en ook in tijdschriften, die ze in grote hoeveelheden in huis haalde, zocht ze verwoed naar oude wijsheden en allerhande middeltjes die de kans op het baren van een meisje aanzienlijk zouden vergroten, en hoewel ze de ridiculiteit van sommige artikelen inzag, bewaarde ze ze om ze bij een eerstvolgende onweersbui, volle maan of roep van een koekoek boven te halen en haar geluk te beproeven. Ervan overtuigd dat in elk bijgeloof ook wat waarheid verborgen zat, stemde ze alvast al haar aankopen, van luiers tot kruippakjes, af op de komst van een dochter, voor wie ze zelfs al een naam had gekozen nog voor de bevruchting had plaatsgevonden.

De eerste poging, tien weken nadat Anna met haar kinderwens bij de gynaecoloog had aangeklopt, was meteen raak, alsof een en hetzelfde eitje reeds jaren ongeduldig op de loer had gelegen en nu de eerste de beste voorbijganger bij de lurven had gepakt. Hoewel er via een dunne metalen buis driehonderd miljoen mannelijke geslachtscellen in haar vagina waren gebracht – een getal dat haar liet kokhalzen – had na een lange afvalrace slechts een honderdtal exemplaren de eicel bereikt, waarvan er uiteindelijk één uitverkoren werd om tot in de kern ervan te mogen doordringen. Tot vlak voor dat moment kon de verwachting die Anna koesterde niemand schade berokkenen, maar toen ze daarna nog altijd hardop van een dochter bleef dromen, werd het de pas verwekte Arend al gauw duidelijk welke vergissing hij had begaan en begon hij koortsig te zoeken naar een mogelijkheid om het te verwachten leed af te wenden.

3

Toen Anna een uur na Arends geboorte uit haar verdoving ontwaakte, was het eerste wat ze zich herinnerde een door merg en been gaande schreeuw. Mijn kind, dacht ze, en wilde overeind veren, maar kreeg meteen een waarschuwende pijnsteek in haar onderbuik. Met twee handen voelde ze nu aan het gezwel dat maandenlang in haar was gegroeid en merkte door het haar lichaam bedekkende laken en haar nachthemd heen dat het volume van haar buik was afgenomen.

'Hanne,' riep ze opeens. 'Hanne!' En nogmaals, steeds luider, daarbij haar hoofd van links naar rechts zwierend en met haar vuisten aan weerszijden van haar lichaam steeds heviger op de matras slaand. 'Hanne!'

Twee verpleegsters snelden de gang op waar Anna lag, grepen haar polsen en haar hoofd en brachten haar langzamerhand tot bedaren. Haar voorhoofd was nat van het zweet en haar nagels hadden een diepe afdruk nagelaten in de palmen van haar handen.

'Hanne?' vroeg ze toen. 'Waar is Hanne? Ik moet haar zien!'

'We gaan zo naar je kind kijken,' zei een van de verpleegsters. 'Bedaar nu maar. Alles is in orde.'

Met haar voet maakte de verpleegster de rem los van de wieltjes en begon samen met haar collega het bed voort te duwen. Boven Anna rolden de buislampen voorbij, alsof ze met een wagen door een tunnel reed. Ze hielden halt voor een groot raam dat tot aan het plafond reikte en waarin Anna haar dikke, ronde hoofd wazig weerspiegeld zag. Een verpleegster hielp haar omhoog en krikte het hoofdeinde van het bed op, zodat ze rechtop kwam te zitten; de andere verpleegster verdween door een deur in de ruimte achter het raam. Nu zag Anna door het glas hoe een stel fragiele dwergbaby's, omringd door kunstmatige warmte in een ruimbemeten baarmoeder van glas, het leven onzichtbaar opsnoven via een slangetje in de neus; daarnaast, in schril contrast, lag een heftig huilende reuzenbaby die met zijn gehandschoende vuisten tegen de wanden van de couveuse bonkte, waarin hij zich door zijn grootte nauwelijks naar voren of achteren kon bewegen, evenmin naar links of rechts – een volgroeid vogeljong in een ei dat elk ogenblik kon barsten.

De verpleegster in de kamer rolde de couveuse met de wild tekeergaande baby tot vlak voor het raam en wees, stralend glimlachend, van het kind naar Anna, van Anna naar het kind.

'Zes kilo en driehonderd gram en eenenzeventig centimeter, een record in ons ziekenhuis,' zei de verpleegster naast het bed van de moeder, tot wie deze woorden niet doordrongen, zo was zij getroffen door de aanblik van het wezen dat zij had gedragen en dat in niets leek op de baby die ze meer dan negen maanden lang in haar hoofd had vormgegeven. Onder de witte muts verzonken de ogen en de neus met het slangetje in het vet van de wangen, dat trilde van het gekrijs dat, op af en toe een korte adempauze na, onafgebroken uit de mond kwam. De armen hadden elke lengte verloren door hun dikte, zodat de handen rechtstreeks aan de schouders leken vastgemaakt. Op het naakte bovenlichaam waren grote, witte pleisters geplakt die de ronding van de kwabbige borst accentueerden. De buik, waaraan nog een stuk navelstreng hing, afgebonden met een soort wasknijper, bestond uit worstige lagen, waarvan de onderste de bovenrand van de luier afdekte, die het geslacht verborg. De benen vormden één homp vlees – waar het bovenbeen eindigde en het onderbeen begon was niet te onderscheiden en als het kind niet zo heftig trappelde, zou niemand gezien hebben dat het wel degelijk twee verschillende benen bezat. Net boven de linkervoet – een gezwollen vuist –, daar waar zich onder de huid de enkel bevond, zat een strak bandje dat haast dezelfde blauwe kleur had als het lichaam waaraan het was vastgemaakt. Wat erop geschreven stond, kon Anna niet lezen en ook had ze geen idee wat erop zou kunnen staan.

'Weet je al hoe hij gaat heten?' vroeg de verpleegster, alsof ze had gezien waar haar blik was blijven hangen.

Anna draaide het hoofd in de richting vanwaar ze de stem had gehoord en keek in een smal, glimlachend gezicht.

'Of je al een naam voor hem hebt?'

'Hanne,' antwoordde ze, en kwam toen tot het besef dat er iets niet klopte. Ze wendde haar hoofd weer naar het raam en zei, starend naar de jongen die zijn broedkamer aan scherven probeerde te kloppen: 'Ik weet het niet!' En toen, moeizaam: 'Is... hij... gezond?'

'Ja hoor. We houden hem nog een dagje in het oog omdat hij moeilijk op gang kwam, maar zoals je ziet is hij nu vol leven. Morgen mag hij eruit... Wil je nog even blijven kijken?'

Anna schudde langzaam het hoofd, waarop de verpleegster een teken gaf aan haar collega, die de jongen weer naar zijn plaats in de rij voerde, als was hij een verdachte die een stapje naar voren had moeten zetten opdat de getuige hem kon herkennen.

In de kamer waar ze heen werd gebracht, stond de televisie aan. Een jonge, blonde vrouw keek vanuit haar bed toe hoe het bed met Anna moeizaam naar binnen werd gemanoeuvreerd. Hoewel er voldoende ruimte was naast haar, strekte de vrouw haar arm uit naar de met een glazen kap overdekte wieg waarin haar kind sliep, en trok deze naar zich toe. Van het kind zapte ze toen naar haar nieuwe, lijvige buurvrouw en weer naar de televisie, die ze niet stiller zette.

Anna was tijdens de korte rit naar haar kamer ingedommeld, maar werd nu weer wakker. Door een waas voor haar ogen zag ze op het scherm grote vogels vliegen zonder dat ze hun vleugels bewogen. Ze sloot haar ogen opnieuw tot ze werd opgeschrikt door een schreeuw. Een pluizig lichaam was uit een ei gekropen en riep zijn ouders om voedsel; een tweede ei lag dik en rond in het nest van takken te wachten. Toen Anna een volgende keer opkeek, zag ze twee jongen in het nest, waarvan er een haast twee keer zo groot was als de andere, die voortdurend op zijn kop werd getikt door zijn oudere broer. 'Een arendsjong,' klonk de commentaarstem, 'heeft zoveel voedsel nodig dat er nauwelijks wat overblijft voor een tweede jong. Vaak wordt deze dan ook door de eerstgeborene uit het nest gewerkt.' Net als de arendmoeder, die op een tak naast het nest zat, keek Anna gelaten toe hoe het al met enkele veren bedekte jong met afwisselend zijn kop en klauwen het hoopje wol uit zijn nest stootte, dat niet door de wind werd meegevoerd, maar krijsend recht omlaag viel en... In een flits kleurde het beeld zwart en was het geluid verdwenen. Het enige wat nog even hoorbaar was, was het zuchten van de blonde vrouw en het kraken van haar bed, maar dat laatste geluid drong al niet meer tot Anna door, zo snel was ze in een diepe slaap weggezakt.

Even verderop was ook Arend uiteindelijk in slaap gevallen, maar hij lag niet zo roerloos als zijn moeder. Geregeld gingen zijn armen de hoogte in tot tegen het glazen plafond en weken dan uit elkaar om opnieuw afgestopt te worden, deze keer door de zijwanden van de couveuse. Tezelfdertijd trok hij ook zijn benen op en krulde de tenen, waaraan lange nagels groeiden. Zijn lippen bleven geen ogenblik op elkaar zodat het leek of hij onafgebroken zijn jonge publiek verhalen uit de baarmoeder vertelde.

De volgende ochtend sprak zijn moeder voor het eerst zijn naam uit. Haar buurvrouw had net haar baby – Mara, drie kilo en tweehonderd gram, eenenvijftig centimeter – de borst gegeven en weer in haar bedje gelegd, toen zij voorzichtig naar Anna's kind informeerde. Nog half sluimerend vormde Anna het beeld in haar hoofd om tot een naam, zei deze tweemaal hardop en zag hoe daarop de deur openzwaaide en Arend, alsof hij op deze aankondiging had gewacht, de kamer in werd gedragen. Vanaf de arm van een verpleegster knipperde hij, boven de witte doek uit die om zijn lichaam was geslagen, met zijn diepliggende ogen de nieuwe wereld tegemoet. Anna's kamergenote schrok zichtbaar bij het zien van het robuuste kinderhoofd, terwijl de moeder zelf vruchteloos een blik van afschuw probeerde te onderdrukken. De verpleegster daarentegen glunderde en stapte vastberaden op Anna af, die niet wist hoe zij het kind moest vastpakken, of zij het wel wilde vastpakken. Arend werd in het klaarstaande wiegje gelegd, terwijl zijn moeder overeind werd geholpen en een kussen achter de rug kreeg gestopt. Daarna vormde de verpleegster Anna's armen tot een grote kom, haalde de baby uit de wieg en gaf hem aan haar. Even leek het een vertederend moment te worden – de warmte van het kind drong meteen het lichaam van de moeder in, die een moeizame glimlach op haar gezicht liet zien –, toen barstte Arend in een krachtig huilen uit. In paniek keek Anna de verpleegster aan, verloor daarbij haar zoon uit het oog, die meteen van de gelegenheid gebruikmaakte om zich uit de hem omklemmende tentakels te bevrijden en zijn zware lichaam voluit in de onderliggende schoot te werpen. Zelfs zíjn gekrijs moest toen één ogenblik onderdoen voor de pijnkreet die Anna slaakte. De verpleegster snelde toe, pakte Arend beet, maar was te laat om de venijnige trap te voorkomen die hij, net voor hij van het lichaam van zijn moeder af werd genomen, met de hiel van zijn uit de doek bevrijde rechtervoet nog in haar onderbuik gaf, recht op de wond waaruit hij te voorschijn was gehaald.

4

Arend verhief het huilen tot een kunst. Terwijl hij in het ziekenhuis nog lange periodes van betrekkelijke rust had gekend, hield hij zich eenmaal thuis nog hoogstens een paar uur per etmaal stil. De resterende tijd schalde zijn stem door de flat, onophoudelijk, zowel overdag als 's nachts, eerst in velerlei toonaarden, als was hij op zoek naar een schreeuw waarmee hij met een minimum aan inspanning een maximum aan bereik kon verkrijgen, later slechts op één wijs: een hoog trillende, langgerekte kreet afkomstig uit het diepst van de keel, voorbij het strottenhoofd, daar waar de luchtpijp zich vertakte.

Arend was dan ook gezegend met een stel krachtige longen die in de baarmoeder de buitensporige groei van het lichaam op de voet hadden gevolgd en hem zodoende hadden voorbestemd tot solist. Af en toe haalde hij nog eens uit met de helse oerkreet die hij bij zijn geboorte had geslaakt, maar omdat hij voor deze klank zijn stembanden moest pijnigen, bewaarde hij ze voor ogenblikken van hoge nood of extreme angst. Voor de rest voldeed zijn aanhoudende luide klaagzang die makkelijk door een deur drong, evenals door het glas van een raam en zelfs niet voor een bakstenen binnenmuur terugdeinsde.

Zo leerde Anna ook haar buren kennen die in het holst van de nacht Arends roep beantwoordden door op de muur te bonken of aan de deur te bellen. Ze bevond zich dan al lang in de buurt van haar krijsende zoon, maar wat ze ook probeerde, hij was onmogelijk stil te krijgen. Een fopspeen spuwde hij meteen uit, een rammelaar of ander speeltje stootte hij van zich weg en achtergrondmuziek overtrof hij met zijn stem. Hem in de armen nemen hielp niet en evenmin het schommelen of het voortduwen van zijn wieg. Hij huilde als hij op zijn buik lag, op zijn rug, in bed, in bad, op de grond, waar en wanneer dan ook. En als hij uiteindelijk zweeg was het minste gerucht – het kraken van een plank, de kreet van een vogel, een onderdrukte kuch – voldoende om hem weer uren huilplezier te geven.

Het enige ogenblik waarop hij steevast stil was, was wanneer hij zijn fles leegdronk – het geven van de borst had Anna niet eens overwogen. Gulzig zoog hij dan de melk op, wachtte zijn boer af en zette opnieuw een grote bek op, snakkend naar meer voedsel, hoewel hij al het dubbele kreeg van de in de boeken aanbevolen hoeveelheid voor zuigelingen van zijn leeftijd.

Soms meende Anna dat zijn groei hem zo aan het huilen bracht, ging dan weer met hem naar de huisarts, die haar nogmaals geruststelde en wees op de tanden die maanden te vroeg door het weke vlees in zijn mond braken. Maar ook nadat zijn eerste zes tanden hun plaats hadden ingenomen, hield hij zijn oorverdovende concert aan en langzamerhand raakte Anna zo van streek dat ze aan het einde van haar zwangerschapsverlof er nog erger aan toe was dan bij het begin en zich genoodzaakt zag nog onbepaalde tijd ziek thuis te blijven.

Op een ochtend, na een nacht waarin de regen voortdurend tegen de ramen had getikt en Arend weer zonder ophouden had gehuild alsof het de laatste keer was en hij daarom zijn uiterste best moest doen, brak er binnen in Anna iets. Ze kwam uit haar bed, schoof in haar muiltjes, sloeg haar peignoir om het lichaam, opende de deur van haar kamer en liep de met gekrijs gevulde gang op. Voor de deur waarachter Arend zich bevond, aarzelde ze geen seconde, stapte meteen zijn kamer binnen en tilde hem uit zijn bedje. Het schoppen van zijn voeten in haar buik, het trommelen van zijn vuisten op haar borst, Anna voelde het niet. Het enige dat tot haar doordrong was het gehuil dat moest stoppen. Ze draaide zich om en liep van het bedje naar het raam. Terwijl ze haar vier maanden oude zoon met één arm omklemde schoof ze de overgordijnen uit elkaar en opende het raam, waardoor de wind de regen naar binnen blies. Bij het voelen van de natte kou begon Arend nog een octaaf hoger te krijsen. In dit vreselijke aanhoudende schreeuwen vond Anna nog meer reden om haar plan verder uit te voeren en vastberaden zette ze een stap naar voren, greep met twee handen het zware hellekind bij het middel, stak haar armen door het raam naar buiten, daarbij het spartelende lichaam zo houdend dat het met de ogen de diepte onder zich kon peilen. Toen deed Arend niet wat andere baby's in die positie door hun slappe spieren noodgedwongen moesten doen – ongecontroleerd het hoofd en de romp naar beneden laten hangen, net als de willoze beentjes, en al huilend het gevaar proberen af te wenden –, nee, bij het zien van de aarde ver onder zich staakte hij zijn eeuwige geschreeuw, richtte in de plenzende regen zijn romp en hoofd omhoog, rechtte zijn rug, strekte zijn benen en spande zijn armen wijd open, klaar om, zodra zijn moeder hem losliet, weg te zweven en nooit meer terug te keren.

Maar die ene beweging die Anna nog moest doen om

een eind aan de vrucht van haar eigen lichaam te maken – ze hoefde enkel nog haar handen te openen – verkreeg ze niet over haar hart, daarvoor zat er nog te veel moeder in haar. Schuddend met haar hoofd haalde ze uiteindelijk haar trillende armen naar binnen en zag hoe uit het lichaam van haar zoon, onder het doorweekte roze kruippakje, de spanning verdween en hoe hij vervolgens als een baby in elkaar dook.

Twee maanden lang huilde Arend niet meer na dit voorval, zoveel van zijn krachten waren verloren gegaan bij de beweging die hij instinctief had gemaakt. Al die tijd zat hij voortdurend maar wat voor zich uit te kijken, bewoog zijn hoofd nauwelijks en toonde niet de minste emotie. Lijdzaam zag hij toe hoe zijn moeder zijn luier verschoonde – een werkje dat ze altijd met de grootste walging uitvoerde –, hoe ze een druppel melk uit zijn fles op de rug van haar hand liet sijpelen, hoe ze een lepeltje van zijn yoghurt stal, hoe ze met haar elleboog de temperatuur van het badwater controleerde alvorens hem helemaal onder te dompelen of hoe ze hem tevergeefs aan het lachen probeerde te brengen door gezichten te trekken en rare geluiden te maken – pogingen die ze iedere keer weer staakte met het hardop verwensen van haar onverschillige kind.

Wat Arend wel bleef doen, was groeien – niet zo hard als in de baarmoeder, maar toch nog uitzonderlijk voor een kind van zijn leeftijd. Elke dag opnieuw schoof de wijzer van de weegschaal een honderdtal grammen op, zodat de jongen nog voor hij een half jaar was een gewicht van dertien kilo had bereikt – een getal waar andere kinderen een jaar langer voor moesten sparen. Doordat zijn lengte verhoudingsgewijs sterk achterbleef, begon hij steeds meer op een te vol gestopte lappenpop te lijken, zeker in de oude pakjes waarin zijn moeder hem bleef wurmen. Zijn kwallige vetlagen puilden uit de opening tussen twee knopen en de fijnvertakte adertjes net onder zijn glazen huid werden nog meer naar de oppervlakte geduwd, zo een patroon van scheurtjes vormend dat zijn hele lichaam bleekblauw bedekte, tot de schedel toe. Een schedel die trouwens, op een slechts in het zonlicht zichtbare honingkleurige donslaag na, nog volledig kaal was, wat de bolheid en de grootte van het hoofd nog meer liet opvallen. Zijn oren daarentegen bleven aan de kleine kant en leken op het tuitje aan de onderkant van een dik opgeblazen ballon, gerimpeld en er op het eerste gezicht nutteloos aan hangend. Boven de wangen – uit de kluiten gewassen wallen – lag in de donkerbruine ogen een afstandelijke blik die erop leek te wijzen dat Arend onafgebroken in diepe gedachten verzonken was. Zijn aandacht was dan ook zeer moeilijk te trekken en alleen wanneer zijn moeder met een speld in zijn elleboog of hiel prikte, omdat ze soms dacht dat haar zoon zijn armen en benen door hun zware gewicht niet kón bewegen, reageerde hij met een slag of een trap en keek woedend naar de dader. Huilen deed hij daarbij nooit. Hij slikte wel eens zonder dat iemand het kon zien, maar zijn tranen verbeet hij, als oefende hij zich in het geruisloos dragen van het leed van de gehele wereld.

5

Toen hij zes maanden oud was, begon Arend opnieuw te huilen. Wat hem in de nacht voor zijn ontwaken had aangezet om net die ochtend, en niet een dag vroeger of later, zijn lijdelijk verzet op te geven en te kiezen voor rebelse weerstand, was Anna een raadsel. Er had geen storm gewoed, evenmin was er een onweer over de stad getrokken, de straatkatten hadden niet als baby's gekrijst en een haan of een pauw die hem met zijn roep van streek had kunnen brengen, was in de wijde betonnen omtrek onvindbaar. Ook had ze hem op hetzelfde tijdstip gewekt als op andere dagen en had ze zich tegenover hem niet anders, en dus even afstandelijk, gedragen als in de voorbije maanden. Wat niet bij haar was opgekomen, was dat Arend misschien instinctief had aangevoeld dat er een nieuw seizoen in zijn leven was aangebroken, zoals wilde ganzen jaarlijks de winter voelen naderen en bijtijds ontvluchten, en dat hij alleen daarom, toen hij die ochtend uit zijn bed werd getild, opeens zijn armen spreidde en met elke hand een van de houten spijlen omklemde van de kooi waarin hij de nacht had doorgebracht. Toen Anna haar zoon niet meteen de hoogte in kreeg, keek ze omlaag, zocht waar de mouw van haar peignoir knel zat, kreeg de krachtig knijpende handen om de spijlen in het oog en was zo verrast dat ze Arend meteen losliet en van opluchting enthousiast een paar keer in haar handen klapte.

Eindelijk, na twee maanden starheid, vertoonde haar kind opnieuw een teken van leven, zowel in de handen als in het gezicht waar de ogen en de mond de expressie hadden die bij zo'n inspanning behoorde: de lippen waren stijf op elkaar geperst en de ogen versmald tot spleetjes, die vlak boven de licht trillende neus bijeenkwamen. Door giechelend en onder het uiten van allerhande verkleinwoorden met haar vingers zijn buik te kriebelen, trachtte Anna hem tot ontspanning te brengen, porde vervolgens, toen dat na meerdere pogingen niet bleek te lukken, in zijn zij en kneep ten slotte hard in zijn wangen, die nu strak bleken te staan. Maar Arend hield halsstarrig zijn houding en gelaatsuitdrukking vol alsof hij in de nacht door een te vroege grote kou was overvallen en vastgevroren. Meteen werd Anna's opflakkering van moederliefde door diezelfde kou tenietgedaan en net als kort tevoren bukte ze zich, pakte haar zoon vast onder zijn armen, wilde hem met een ruk optillen, maar kreeg opnieuw niet meer van de matras gelicht dan zijn hoofd en schouders, zo heftig was zijn verzet. Voor het eerst gebruikte hij in zijn strijd nu niet meer alleen het gewicht van zijn lichaam – een strijd die hij tot dusver steeds had verloren – maar ook de kracht ervan. Onder al zijn vet hadden de spieren zich in de voorbije maanden als in een warme schoot gestaag verder ontwikkeld en nu ze eindelijk weer in werking mochten treden, waren ze niet van plan hun nieuwe krachtsinspanning zonder slag of stoot op te geven.

Het geduld van Anna was echter van korte duur en na eerst vriendelijk, haast smekend haar zoon te hebben verzocht zijn greep los te laten, hoewel ze ervan overtuigd was dat hij haar toch niet begreep, begon ze vervolgens te tieren en te vloeken en wrikte met haar worstenvingers een voor een de kindervingers van zijn linkerhand ruwweg van de spijl los. Ze hield zijn pols stevig vast, waarbij zijn nagels tevergeefs naar haar huid zochten, liep achter het bedje om en peuterde zijn andere hand vinger voor vinger los. Toen dat was gelukt, trok ze Arend bij de polsen omhoog tot hij volledig van de matras was losgekomen en droeg hem in die houding door de kamer, alsof hij een stuk wasgoed was dat ze aan de lijn te drogen ging hangen. Maar nog voor ze de deur had bereikt, begon hij met zo'n krachtige aria dat het leek of hij zijn adem twee maanden lang had opgespaard voor dit ene ogenblik. Tegelijk begon hij, mikkend op de onderbuik van zijn moeder, hevig heen en weer te bewegen en met zijn benen te trappelen. Gaandeweg dreigde hij de overhand te krijgen, maar toen keerde Anna zich om, liep met de zwiepende jongen terug naar zijn bed, liet hem onzacht op de matras vallen en riep dat hij daar maar moest blijven drammen tot hij doodviel. Daarop stormde ze de kamer uit en sloeg de deur achter zich dicht. Arend huilde nog even verder, werd toen stil en luisterde naar het gesnik van zijn moeder een kamer verderop.

Geruime tijd later zag hij vanachter zijn tralies dat de deur van zijn slaapkamer opnieuw werd geopend. In het door de overgordijnen gedempte zonlicht verscheen zijn moeder. Terwijl ze met kleine passen naderde, bekeek hij haar lichaam uitvoerig en vroeg zich af of hij wel ooit geboren was, want haar buik was nog altijd dik en rond, evenals haar gezicht en haar borsten, alsof zij wilde laten zien dat ze nooit van hem was bevallen.

Gedwee liet hij zich nu uit zijn bed lichten, rustte met zijn hoofd op haar schouder, met zijn romp op haar borst, met zijn benen op haar buik. Zijn zitvlak werd ondersteund door haar linkerarm, die schokte in de maat van haar stappen, zodat zijn hele lichaam deinde en de stevige knoop van het lint waarmee haar peignoir was dichtgebonden iedere keer weer door zijn luier heen in zijn onderbuik stootte. Een onbekend aangenaam gevoel drong zich aan hem op en nieuwsgierig begon hij zich te concentreren op de tintelingen die door zijn lichaam voeren, waarvan hij al gauw zo in de ban geraakte dat hij, zoekend naar meer, zich met zijn handen vastgreep aan de peignoir, de spieren van zijn bekken spande en zijn onderlichaam naar voren duwde. Op die manier slaagde hij erin om de klotsende beweging om te zetten in een schurkende beweging, waarbij de vuistdikke knoop voortdurend tegen hem aan schuurde. Het knisperende geluid dat zijn luier daarbij maakte, bracht hem totaal in vervoering en zonder dat hij het besefte ontsnapte er een stroompje speeksel uit zijn mond, dat verder rolde over zijn kin en op zijn moeders lichaam belandde, dat voor hem op dat ogenblik gekrompen was tot die ene knoop.

Maar lang was de weg van zijn slaapkamer naar de badkamer niet en nog voor Arend goed en wel op dreef was gekomen, voelde hij al de kilte van een plastic kussen in zijn rug en van de handen die zijn hemdje losmaakten. In zijn gezichtsveld doken nu de rooddoorlopen ogen van zijn moeder op, die over hem weg keken. Onder haar kin was haar peignoir tot diep in haar hals opengevallen en toen ze zijn bovenlichaam optilde om zijn hemdje over het hoofd te trekken, werd zijn blik dieper de opening in gedwongen en strandde op haar borsten, die een onomzeilbare zandbank vormden. Even dreigde het klamme gevoel in zijn rug de overhand te krijgen op de zoelte van zijn lichaam, maar toen sloot hij zijn ogen en verdrong zo het beeld dat zijn gemoedsgesteldheid wilde laten omslaan. Tegelijk zochten zijn handen het middelpunt van zijn lichaam, vonden het en werden er bruusk van weggehaald door een kracht die zijn lichaam weer plat tegen het kussen drukte. Hij deed zijn ogen opnieuw open, zag de hand die op zijn naakte borst duwde en een andere hand die achter zijn buik uit het zicht verdween. Zijn gehoor vertelde hem toen dat de kleefstrips van zijn luier werden losgemaakt, zijn reuk dat zijn lichaam uit zijn luier werd bevrijd en zijn gevoel dat er iets aan de hand was, wat door de geschokte blik van zijn moeder, die van zijn onderlichaam naar zijn hoofd keek en terug, werd bevestigd. Nieuwsgierig tastte Arend naar de plek die hij met zijn ogen niet kon bereiken, ook niet nadat hij zijn benen had opgetrokken, en vond een kleine, gestrekte, nagelloze vinger. De aanraking van dat onbekende deel van zijn lichaam veroorzaakte een tinteling die zijn hele wezen zo veroverde dat hij nog slechts uit dat ene deel scheen te bestaan, en ook Anna zag op dat ogenblik niets anders meer. Het hele lichaam van haar zoon was in haar ogen verdwenen achter dat stigma van mannelijkheid dat priemde in de wond van haar verleden en terwijl de pijn haar begon te overmeesteren en haar ogen vochtig werden, vocht ze tegen het idee dat ze meer dan negen maanden deze als kind vermomde man in zich had gedragen. Arend dacht aan niets en liet zichzelf en zijn handen slechts instinctief leiden door het speeltje dat van hem bezit had genomen. De warmte in hem nam almaar toe en werd op den duur zo ondraaglijk dat hij ze niet meer kon binnenhouden en opeens liet ontsnappen daar waar de tintelingen het sterkst waren.

Bij het zien van de gele straal die krachtig uit het geslacht van haar zoon spoot, in een boog over zijn lichaam trok en in zijn gezicht neerplensde, ging er een nieuwe schok door Anna heen die ze voelde tot diep in haar buik.

Ook Arend schrok van de warme vochtigheid die hem opeens van buitenaf overviel en wist niet hoe te reageren. De toevloed stoppen kon hij niet, daartoe was hij nog niet in staat – hij wist zelfs niet dat hijzelf de bron ervan was –, schreeuwen lukte ook niet, want het water ontnam hem alle lucht, en zien wat er hem overkwam, was ook uitgesloten.

Pas toen de straal in een kleiner wordende boog van zijn kin naar zijn borst was gekropen en vandaar verder naar beneden, een nat spoor over zijn bovenlichaam trekkend, opende Arend zijn ogen en mond. Hij proefde een onaangename lichte smaak en voelde tegelijkertijd een lichte brandende pijn in zijn ogen, die gelig traanden. Toen op dat ogenblik ook een snikkend geluid tot hem doordrong, begon hij te huilen, niet zoals zijn moeder om een gevoel dat was teruggekeerd, maar om een gevoel dat was verdwenen.

6

Vanaf de dag dat Arend zichzelf had gedoopt, probeerde Anna elke aanraking van haar zoon zo lang mogelijk uit te stellen, maar moest daarbij iedere keer weer tegen zijn stem opboksen, waarmee hij aankondigde wanneer hem iets niet beviel en die hij aanhield tot hij zijn zin had gekregen.

Niet dat Arend zo was ingenomen met de ruwe behandelingen die hij moest ondergaan om van zijn bed in zijn box te belanden of met de liefdeloze halen waarmee hij werd schoongeveegd, gewassen en droog geschrobd, integendeel, hij had niets liever dan dat zijn moeder hem met rust liet, het probleem was echter dat hij in grote mate van haar afhankelijk was. Als hij niet om hulp schreeuwde, moest hij de hele dag in bed blijven in de klamheid van zijn luier of kreeg slechts een fractie van het voedsel dat hij begeerde.

Een gevolg van deze wederzijdse afstotingskracht was dat Arend zichzelf zeer vroeg leerde staan. Daarvoor maakte hij gebruik van de houten stok die zijn moeder boven zijn box had bevestigd en waaraan ze allerhande speeltjes aan touwtjes had gehangen: een veelkleurig balletje dat bij de minste zucht ronddraaide, een vuurrood driehoekig vlaggetje, twee paar gehaakte roze sokjes die nooit om zijn te grote voeten hadden gezeten, een nimmer zwijgend klokje en een metalen spiegeltje. Alleen dat laatste zonderlinge ding gunde hem een blik waardig. Uren kon hij daarin naar de hem aankijkende ogen staren, die de betoverende kleur hadden van de kastanjes die hij zijn moeder wel eens had zien pellen en vervolgens opeten zonder hem een stuk toe te werpen. Soms probeerde hij de glanzende vruchten met zijn handen uit de spiegel te halen, soms ook wilde hij ze meteen in de mond nemen, maar nooit kwam hij door die kille, harde wand heen, noch met zijn nagels, noch met zijn tanden.

De stok waaraan het spiegeltje hing stelde Arend daarentegen nooit teleur. Wanneer hij het ronde hout omklemde om zich op te trekken, boog het iedere keer door, zo een handje toestekend om hem overeind te helpen. Maar hoe toegeeflijk de stok voor hem ook was, zijn lichaam was het heel wat minder. De eerste keer dat hij probeerde op te staan kwam hij niet verder dan het verheffen van zijn zitvlak. Het leek hem op dat ogenblik of iemand hem bij zijn broek vasthield, maar het was enkel zijn eigen gewicht dat hem parten speelde. Daarop liet hij zich weer zakken, ondernam meteen een nieuwe poging en kwam weer niet veel meer van de grond los. Nu hield hij echter die hangende houding aan en begon, steunend op zijn hielen, licht op en neer te wippen. Daarbij maakte hij gebruik van de veerkracht van de stok, zoals een gewichtheffer die zich voorbereidt om een halter van de schouders de lucht in te stoten, hoewel in Arends geval de halter de atleet moest tillen. De stok kreunde onder het gewicht van de verende last en de speeltjes dartelden dat het een lust was: het klokje luidde de metten, het balletje draaide dol, het vlaggetje wapperde als bij stormweer, het spiegeltje ving de hele kamer in haar blik en de sokjes trappelden zozeer dat het leek of ze voeten hadden gekregen. Arend won niet veel hoogte, maar toch had hij het gevoel dat hij vorderingen maakte, al was het maar dat hij bij elke buig- en strekbeweging de spieren van zijn armen staalde. Voor het eerst amuseerde hij zich ook. Niet dat hij schaterde of zo – zelfs op een glimlach kon hij niet worden betrapt – want daarvoor bleef de zwaarte van zijn bestaan te zeer op zijn schouders rusten. Zijn vermaak bestond er louter uit dat hij op dat eigenste ogenblik die zwaarte als draagbaar ervoer, als was het een bochel waarmee hij had leren leven, maar bij het minste of geringste kon de wereld weer met een klap op hem vallen. Dat gebeurde ook toen hij daar als een jojo aan een te kort koordje op en neer ging en hij opeens zijn moeder gewaarwerd, die op kousenvoeten naderbij was gekomen en zijn bewegingen stond gade te slaan, een dwaze blik op haar ronde gezicht. Meteen liet hij zijn greep los en liet zich vallen. Hij kwam neer op zijn zitvlak, zocht met zijn handen steun op de bodem van de box en hervond zo zijn evenwicht. Even trok hij een grimas en leek het of hij ging huilen, maar toen zette hij weer zijn masker van gelatenheid op en bleef roerloos zitten, voorwendend dat er niets was gebeurd, en hield zijn adem in tot ook de speeltjes tot stilstand waren gekomen en niets zijn voorgaande bewegingen kon verraden.

De daaropvolgende dagen veranderde hij zijn repetitieschema om te voorkomen dat iemand zijn act zou aanschouwen alvorens hij deze volledig had opgebouwd. Steeds vroeger wekte hij zijn moeder, die spoedig het onderscheid leerde kennen tussen zijn hol maar krachtig geroep om voedsel, zijn schril krijsen om een schone luier en zijn aanhoudende jammerklacht om van het bed naar de box gebracht te worden. Nadat ze hem naar de woonkamer had gedragen en terug in bed was gekropen, oefende hij dan een uurtje voor een lege zaal – alleen achter de coulissen wierp een paar glanzende kastanjebruine ogen hem geregeld een goedkeurende blik toe.

De stok was zijn leermeester en hij een voorbeeldige leerling en naarmate de lessen vorderden groeiden ze naar elkaar toe. Tot ze op een dag op gelijke hoogte kwamen – in close-up zag hij toen zijn strak knijpende handen, daartussen het bleke hout – even slechts, want meteen ging Arend door, gebruikte de kracht in zijn wankele benen en schoot met zijn hoofd de stok voorbij.

Daar stond hij toen, voor het eerst in zijn zeven maanden oude leven, en hij trilde zevenentachtig centimeter lang, maar hij bleef staan, apetrots, zelfs toen Anna binnenkwam en van verbazing de handen voor de mond sloeg. Even voelde zij zich een trotse moeder, zette instinctmatig een stap naar voren en strekte haar armen uit. Meteen, haast in een reflex, deed Arend een stap naar achteren, liet de stok los en trok zijn armen in. In de daaropvolgende val trof zijn blik de spiegel, waarin een fractie van een seconde een zinderende gloed te zien was die nog natrilde toen hij al lang op zijn rug lag en bezig was zijn overwinning te vieren met luide, vals klinkende gezangen, die de moeder in Anna onmiddellijk verdoofde.

Daarna was het voor Arend slechts een kwestie van zich bekwamen. In het begin had hij nog vaak de soepelheid van de stok en de aanmoedigingen van de speeltjes nodig en was hij al uitgeput na een paar geslaagde pogingen, maar een tiental ochtenden later diende de stok alleen nog als houvast en kwam hij in één vloeiende beweging omhoog. Hij bleef ook steeds langer staan en uiteindelijk waagde hij het zelfs de stok met één hand los te laten, iets wat hij beter niet had kunnen doen, zo bleek al gauw. De eerste keer dat hij zijn greep losliet, wees echter niets op het naderende onheil, integendeel, in die seconde dat hij daar met één hand los stond, leek het hem zo eenvoudig zijn evenwicht te bewaren op zijn twee dikke benen, dat hij, overtuigd van zijn eigen mogelijkheden, na nog eenmaal dubbel houvast te hebben gezocht, zijn rechterarm met veel bravoure hoog de lucht in zwierde. Even nog wist hij door zijn voeten te verplaatsen de schijn hoog te houden dat zijn stunt zou slagen, toen begon hij te wankelen en stortte hij voorover zodat zijn linkerhand die hem nog steun bood het gewicht ook niet meer kon dragen en van de stok los schoot, die opeens een last van veertien kilo en achthonderd gram met één klap op zich kreeg.

De knak die te horen was, was kort en droog, het gerinkel van het klokje schril en dreigend. Op hetzelfde ogenblik voelde Arend hoe iets diep in zijn linkerbeen drong, een paar centimeter boven zijn knie, en daar bleef steken toen zijn lichaam de vloer had bereikt. Lang bleef hij niet versuft liggen, want nog voor Anna, gealarmeerd door de vreselijke klap, de deur van de woonkamer had geopend, had hij zich al op zijn rug gerold en was half overeind gekropen. Nu zag hij de doormidden gebroken stok, waarvan de ene helft naar beneden hing tot op de bodem van de box en de andere helft schuin omlaag liep en onder het wegvloeiende rode vlaggetje in zijn been verdween. Wat Anna zag toen ze binnenkwam, was haar zoon die zijn armen had uitgestrekt en met zijn handen de gebroken stok omklemde die hij, zo leek het, net met veel kracht als een zwaard in zijn been had gestoten.

7

Arends verblijf in het ziekenhuis was korte tijd een verademing voor hem. Vanaf het ogenblik dat hij er door zijn moeder binnen werd gebracht, die de stok uit zijn been had getrokken en een handdoek om de open wond gebonden, kreeg hij de bijzondere warmte en aandacht die verpleegsters reserveren voor elk kind dat door zijn abnormale verschijning een gevoel van medelijden oproept. Het was dan ook een opmerkelijk gezicht toen Anna de deuropening vulde met in haar armen een slechts in een luier en een handdoek gehulde, bovenmaatse jongen, die trots uit zijn diepbruine ogen keek en in zijn handen een gebroken stok hield waaraan een met bloed doorweekt vlaggetje, een geblutst klokje en een spiegeltje hingen.

Bij het zien van de wond verlosten twee verpleegsters hem tot zijn grote tevredenheid meteen uit de houdgreep van zijn moeder, wezen naar zijn stok, die hij nu zonder tegenstribbelen afstond, en brachten hem naar een kamer, waar fel kunstlicht een blik op zijn been wierp. Nu het bloeden was gestopt en de wond zich in al haar openheid toonde, zag Arend voor het eerst hoe diep zijn voormalige oefenpartner in hem was gedrongen – zelfs het beschadigde bot bleek zichtbaar. Het uitzicht was gruwelijk, maar riep bij de jongen niet de minste afschuw op. Voor hem was de wond een soort trofee die hij, ondanks de pijn, met trots droeg en die, zo bemerkte hij al gauw, bewondering afdwong bij de hoofdschuddende verpleegsters wier zachte handen een voor een zijn kale hoofd streelden.

Ook nadat de wond was gehecht en zijn been in een gipsverband gestopt dat elke beweging uitsloot, hield de toewijding van het verplegend personeel aan, wat Arend zozeer beviel dat hij de volgende ochtend al wakker werd nog voor de dag aan de andere kant van het grote raam van zijn kamer was ontscheept. Vol ongeduld wachtte hij toen braaf op de in het wit geklede vrouwen die hem zouden komen verzorgen.

Nog een dag later kwam zelfs de kille bleekheid van het interieur hem al aangenaam voor en wenste hij niets liever dan in het ziekenhuis te blijven in plaats van terug te keren naar de drukkende atmosfeer van de woonkamer waar hij gewoonlijk zijn dagen sleet.

Waar hij nog het meest van genoot, was het vele bezoek dat zijn kamergenote dagelijks ontving, een moeizaam ademend krieltje dat voortdurend lag te slapen en slechts af en toe een bleek huilen produceerde. Nog voor het bezoekuur was aangebroken stonden er reeds twee personen aan haar bed – de ene was met haar glazige huid en het vlaggetjesrode haar een uitvergrote kopie van het zieke kind, de andere droeg donkerkleurige haren in het gezicht – en bleven daar waken tot een verpleegster hen verzocht afscheid te nemen. Intussen waren dan een tiental andere gezichten verschenen en had iedere keer hetzelfde begroetingsritueel plaatsgevonden – handen en monden werden uitgewisseld – waarna de zorgwekkende toestand van het kind werd besproken en aan de nieuwkomers het verhaal werd verteld van de nieuwsgierig kijkende reuzenjongen in het andere bed, wiens moeder zich nooit langer dan een uur per dag liet zien. Na die laatste mededeling mocht Arend zich steevast verheugen op vriendelijke knipogen, allerhande liefkozingen en zoeterige snoepjes, die hij gretig aanvaardde.

Net zoals Arend van de drukte ging houden, koesterde Anna de dagen die ze alleen in huis was. Het slechte nieuws dat de dokter haar na de operatie van haar zoon had verteld – hij zou hoogstwaarschijnlijk zijn hele leven mank zijn – had haar koud gelaten en vond ze een terechte straf voor het kind dat haar leven had verziekt. Nu hij tijdelijk weg was, maakte ze opnieuw kennis met het leven dat ze had voor zijn komst. Maar waar haar alleenzijn in het verleden was ontspoord in eenzaamheid, leidde het haar nu tot een soort vrijheid die voornamelijk bestond uit handelingen die ze niet meer moest verrichten: niet meer moeten opstaan op zijn bevel, niet meer eten moeten maken telkens als hij er zin in had, niet meer luiers moeten verschonen omdat hij schreide en niet meer haar blik moeten afwenden wanneer hij haar bekeek.

De nacht die voorafging aan zijn ontslag uit het ziekenhuis keerde Arend groter dan ooit terug in de woning waar hij niet was gewenst. Vanuit haar bed zag Anna hoe hij zich moest bukken om via de deuropening in haar kamer te komen en hoe hij daarna naar haar toe kwam, niet lopend, maar hinkend, want waar zijn linkerbeen behoorde te zijn, hing een lege broekspijp die heen en weer bewoog in het tempo van zijn sprongen. Vlak voor het bed hield hij halt. Anna's ogen kwamen net boven het laken uit, dat ze met beide handen stevig vasthield, en keken op naar de enorme, wankele gestalte van haar zoon en zijn dik opgeblazen hoofd. Behalve de donkere pantalon droeg hij een hagelwit overhemd en een duifgrijs colbert, kleren die zij nooit voor hem had gekocht en die hem veel te nauw om het lijf zaten. Toch had ze zijn pak al eens gezien en toen opeens vanachter zijn rug een paar ruwe handen met verhoornde, zwartomrande nagels, geelgerookte vingertoppen en borstelig varkenshaar in haar blik verscheen, herkende ze met een schok de drager van zowel de kleren als de handen, waarvan er een nu haar mond bedekte en de andere de knoop van de pantalon losmaakte. Daarop zakte de pantalon af, werd het laken van het bed gerukt en schoot Anna wakker.

Arend sliep ook onrustig die nacht, zo onrustig dat hij op een bepaald ogenblik in zijn droom overeind kwam, met een sprongetje bovenop de dwarslat belandde die de spijlen van zijn bed in het gelid hield, en daar gehurkt bleef zitten. Zo had hij een goed uitzicht op zijn buurmeisje, dat als steeds lag te slapen, zich van geen indringende blik bewust. Onder de lakentjes ademde haar kleine lichaam zwakjes, het maanlicht had haar gezicht aquarelgeel geverfd, haar haren gloeiden van de koorts. Arend stootte zich met zijn benen van zijn stok af, sloeg in de lucht twee keer met zijn armen, wilde op het nachtkastje naast het bed van zijn kamergenote landen, misrekende zich bij zijn eerste vlucht en plofte neer op het zuchtende lichaampje. Meteen raakte hij verstrikt in een wirwar van slangetjes en kabeltjes, rukte zich daarvan los en hoorde allerhande beangstigend gekreun en gepiep dat afkomstig leek uit de mond van het wezentje onder hem. In paniek begon hij wild om zich heen te slaan en trof daarbij veelvuldig het weke lichaam van zijn buurmeisje. Pas nadat hij zich ervan had vergewist dat de stilte was teruggekeerd, staakte hij zijn geraas. In het waterige nachtlicht zagen de lange nagels van zijn handen rood en ook de lakens hadden nu die kleur. Toen trok hij in een vloeiende beweging het vederlichte meisjeslichaam onder de lakens en zijn lichaam uit, rook er even aan – een scherpe geur drong zijn kleine neusgaten binnen –, hief het tot boven zijn hoofd en wierp het met een onmenselijke krachtsinspanning over de spijlen heen het bed uit. Daarop slaakte hij zo'n afgrijselijke kreet dat de klap waarmee het meisje op de grond neerkwam verloren ging en hij wakker schrok in zijn eigen bed.

Het licht dat korte tijd later werd aangeknipt, verblindde hem. Achtereenvolgens hoorde hij rennende voetstappen, zijn naam, een andere naam en toen een krachtige vloek. Tegelijkertijd herinnerde hij zich zijn droom, verwarde die met de realiteit en begon zo luid te schreien om wat hij zijn buurmeisje had aangedaan, dat het leek of hij haar uit haar eeuwige slaap wilde doen ontwaken – een poging die even vruchteloos bleek als die van de verpleegsters en de dokter die met hun moderne apparatuur waren komen aandraven en het spoedig opgaven.

Arend daarentegen dacht er niet aan om het op te geven, ook niet toen een verpleegster het in haar slaap geruisloos gestorven kind al lang weer had toegestopt en de bleke handjes op het borstje gekruist. Onafgebroken hield hij zijn huilen aan en wekte daarmee een voor een alle kinderen op de afdeling, die hem zonder uitzondering bijstonden in zijn jeremiade, maar zelfs toen ontwaakte het meisje niet.

Pas laat in de ochtend legde hij zich erbij neer en viel uitgeput in slaap in zijn van leven verlaten kamer.

8

Er was iets geknakt binnen in Arend die laatste nacht in het ziekenhuis, iets dat niet gehecht kon worden. Voor het eerst had hij zichzelf aanschouwd zoals hij werkelijk was en wat hij had gezien was monsterlijk. Hij had een gruwelijke daad verricht die hij nooit meer ongedaan zou kunnen maken en had daarmee de verpleegsters geschokt en ook het bezoek, dat hem tussen hun tranen door vervloekte omdat niet hij – dat mormel! – was gestorven in plaats van hun onschuldig kind. Hij begreep hun verwensingen en vond ze terecht, net zoals zijn ontslag uit het ziekenhuis nog diezelfde dag vanzelfsprekend was. Het was zijn verdiende loon na de schade die hij had aangericht en bijgevolg verzette hij zich ook niet toen zijn moeder hem kwam ophalen. Lijdzaam liet hij zich wegvoeren door de lange, wee ruikende gangen, zag uit zijn ooghoeken de verpleegsters passeren, maar durfde zijn blik niet naar hen opslaan, trok integendeel zijn hoofd nog dieper tussen zijn schouders en huilde geluidloos tranen die als kiezelsteentjes achter hem op de grond vielen.

Dat het rouwen was wat hij toen en daarna nog dagenlang deed, wist hij niet. Het gevoel dat hem had overmeesterd, was hem onbekend en verwerkte hij slechts moeizaam. Het belemmerde zowel zijn denken als zijn doen en had een waas voor zijn ogen opgetrokken waardoor hij de dingen die rond hem gebeurden nauwelijks waarnam.

’s Morgens bracht zijn moeder hem naar de woonkamer, pootte hem neer op een smoezelig vloerkleed, legde het veelkleurig balletje in zijn schoot en haalde hem aan het einde van de dag weer op om hem in bed te leggen. Rondkruipen kon hij niet zolang zijn been was ingepakt en ook overeind komen was uitgesloten nu hij geen houvast meer had. Uren staarde hij dus maar roodogig voor zich uit, oefende zich intussen in het dragen van zijn nieuwe pijnen en slaagde er in gedachten af en toe in zijn vlucht over te doen, zij het dan zonder fatale afloop. Op zulke momenten bewoog hij zijn armen op en neer, sloot zijn ogen en zag hoe hij dan bij elke poging boven op het nachtkastje landde in plaats van op zijn buurmeisje – in werkelijkheid fladderde hij maar wat zonder van het vloerkleed los te komen, alsof hij met vogellijm aan de grond kleefde.

Anna had niet het minste vermoeden dat haar zoon in rouw was gedompeld. Zij weet zijn teruggetrokkenheid en zijn stille tranen aan de pijn van zijn wond die hij koppig probeerde te verbijten. Het kwam haar trouwens goed uit dat hij zich zo gedroeg en tegelijk niet van zijn plaats kon komen, want daardoor kon ze naar buiten gaan zonder hem en de blikken die hij aantrok te moeten meeslepen. Hoelang ze ook wegbleef, iedere keer wanneer ze thuiskwam, vond ze haar zoon nog steeds in dezelfde houding als toen ze hem had verlaten: zittend, zijn linkerbeen stijf voor zich uit gestrekt, zijn rechterbeen licht gebogen, zijn bovenlichaam ineengedrongen, zijn armen en hoofd slap afhangend.

Zes weken lang bleef het gipsverband als een boei om zijn been zitten. Al die tijd at de jongen nauwelijks. Als zijn moeder met de fles kwam aanlopen, klemde hij zijn lippen op elkaar en vaak was dat verzet al voldoende, want Anna blonk niet uit in volharding als het erop aankwam haar kind te voeden. Toch vermagerde hij er niet erg van. Zijn beweginglooslheid vroeg weinig van de reservevoorraden die in zijn corpulente lichaam waren opgeslagen, zodat er uiterlijk niets te zien was van het drama dat zich in hem afspeelde.

Uiteindelijk slaagde hij er dan toch in de pijn van zijn hart te verlichten en dit door de beelden van zijn laatste nacht in het ziekenhuis om te ruilen voor die van de dagen ervoor. Met zijn rijke kinderfantasie toverde hij steeds vaker de woonkamer, die hem grauw omringde, om tot de met licht en warmte gevulde ziekenhuiskamer en genoot dan van de aangename drukte die er gonsde en van de lekkernijen die hij in grote hoeveelheden kreeg aangeboden. Het enige wat hij daarmee echter voedde was zijn heimwee, dat zo ongemerkt de plaats innam van zijn rouw.

Deze ruil maakte Arend nog moedelozer, zeker toen zijn moeder haar baantje in de supermarkt weer opnam en hij steeds langer opgesloten zat in de sombere leegte van zijn woonkamer. Dieper en dieper kwijnde hij daar weg in eenzaamheid en toen uiteindelijk de dag was aangebroken waarop het gips van zijn been zou worden verwijderd, bleef er van de onverschrokken, liefdeloze, kolossale jongen enkel nog een vormloze hoop negen maanden oude peuter over die verlangde naar wat zijn moeder hem nooit kon geven.

9

De trots die Arend uitstraalde toen hij de eerste keer het ziekenhuis werd binnengedragen, was bij zijn tweede intrede helemaal verdwenen. Ditmaal lag hij slap op het zwalpende lichaam van zijn moeder. Zijn armen bengelden achter haar ronde lijf, zijn loodzware hoofd, dat amper nog door de nekspieren overeind werd gehouden, bevond zich meer naast dan op haar schouder en zijn gipsen been gaf als een metronoom de maat aan waarin zijn moeder stapte. Anna liep haastig en daar had ze twee redenen voor: bij elke pas die ze zette woog het plompe lichaam van haar zoon zwaarder, maar vooral wilde ze de prikkende ogen van de mensen die haar tegemoetkwamen snel achter zich laten, evenals hun gefluister.

Op de afdeling aangekomen waar Arend vier dagen lang was verzorgd, versnelde ze haar pas nog. Kindertekeningen schoven in een lange ketting links en rechts aan haar voorbij, af en toe onderbroken door een grijze deur of een wit gapende opening. Halverwege de gang versperde een met lege glazen en borden gevuld karretje grotendeels de doorgang. Anna vertraagde nauwelijks, wurmde zich tussen de muur en het karretje door en liep in haar haast bijna een verpleegster omver die met een vol dienblad uit een kamer kwam. De geschrokken verpleegster verontschuldigde zich, zette een stap naar achteren, een kamer in, en liet de mompelende vrouw met haar kind passeren.

Nauwelijks had Anna er opnieuw de pas ingezet of ze werd ingehaald door de naam van haar zoon die door de gang klonk. Ook Arend had de roep gehoord, want meteen schrok hij uit zijn roes op, richtte zijn hoofd op, opende zijn ogen en herkende tot zijn verrassing de verpleegster. Maar zijn moeder draaide zich niet om, bleef integendeel onverstoorbaar doorlopen. Arend voelde aan wat hij zou missen als hij niets ondernam en stootte zich plotseling met zijn armen af. Anna kon wel nog zijn val voorkomen, maar niet verhinderen dat haar zoon vanuit haar armen naar de grond gleed. Als vanzelf begon hij daarop te huilen en schreeuwde nog harder toen de verpleegster, die niet meteen een plaats voor het dienblad op het karretje vond, op zich liet wachten.

Al gauw zag alles wit rondom Arend. Meerdere stemmen probeerden met toenemend succes hem te sussen, nog meer handen betastten hem van kop tot teen en kwamen tot de eensluidende vaststelling dat hij zich niet had verwond. Daarna tilde een paar krachtige, behaarde armen hem op en plaatste hem in een stoel op wieltjes, van waaruit hij in het rond keek als een koning die voor de eerste maal zijn troon had bestegen.

'Zo jongen, daar zit je goed, hè!' lachte de verpleger die hem had opgeraapt, maar Arend reageerde niet, zo overweldigd was hij door de aandacht die hij van alle kanten kreeg.

'Het lijkt wel of hij vermagerd is,' klonk de spontane reactie van een kleine, mollige verpleegster die zich Arend nog dikker herinnerde dan hij ooit was geweest.

'Zou best wel eens kunnen,' antwoordde Anna. 'Met dat gipsverband weet je het natuurlijk niet.'

'We zullen hem straks nog even wegen,' zei een andere verpleegster en kriebelde Arend onder zijn linkervoet: 'Maar eerst dat vieze, vuile gips eraf, hè kerel, dan kun je straks weer kruipen en rennen en vliegen.'

Op dat ogenblik, na dat laatste woord, veranderde er iets in zijn gezicht, niets spectaculairs, maar voor een jongen als hij toch bijzonder. Zijn ogen werden groot en richtten zich als zonnebloemen naar het licht boven zich, dat in zijn achtergebleven tranen zo helder werd weerkaatst dat het leek of de donkerbruine irissen in brand stonden. Tegelijk vertrok hij zijn mondhoeken in de richting van een glimlach, die echter halverwege bleef hangen, maar toen al meer betekenis had dan een schaterlach van welk ander kind ook. Geen der verpleegsters merkte dit echter op en zeker Anna niet, die al achter de rolstoel had plaatsgenomen en aanstalten maakte om weer verder te gaan.

'Staat u mij toe, mevrouw' – de verpleger deed een stap naar voren en reikte naar de handgrepen van de rolstoel – 'dat ik deze rakker aan een lotgenoot voorstel?'

Even slechts raakten zijn vingertoppen bij die handeling de rug van Anna's handen, maar die beroering was al voldoende om haar achteruit te doen wijken. De verpleger zag in haar gebaar een bevestigend antwoord, plaatste zich achter de rolstoel en was al vertrokken voor zij een woord had kunnen uitbrengen. Vlak voor een dubbele deur aan het einde van de gang zwenkte hij naar rechts – Arend hield de armleuningen stevig vast en helde de andere kant op – en verdween met rolstoel en kind in een kamer.

'Arend, mag ik je voorstellen: Jan... Jan, ziehier, Arend!'

Met zijn fonkelende kastanjebruine ogen keek Jan vanuit zijn bed naar de dikke jongen in de rolstoel, wiens been net als het zijne vanaf de enkel tot aan de heup in een gipsverband zat, en vroeg meteen met een spontaniteit die bij zijn leeftijd van drie jaar hoorde: 'Is jij ook uit boom gefallen?'

Arend was verstard. De jongen die hij daar in bed zag zitten was hijzelf, magerder dat wel, en met piekharen op het hoofd, maar die ogen en dat gips, en het bed dat zijn bed was en dat zich ook nog op dezelfde plaats bevond in dezelfde kamer waar hij dagenlang had gelegen, en het nachtkastje naast zijn bed...

Met een schok kwam de rolstoel opeens in beweging en rolde naar het bed toe. Jan boog zich voorover, leek een hand te willen geven en klopte toen op Arends linkerbeen.

'Gisp is hard. Mij ook. Foel maar!'

Arend bewoog zelf niet, maar liet zijn arm door de verpleger gewillig optillen en in Jans richting bewegen.

'Foel maar!'

Jan nam Arends hand in de zijne, vormde de vingers tot een vuist en klopte ermee op het gipsverband om zijn been.

'Hard hè!'

Langzamerhand en na nog enkele tikken kwam Arend tot het besef dat niet hij die guitig kijkende jongen was en gerustgesteld begon hij nu zelf op het gips te timmeren, daarbij aangemoedigd door Jan die 'Hard! Hard! Hard!' riep en tegelijk met zijn beide handen op de matras sloeg.

Steeds vlugger bewogen de jongens hun armen en tot genoegen van de verpleger kirde Jan spoedig van plezier en leek ook Arend er pret aan te beleven, want gaandeweg probeerde hij de kreten van zijn makker na te bootsen, wat weliswaar resulteerde in een schril gekwetter dat niet bij zijn postuur paste, maar niettemin erg opgewekt klonk.

Hoezeer de twee speelvogels zich ook amuseerden, toch kwam er abrupt een einde aan hun vermaak toen Arend uit zijn ooghoeken het bed aan de andere kant van de kamer zag. Zijn arm verstijfde opeens in de lucht, alsof iemand een eraan vastgebonden touwtje strak hield, zijn mond viel dicht, zijn hoofd draaide naar links, zijn blik zag een lege matras en meteen begon hij te huilen om de pijn in zijn borst die van het ene ogenblik op het andere weer overrompelend aanwezig was.

'Pijnedaan?' vroeg Jan verbouwereerd en wreef met de palm van zijn hand over zijn gipsen been, alsof hij zich ook had bezeerd en zo in het leed kon delen. Maar Arends leed was niet deelbaar en zodoende huilde hij onverminderd voort.

'Ach jongen toch,' klonk toen de stem van de verpleger, 'je moet niet huilen. Kom eens hier.'

In twee passen liep hij om de rolstoel heen, nam de peuter vast onder de armen en hief hem van zijn zitplaats. Hij was zwaar, stelde de verpleger vast, zeer zwaar. Toch liet hij zich niet onder de indruk brengen van het gewicht, zag er zelfs een uitdaging in, greep de jongen bij het middel en tilde hem de hoogte in, tot boven zijn hoofd.

Verblind door zijn tranen voelde Arend die beweging aan alsof hij zichzelf volkomen zelfstandig de lucht in werkte en staakte van verwondering zijn huilen. Hij keek naar beneden en zag dat hij werkelijk een tweetal meter boven de grond zweefde met vlak onder zich het naar hem turende gezicht van de verpleger wiens gestrekte, trillende armen en ondersteunende handen net buiten zijn gezichtsveld vielen. Toen spreidde Arend zijn armen, stak zijn benen naar achteren, zijn kin naar voren en spande al zijn spieren. Op hetzelfde ogenblik begon de verpleger door de kamer te lopen, eerst langzaam, vervolgens steeds sneller, daarbij het lichaam boven zich heen en weer bewegend. Hoewel er geen raam openstond, voelde de jongen hoe de wind met gebogen hand over zijn gestroomlijnde hoofd streek, soepel tussen zijn geopende vingers door glipte en zijn kleren aan het fladderen bracht. Ver beneden hem verschenen de twee verpleegsters in de kamer en het verbaasde gezicht van zijn moeder. Toen sloot hij zijn ogen en schoot de hoogte in. De wuivende verpleegsters veranderden in een witte stippellijn – 'Oger!' riep Jan – de verpleger werd een bleke, wijzende vinger – 'Oger!' – zijn moeder een morsige vlek – 'Oger!' – Jan een speldenknop – 'Oger!' – en het angstaanjagende lege bed verdween zelfs helemaal uit het zicht.

En Arend genoot. Geen last drukte nog op hem, geen zwaarte hield hem tegen, eindelijk was hij los van de wereld. Althans voor even.

10

Het zou voor Arend beter zijn geweest als hij met een harde klap op de grond was neergestort en zo meteen opnieuw had kennisgemaakt met de onontvluchtbare werkelijkheid van zijn bestaan, maar helaas, hij bleef zweven tussen hemel en hel, zelfs toen de verpleger hem al lang had laten zakken en terug in de rolstoel gezet. Ook het 'dag grote fogel!' dat Jan hem ten afscheid toeriep en dat hem als prachtige, witte wolken in de lucht had kunnen omringen, ontging hem volkomen, net als het gieren van het cirkelzaagje dat korte tijd later een diepe voor trok in het kalken landschap van zijn linkerbeen.

Pas toen Arend weer thuis was, landde hij. Veel te laat, maar dat wist hij op dat ogenblik nog niet, want zodra hij op het vloerkleed was neergestreken en de omgeving in zich had opgenomen, besloot hij onmiddellijk terug te keren naar de plaats waar hij was opgevlogen. Verblind door hoogmoed dacht hij na zijn eerste geslaagde vlucht de knepen van het vak wel te kennen, zodat hij alleen opnieuw zijn ogen moest sluiten, zijn armen zijwaarts strekken, ze op en neer bewegen en weg zou hij zijn. Maar het lukte niet, hoezeer hij zichzelf ook de kracht en de gratie toedichtte van de heerser van het luchtruim. Veeleer leek hij op een straatmus die zo lang gekooid was geweest dat hij zich van verveling had dik gevreten en, eenmaal bevrijd, zijn gewicht niet meer de lucht in kreeg. Toen de jongen uiteindelijk zijn mislukking inzag, staakte hij zijn pogingen, werd zich bewust van de uitzichtloosheid van zijn situatie en begon opnieuw datgene te doen waarin hij onovertroffen was, dit tot wanhoop van zijn moeder.

Uren en uren hield hij zijn gehuil aan. Hij overbrugde probleemloos de hele nacht, ook de volgende ochtend, en ging onverminderd door gedurende Anna's vrije dag, zodat zij tegen de avond zo overstuur was dat ze zich niet meer kon voorstellen dat haar zoon ooit had gezwegen. Ze had net een bad genomen in de vergeefse hoop enigszins tot rust te komen – zelfs onder water waren zijn kreten hoorbaar – en stond op het punt haar nachthemd aan te trekken, dat ze in haar handen hield. Toen ze in de spiegel boven de wastafel keek, zag ze haar vermoeide, kleine ogen, omkranst met rimpeltjes die diep in haar huid sneden. Afkerig wendde ze haar blik af en voelde hoe haar hoofd bonsde. Negen maanden oud was haar zoon intussen en geen moment had ze plezier aan hem beleefd, erger nog, er waren alleen maar zorgen bijgekomen. Morgen moest ze gaan werken en ze had geen idee waar ze hem kon achterlaten nu hij opnieuw zijn stem liet horen. Een oppas kon ze niet betalen, evenmin een crèche, vriendinnen waren haar onbekend en op de buren hoefde ze helemaal niet te rekenen. Haar vader? Misschien dat hij... Nee, aan die mogelijkheid wilde ze zelfs niet denken. Voor de bevalling had ze al besloten dat ze hem alleen van het bestaan van zijn kleinzoon op de hoogte zou brengen, elk contact was uitgesloten.

In de gang woei de deur van de woonkamer open. Arends stem drong meteen in volle glorie tot de badkamer door en sleurde Anna uit haar denken. In almaar terugkerende golven werden de schelle tonen aangevoerd en er viel niet aan te ontkomen, zoals het gezang van een sirene dat schippers naar het noodlot drijft.

Anna pakte de lange mouwen van haar nachthemd bij het uiteinde vast, bracht haar handen naar haar hoofd en bedekte haar oren met de dunne stof. Beetje bij beetje haalde ze vervolgens met haar vingers de mouwen in, zo een prop makend in beide handen, die ze steeds harder tegen haar hoofd aan drukte. Nog was er het geschreeuw, gedempt weliswaar, maar het bleef onoverkomelijk hoorbaar. In de spiegel zag Anna hoe haar nachthemd langs haar lichaam omhoog kroop. Haar knieën werden zichtbaar, liepen over in haar naar boven toe breder wordende dijen, die een maanlandschap van kuiltjes en kraters vormden, het schaamhaar verscheen, en verdween meteen weer in de schaduw van haar afhangende buik, waarop een litteken te voorschijn kwam dat haar breed toegrijnsde.

In de spiegel verstomde haar blik. Onwillekeurig gingen haar handen open. Het nachthemd zakte in elkaar aan haar voeten. Ze draaide zich om, stapte de badkamer uit, de gang op, de woonkamer in, waar Arend met opengesperde mond op de grond zat, zijn tong trilde onafgebroken als een soort lokaas. Blindelings liep ze op haar doel af. Haar hoofd was gevuld met het geschreeuw, evenals de kamer, de flat, het hele gebouw. Vlak voor haar zoon hield ze halt, keek omlaag naar de mond die als een zwerende wond in zijn gezicht lag, boog diep voorover, spande elke spier in haar rechterhand, die ze ophief, en sloeg hem vlak in het gezicht.

Arend had de klap te laat zien aankomen om hem te ontwijken. Toen hij de hand zag vertrekken, had hij amper de tijd gehad om zijn moeder te herkennen in de vlezige massa die plotseling als een dreigende schaduw over hem heen gebogen stond. Het enige dat hij nog wist te doen, was zich schrap zetten en, een fractie van een seconde voor hij getroffen werd, zijn huilen staken.

De klap was hard, ontzettend hard, hard genoeg om een jongen van vijftien kilogram omver te slaan. In één beweging schoot zijn hoofd naar rechts, sleurde zijn hele bovenlichaam mee en botste tegen de grond.

Anna zakte door de knieën, keek niet hoe haar zoon eraan toe was en trok hem aan één arm omhoog. Ze legde de slappe jongen over haar schouder en droeg hem de woning uit, het trappenhuis in. Dat hij niet meer schreide, hoorde ze niet. Dat ze geen kleren droeg, zag ze niet.

Twee verdiepingen liep ze naar beneden, zonder naar de treden te kijken, liet op de gelijkvloerse verdieping de buitendeur links liggen en nam de trap die naar de kelder leidde. Daar aangekomen marcheerde ze vastberaden voort in de lage ruimte, waar een weinig avondlicht via luchtroosters in flinterdunne streepjes op de grond viel. Ze hield halt voor een deur die op een kier stond en deed die verder open met haar voet. Door een geopend klapraampje in de achterwand van het kleine vertrek stroomde frisse lucht naar haar toe. Geen rilling ging door haar heen. Voor haar voeten was de vloer bezaaid met in elkaar geperste plastic flessen en stukgebladerde tijdschriften. Ze schopte de rotzooi aan de kant, bukte zich en legde Arend neer op de kleine matras die te voorschijn was gekomen. Toen draaide ze zich om, verliet zonder om te kijken het berghok, deed de deur dicht, de grendel erop.

Korte tijd later stond Anna weer in de badkamer, waar ze haar handelingen vervolgde alsof ze geen seconde weg was geweest. Ze trok haar nachthemd aan, poetste haar tanden, liep de gang op, aarzelde even bij de voordeur en verdween toen in de slaapkamer, waar ze in bed kroop en meteen in een diepe slaap viel.

11

Toen Anna in de ochtend aangenaam wakker werd in een zonderlinge stilte besloot ze haar opgeruimdheid niet te laten verpesten door de aanwezigheid van haar zoon en al evenmin door de gedachte aan hem. Ze hield zich voor dat alles wat Arend betrof enkel een kwade droom was geweest waaruit ze nu was ontwaakt. Het vrije leven lachte haar toe en ze zou er ruimschoots van genieten. Tijdens het ontbijt zette ze de radio aan en terwijl ze zich aankleedde neuriede ze een vrolijk liedje, dat toen ze onderweg was naar haar werk in haar hoofd bleef spelen.

Er kwamen die dag niet meer vrouwen met kinderen bij Anna langs dan op andere dagen, maar omdat ze er onbewust veel aandacht aan schonk, kwam het haar voor dat alle moeders haar kassa verkozen boven die van haar collega's. De winkelkarretjes voerden onafgebroken peuters aan die met brabbelen, lachen en uitbundig zwaaien haar aandacht probeerden te trekken. Langzamerhand raakte ze bij het zien van al dat jong leven steeds meer van streek en toen een jongetje van een jaar of twee, dat van zijn moeder geen snoepje uit het rek mocht nemen, met zijn droeve reeënogen Anna aanstaarde, brak haar verzet. Ze stond op van haar stoel, meldde zich ziek bij haar chef en vluchtte de supermarkt uit zonder de tijd te nemen zich om te kleden.

In paniek liep ze in haar blauwe werkschort door de drukke straten van de stad, voortgestuwd door de gedachte dat haar kind gestorven was, door háár schuld. Maar misschien was ze nog niet te laat, misschien had hij de nacht wel overleefd en kon ze hem nog... Wilde ze wel dat hij nog leefde? Ze wilde dat hij niet dood was, toch niet door haar toedoen. Was dat niet het ergste wat een vrouw kon doen? Haar eigen kind vermoorden. Wat zouden de buren zeggen? De collega's? Haar naam zou over ieders lippen rollen. De hele stad zou haar nawijzen. Als ze maar op tijd was. Als ze maar... Ze vloekte hardop. En nog eens. Voorbijgangers keken naar haar om, maar het deerde haar niet. Puffend sleepte ze haar logge lichaam voort. In haar ogen stonden tranen. Als ze maar...

Uitgeput bereikte ze het flatgebouw. Ze deed de deur open en daalde de trappen af, meer vallend dan lopend. De krijtstrepen van licht op de vloer wezen haar de weg, verstomden even wanneer ze passeerde, haastig en met zware passen. Het duurde even voor ze de grendel los kreeg – haar vingers gehoorzaamden slecht in zulke situaties –, toen trok ze, de naam van haar zoon roepend, de deur open.

Arend zat gevangen in een rechthoek zonlicht die langs het klapraampje het berghok binnenviel. Zijn benen waren gekruist, zijn hoofd was gebogen en richtte zich op toen de deur openging, zodat zijn blik van zijn schoot, over het lichaam van zijn moeder, naar haar hoofd verschoof. Een blik die ergernis uitdrukte, als van iemand die in een belangrijke bezigheid wordt gestoord.

'Godzijdank!' zuchtte Anna bij het zien van de kastanjebruine ogen die haar levendig aankeken en voelde hoe op hetzelfde ogenblik haar opluchting al plaatsmaakte voor teleurstelling nu de verstikkende relatie met haar zoon onveranderd zou voortgaan.

Ze bukte zich, nam de jongen onder de armen vast en tilde hem omhoog. In een te trage reactie reikte hij nog naar het blad papier dat van zijn schoot viel en keek toen lijdzaam toe hoe de prent van een door de blauwe lucht scherende roofvogel verder omlaag dwarrelde en in de lichtvlek op de matras landde.

12

Na het voorval met de klap en de opsluiting zon Arend op een manier om te ontsnappen aan de macht van zijn moeder, die, nu ze een drempel had overschreden, hem steeds vaker sloeg. Soms met reden, wanneer hij weer eens huilde of een tijdschrift aan snippers had gescheurd, vaak zonder reden, omdat hij gewoon in de weg bleek te zitten of wat te lang naar haar staarde. En staren deed hij. Waar andere kinderen instinctief voelen waartoe hun benen dienen en vanzelf de neiging hebben om zich met die ledematen voort te bewegen, moest Arend zijn moeder urenlang bespieden om ingewijd te raken in de geheimen van het lopen. Hij bleef ervan overtuigd dat de mens geboren was om te vliegen, maar moest zich nu uit noodzaak, omdat hij er op een of andere manier niet in slaagde van de grond te komen, verlagen tot de verplaatsingswijze van zijn moeder. In het berghok was hij reeds tot de vaststelling gekomen dat zijn benen hem van nut konden zijn, nadat hij erin was geslaagd een blad papier dat hij met zijn handen niet kon bereiken wel met zijn harkende tenen naar zich toe te halen.

Zodra zijn besluit tot lopen definitief vaststond, ging het Arend voor de wind. Nog maar net was hij van start gegaan met zijn observatie of zijn moeder begon vlak voor zijn ogen op handen en knieën door de woonkamer te kruipen, zoekend naar een speld die ze had laten vallen en die ze, aan haar gevloek te horen, niet dadelijk vond. Verwonderd door deze manier van voortbewegen, die hem volstrekt onbekend was, maar juist daardoor een grotere uitdaging vormde, keek Arend aandachtig toe hoe haar linkerhand even de hoogte in ging, voorwaarts bewoog en weer plat op de grond belandde en hoe tegelijkertijd ook de rechterknie omhoogkwam en na een zelfde afstand door de lucht te hebben afgelegd weer neerkwam, waarna haar rechterhand en haar linkerknie een identieke beweging maakten.

Lang kreeg Arend niet de gelegenheid zijn moeder te bestuderen, want nog voor hij haar bewegingen had doorgrond, gaf zij haar zoektocht al op en kwam overeind. De leerling wenste daarentegen niet op te geven, wilde nog bijleren en liet zijn ongenoegen blijken door zijn keel open te zetten. Anna aarzelde geen seconde en gaf hem een flinke tik tegen het hoofd, waardoor het balletje dat hij in zijn handen hield wegschoot en over het vloerkleed verder rolde tot onder de bank. Meteen had Arend door dat er zich een prachtige gelegenheid voordeed, gebaarde dat hij zijn prooi opnieuw wilde bezitten – hij reikte verlangend met zijn beide armen in de richting van de bank en huilde wat luider – en stelde tot zijn grote genoegen vast dat zijn moeder zijn wenk begreep. Ze liet zich op haar knieën zakken, boog naar voren en plaatste haar handen op de grond. Toen keek ze onder de bank, haalde het balletje er onderuit, kroop naar haar zoon toe en liet het speeltje weer in zijn handen vallen, waarna de stilte terugkeerde.

Diezelfde dag slaagde Arend nog een paar keer in zijn opzet, volgde voortdurend aandachtig de handelwijze van zijn moeder, tot zij zijn streken beu werd en het balletje in de vuilnisemmer gooide. Even vreesde ze toen dat haar zoon een langdurig concert zou geven, maar volkomen onverwacht bleef hij zwijgen. Ze had dan ook niet het minste vermoeden dat hij op dat ogenblik genoeg had gezien en ernaar verlangde om gauw alleen te zijn, zodat hij zijn opgedane kennis in de praktijk kon brengen.

Zijn geduld werd lang op de proef gesteld, toch hield hij zijn stilzwijgen vol. De hele nacht huilde hij niet – een nacht waarin Anna geregeld wakker schrok omdat ze verdacht weinig hoorde, vervolgens opstond en naar zijn kamer ging, niet om te controleren of hij nog ademde, maar of hij iets aan het uitspoken was. Iedere keer weer scheen hij in een diepe slaap verzonken, eigen aan peuters die nog niet wisten wat zorgen waren, dacht zij, want zij kende ze wel. Nog altijd had ze geen flauw idee wat ze met haar zoon zou doen wanneer ze binnenkort opnieuw moest gaan werken. Het berghok had ze intussen uitgesloten – de kans dat hij daar beneden iemand met zijn gehuil van zijn opsluiting op de hoogte zou brengen was te groot. Als ze wist dat hij stil zou blijven... als ze dat eens wist. Hoe vaak had ze al gewenst dat hij een knop had, zoals op een radio, waarmee hij harder of stiller kon worden gezet, of helemaal uitgeschakeld? Misschien kon ze hem de mond snoeren, met een theedoek of een breed stuk plakband, of een appel, zoals in de gangsterfilm die ze onlangs had gezien. Ja, dat leek haar wel wat. In haar verbeelding zag ze hem voor zich, zijn wangen even bol en glimmend als de appel, zijn neusgaten opengesperd, zijn handen op de rug gebonden. Ze knikte tevreden en stelde zich vervolgens voor dat hij met de appel in zijn mond op een zilveren schotel in een donkere jus lag, die van zijn gebraden lichaam afdroop. Met dat beeld voor ogen viel ze toen in slaap. Een grijns lag op haar gezicht.

Ze schoot wakker van het gerinkel van de wekker, die ze meteen afzette. Binnen de kortste keren zat ze overeind en luisterde. Van Arend geen geluid. Ze stond op, trok haar peignoir aan en slofte naar zijn kamer.

Hij lag wakker op zijn rug en staarde naar het plafond, waar hier en daar nog een van de sterretjes glansde, die zij er voor zijn geboorte tegen had geplakt. Ze herinnerde zich hoe mooi ze toen oogden bij het wolkjesbehang dat de muren blauw en wit kleurde, maar dat nu ook op verschillende plaatsen was losgekomen.

Ze boog zich over het bed. Zijn dekentje was van zijn lichaam af geschopt en lag ineengefrommeld aan zijn voeten. Toen ze hem optilde, gaf hij geen krimp, bleef zelfs gelaten terwijl hij werd uitgekleed, hardhandig gewassen en in een schone luier gestopt.

In korte broek en T-shirt werd hij in een kinderstoel aan de keukentafel geplaatst. Zijn moeder plette fruit en voerde hem de pap. Hij at rustig – zijn gulzigheid bleek ver weg –, spuwde niets uit en huilde zelfs niet om meer toen zijn kom leeg was. Anna was verbaasd, opgelucht, en diepte uit de vuilnisemmer, tussen fruitafval, het balletje op, dat ze in zijn handen stopte toen ze hem in de woonkamer neerzette.

Vanuit de badkamer luisterde ze scherp, ging een paar keer de gang op en gluurde door de deur, die ze op een kier had laten staan. Hij verroerde zich niet. Zou ze hem misschien toch zo kunnen achterlaten? Ze besloot meteen het erop te wagen.

Met veel rumoer verliet ze even later haar appartement.

Ze trok de deur hard achter zich dicht, liet haar voetstappen op de trap bonzen, deed in de vestibule de deur open en smeet die voor haar neus weer dicht. Toen wachtte ze even. Op haar tenen ging ze vervolgens terug naar boven, haar oren gespitst, klaar om de minste kik op te vangen. Voor de deur van haar woning bleef ze staan en hield haar adem in. Ze hoorde niets, sloot haar ogen en legde haar rechteroor tegen de deur. De stilte was dreigend. Elk ogenblik moest hij nu wel beginnen te huilen, voorvoelde Anna, het was enkel zaak nog even geduld te hebben. Ze hield de sleutel voor het slot, legde haar andere hand op de klink, spande haar vingers eromheen. Hoewel ze hoopte dat hij bleef zwijgen, zou enkel zijn gekrijs de spanning in haar nog kunnen doen afnemen, en de klap die ze hem dan zou geven.

Aan de andere kant van de deur hield Arend het haast niet meer uit. Zijn moeder was een paar minuten geleden met slaande deuren vertrokken en toch voelde hij haar dreigende aanwezigheid nog altijd, alsof haar kille adem door een kier naar binnen woei. Het nare gevoel, dat hem niet losliet, verlamde hem, en dat net nu hij op het punt stond zichzelf het kruipen eigen te maken. Nog even en hij moest het uitschreeuwen, zo nam de druk op hem toe. Het leek of er iemand bovenop hem zat die steeds zwaarder werd, onhoudbaar zwaar. Toen kon hij zich niet meer inhouden. Zijn lippen gingen van elkaar, zijn tong kroop in zijn mond naar achteren, de schreeuw werkte zich als een luchtbel naar boven en ergens werd op dat ogenblik een deur geopend. Nog geen seconde later was alle dreiging verdwenen, net als zijn aandrang tot schreeuwen. En net als Anna, die opschrok toen er plotseling, een verdieping hoger, een deur werd geopend, vrijwel onmiddellijk de klink losliet en naar beneden vluchtte, de straat op, waar ze nog eenmaal achterom keek en vervolgens naar haar werk doorliep.

13

Kruipen bleek moeilijker dan Arend ooit had vermoed. Hoe gedreven hij ook oefende, dagenlang oogstte hij nauwelijks succes. De houding die zijn moeder hem had voorgedaan wist hij snel aan te nemen, maar het voortbewegen op handen en knieën zelf was een martelgang. In de eerste plaats leende zijn lichaam zich er niet toe – zijn corpulente ledematen eisten van hem een andere motoriek dan die hij bezat –, dan was er ook nog een probleem van coördinatie, zodat hij geregeld zijn evenwicht verloor en op zijn zij of voorhoofd tuimelde, en ten slotte weigerde zijn linkerbeen om soepel mee te werken. Al die moeilijkheden bevestigden wel zijn veronderstelling dat de mens niet gemaakt was om zich over de grond te verplaatsen, maar dat was dan ook de enige voldoening die hij had.

Opgeven kwam echter nooit in hem op, hoezeer hij ook geïrriteerd raakte omdat hij geen vorderingen maakte zoals hij wel deed toen hij overeind leerde komen. Telkens als zijn moeder de deur achter zich dichttrok, begon hij met dezelfde geestdrift als de vorige keer en hield vol tot hij de sleutel in het slot hoorde. Dat was voor hem steeds het sein om zich languit op zijn buik te laten vallen, zodat het Anna iedere keer voorkwam alsof hij de hele tijd zo had gelegen.

Na meer dan een week ter plaatse blijven – hij kwam geen duimbreed vooruit – boekte hij op een dag toch vooruitgang. En hoe! Zoals een ander kind met veel vallen en opstaan op twee wielen leerde fietsen en opeens de kunst te pakken kreeg en die vervolgens voor de rest van het leven beheerste, zo verging het Arend met kruipen. Zodra hij de eerste centimeters had overbrugd op de manier die hem voor ogen had gestaan, legde hij al gauw de volgende af en enkele ogenblikken later had hij zijn eerste meter al in de benen zitten.

Het ontbrak hem weliswaar totaal aan elegantie en ook snelheid was niet zijn sterkste punt – in dat opzicht leek hij in het groene pakje dat hij die dag droeg op een met de linkerachterpoot trekkende reuzenschildpad –, maar dat liet hem koud. Hij kwam vooruit, zienderogen, en daar ging het om. Het vloerkleed bewoog traag onder hem door, vervolgens de ene bruine tegel na de andere, een speld die hij ontweek, een deurmat en opnieuw een aantal tegels – het vet in zijn knieën trok zich niets van de harde ondergrond aan. Voor de keukendeur maakte hij ten slotte rechtsomkeert en voltooide uitgeput op het vloerkleed zijn eerste verkenningsronde, een kwartier nadat hij ermee was begonnen.

Zodra hij op adem was gekomen trok hij opnieuw op onderzoek uit. Hij plaatste zich weer op handen en knieën en was meteen vertrokken – dat hij ooit niet had kunnen kruipen leek hem op dat ogenblik onvoorstelbaar. Nu toerde hij om de bank heen, vorderde in de richting van de eetkamer, manoeuvreerde tussen twee stoelen door tot onder de tafel, die als een donkere wolk voorbijschoof, en ging vastberaden verder.

Langzamerhand begon Arend er schik in te krijgen en nam zijn zelfverzekerdheid toe. Zijn hand ging wat hoger de lucht in, alsof hij onderweg naar een voorbijganger zwaaide, zijn rechterknie zweefde wat langer, zijn hoofd ging heen en weer, de bochten werden smaller, zelfs een pasje achteruit zat er op den duur in.

Zijn neus volgend passeerde hij het met sanseveria's volgestouwde raam. Het zonlicht dat er door naar binnen viel, had een ladder op de vloer getekend, die hij sport voor sport beklom. In de heldere smalle stroken lichtte zijn hand iedere keer op, net als de stofwolkjes die hij voor zich uitjoeg. Met zijn blik achtervolgde hij de omhoogschietende vonkjes, toen met zijn happende rechterhand, reikte daarbij te hoog, helde naar links en kantelde om.

Zo bleef hij even liggen, zijn schild onder zich, zijn poten in de lucht. Rechts van hem verrees de houten tafel, aan de andere zijde was het raam, waarin hij naar de lange, spits toelopende bladeren keek en plotseling oog in oog stond met de zon, die hij zo betoverend mooi vond, dat hij rechtop ging zitten en ernaar staarde tot zijn ogen begonnen te tranen. Hij sloot ze en zag tot zijn verrukking dat hij nu omgeven was door tientallen zonnen. In welke richting hij zijn hoofd ook draaide, overal waren er lichtgevende ballen, alle van een even sprookjesachtig wit.

Als vanzelf gingen zijn gedachten toen naar de plaats die al dat licht in herinnering bracht en eindelijk verschenen ze weer: de wuivende verpleegsters die zijn naam riepen en de jongen met het gips – zijn lotgenoot die hem als geen ander had begrepen – die hem wenkte. Arend wilde roepen: 'Ik kom eraan!' maar kreeg wat hij dacht nog niet in woorden omgezet, en al helemaal niet in verstaanbare klanken. Het enige wat hij kon, was handelen naar zijn gedachten, wat hij dan ook deed.

Van de plaats waar hij zat tot bij het raam was anderhalve meter, die hij makkelijk kruipend aflegde. Omhoog kijkend zag hij toen niets meer van de zon waar hij naar op weg was, enkel een muur was er en een vensterbank die, een metertje hoger, uitsprong. Daarboven moest hij zijn.

'Oger!' schoot opeens door zijn hoofd.

Hij bleef met zijn knieën op de grond en richtte zijn bovenlichaam op, tegelijkertijd reikte hij met beide handen naar de vensterbank. Dit kon hij. Dit had hij al eens gedaan. Zijn handen grepen de stenen rand vast, die koud aanvoelde en niet meewerkte. Met alle kracht die hij in zich had, trok hij zichzelf toen omhoog. Zijn armen trilden. Zijn benen. Zijn knieën kwamen van de grond. Zijn voeten namen het gewicht over, en daar stond hij. Na zoveel weken was het hem weer gelukt. Hij keek vol verwachting omhoog en zag tot zijn teleurstelling dat hij de zon nog niet had bereikt. Een rij rode aarden bloempotten versperde zowel het zicht als de doorgang.

Hij ging op zijn tenen staan, liet de vensterbank met één hand los en legde zijn hoofd even in de nek. De rechtopstaande bladeren die hij zag leken hem geschikt als houvast. Hij omklemde er een, nog een, en nog een. Ze maakten een knappend geluid in zijn vuist. Toen trok hij eraan. Tot zijn voldoening werkten de bladeren mee. Ze bogen voorover... en bleven buigen... steeds dieper en... Arend voelde dat er iets misging, tastte nog met zijn andere hand naar de groene vingers en kon zich toen niet meer overeind houden. In zijn val sleurde hij de hele bloempot mee, die net naast hem met een hels kabaal op de grond in stukken brak. Zwarte aarde en tientallen brokstukken stoven in het rond. De bladeren sloegen hard in zijn gezicht en kwamen als een gebroken vleugel naast zijn schouder te liggen.

In het raam nam de middagzon de vrijgekomen ruimte in en bescheen nu de gevallen jongen, die het licht al niet meer opmerkte, zo groot was zijn verslagenheid. Instinctief opende hij toen zijn mond en liet zijn geschreeuw aanzwellen tot de kracht van een storm.

14

Nog maar net was Anna met een grote, kartonnen doos de vestibule in gesukkeld of ze ving zijn kreten al op, die hinkelend de trap afdaalden. Ze verbleekte op slag, liet de doos uit haar handen vallen en stormde naar boven. Bij elke volgende trede nam het volume van zijn stem toe, net als haar woede. Op de trapleuning speelden haar handen haasjeover. Haar achterwerk schommelde heen en weer. Haar dijen schuurden tegen elkaar. Ze zou hem leren, dacht ze, hier zou hij niet zomaar vanaf komen.

Op de overloop tastte ze in de zakken van haar jas naar de sleutel. Arend schreeuwde zo luid dat het leek of de deur open stond. Plotseling galmde een zware mannenstem door het trappenhuis, van boven naar beneden en weer terug:

'En dat is al twee uur aan de gang! Wil je wel eens...'

Anna maakte een wegwerpgebaar naar boven en opende met de andere hand de deur, die ze hard achter zich dichtsloeg. '...kind passen!' hoorde ze nog, een slag, en toen was ze alleen met zijn gekrijs, en haar haat.

Toen ze briesend en met geheven handen de woonkamer binnenliep, stokte haar pas omdat ze hem niet aantrof waar ze hem verwachtte: op het vloerkleed voor de bank. Ze liep verder naar voren, maar haar tred was al minder vastberaden. Ook haar handen verloren hun spankracht, gingen traag omlaag en kwamen voor haar mond samen zodra ze de bank voorbij was en de puinhoop erachter in haar blik ving. Als verlamd bleef ze staan. Een sanseveria was van de vensterbank op de vloer gevallen. Eromheen vormden rode brokstukken en zwarte grond een mozaïek waarin geen vorm zat, geen patroon terugkeerde. En ook bevond zich daar, op zijn rug, haar zoon, die met zijn benen trappelde, met zijn armen sloeg en zijn longen uit zijn lijf schreeuwde. Snel nam haar woede weer toe. Haar ontzetting spoelde weg. Toen schoot ze naar voren, krijsend, van alle zinnen beroofd, en wierp zich op haar knieën. Een regen van klappen stortte op Arend neer. Er was geen ontkomen aan. Zijn moeder krijste. Alle woede die jarenlang in haar had gerijpt, alle haat, alle pijn zaten nu in haar stem, in haar handen, in haar armen. Haar ogen waren verblind door tranen. Ze sloeg en sloeg, raakte het lichaam onder haar, maar ook haar eigen lichaam, dat heen en weer schokte. Eén minuut lang ging ze als een razende tekeer, toen werden eindelijk haar armen zwaar. Ze sloeg nog een laatste keer, met haar linkerhand, met haar rechterhand, raakte hem daarbij haast niet meer. Langzaam zakte ze daarna in elkaar.

Arend was stil geworden. Hij durfde zich niet te verroeren, kon het ook nauwelijks. De kleinste beweging deed pijn. Elke plek van zijn lichaam voelde hij. Zijn hoofd bonsde. Het snikken van zijn moeder drong erin door als een soort geruis. Hij begreep het niet meer: zijn leven, haar haat. Waar had hij dit aan te wijten? Zij had voor hem gekozen, niet andersom. Hij had zelfs geprobeerd het nooit zover te laten komen. Waarom dan deze straf? Als er iemand was die haatdragend mocht zijn, was hij het wel, en toch was hij het in wezen niet. Het enige wat hij wenste was dat zij hem met rust liet. Hij hoefde geen genegenheid, geen tederheid, geen begrip, althans niet van haar.

Uit zijn ooghoeken zag hij hoe zijn moeder verrees. Een rilling ging door hem heen. Zijn handen balden zich moeizaam tot vuisten. Hij hield zijn adem in. Maar ze liep resoluut van hem weg, de gang in. Hij zuchtte. Het leek of hij uit een wurggreep werd verlost. Toch bleef hij gespannen luisteren. Hij twijfelde of het geluid dat hij hoorde in zijn hoofd huisde of dat het haar voetstappen op de trap waren. Verliet zij het gebouw?

Zijn hoop was van korte duur. Voor haar afwezigheid hem tot bedaren had kunnen brengen, was ze al terug. Eerst was er haar schaduw, die hij haast lijfelijk voelde, toen zag hij haar rug die boven de bank uitkwam. Ze droeg een grote doos, die aan weerszijden van haar lichaam uitstak. Ze bukte zich, zette de doos op de grond en ging op de bank zitten, alleen haar hoofd kwam nog boven de rugleuning uit. Arend hoorde dat ze iets verscheurde, toen was er gerammel en viel er van alles op de grond – het geluid was haast identiek met dat van het klokje dat hij had gehad, alleen klonk dit veel luider.

Na een halfuur knutselen kwam zijn moeder overeind en draaide zich in zijn richting. Haar blik was koud, alsof ze door hem heen keek. Ze stapte naar hem toe. Hoewel er geen dreiging van haar uitging, kromp hij ineen. Ze knielde en raapte haar zoon voorzichtig van de grond, zoals een meisje haar pop. Ze zei niets, ademde traag en liep met hem om de bank heen. Op het vloerkleed stond een tuig dat Arend niet kende: een vierkant metalen raam op vier wieltjes, uit elke hoek gingen vier stevige buizen de hoogte in naar een ander raam, dat met plastic was bedekt en waarin een stoffen zitting aan riempjes hing.

Anna nam Arend vast onder zijn armen en plaatste hem

in de loopstoel, zodat zijn voeten de grond raakten en zijn armen steun vonden op het raam dat zijn lichaam omgaf.

'Zo jongen, loop nu maar,' klonk haar stem toonloos, alsof ze tegen een voorwerp praatte. Daarna draaide ze zich om, raapte het afval van karton en plastic van de grond en verdween in de keuken.

15

Toen Anna weer in de woonkamer kwam, merkte ze dat Arends aandacht volledig door de loopstoel in beslag werd genomen. Zijn handen timmerden op het raam dat zijn lichaam omgaf, terwijl zijn blik over de buizen naar beneden gleed, alsof hij de stevigheid van het geheel onderzocht alvorens hij zich aan een eerste pas durfde te wagen. Wat haar nu ook opviel, was dat zijn rechtervoet de grond raakte, maar dat de linker er een paar centimeter boven hing. Ze deed enkele stappen naar voren, bukte zich, bestudeerde de riemenconstructie van de zitting en hing de linkerriem een gaatje lager dan de andere, daarbij dacht ze aan wat de dokter haar in het ziekenhuis had verteld: dat haar zoon waarschijnlijk zijn hele leven mank zou zijn omdat zijn linkerbeen minder snel zou groeien dan zijn rechterbeen. Ze duwde zachtjes tegen de stoel, alsof ze een perpetuum mobile in gang zette, maar Arend zette zich schrap en bleef staan. Werktuiglijk trok Anna haar schouders op en liep terug naar de keuken.

Arend wantrouwde het ding – een dwangbuis zou hem niet vreemder zijn voorgekomen –, zeker toen zijn moeder er nog het een en ander aan had gewijzigd. Zodra hij echter onbewust met zijn benen had bewogen en de stoel vooruit rolde, hem meesleurend zonder dat hij zijn evenwicht verloor, won zijn nieuwsgierigheid het van zijn argwaan en van de pijn die hij nog over zijn hele lichaam voelde. Aarzelend zette hij een stap, een volgende en toen was hij vertrokken, meter voor meter, tot hij voor een muur stond en niet meer vooruit kon. Hij rustte even, bekeek de situatie, manoeuvreerde wat met zijn heupen, totdat het toestel een kwartslag was gedraaid, en rolde toen verder in de richting waarheen zijn voeten wezen. Nauwelijks een paar minuten later waren hij en zijn loopstoel met elkaar vergroeid en vervoerde hij zichzelf door de woonkamer als een taxichauffeur met jaren ervaring. Ineens moest hij aan de stoel met de grote wielen denken waarin hij door de gang van het ziekenhuis was gereden en waaruit hij was opgevlogen, hoog de lucht in – dat laatste herinnerde hij zich alsof het pas was gebeurd en gaf hem een duwtje in de rug, zodat hij haast over zijn voeten struikelde.

Vier weken later was hij de loopstoel al ontgroeid, althans de zitting ervan, die zo diep onder zijn gewicht wegzakte dat hij zijn benen niet meer kon strekken. Anna haalde de zitting eruit, tot groot ongenoegen van Arend, die dacht dat ze hem weer op een of andere manier het leven zuur wilde maken. Toen ze hem daarna weer tussen het metalen geraamte plaatste, kalmeerde hij en stootte zich af. Verlost van het zware lichaam rolde de stoel nu sneller vooruit dan de jongen kon lopen en nog geen twee passen later lag hij languit op de grond. Zijn gezicht vertrok, maar voor hij in huilen uitbarstte had zijn moeder hem al opgeraapt en weer tussen vier wielen gezet. Met één hand hield ze de stoel in bedwang, met de andere haar zoon en zo liep ze stap voor stap met hem door de kamer, tot hij de slag opnieuw te pakken had en zonder haar hulp verder kon.

Weliswaar was zijn gang door zijn te korte linkerbeen vrij eigenaardig – alvorens zijn linkervoet de grond kon raken, moest Arend met een knik door zijn rechterbeen zakken, waarna hij dat been met de voet slepend over de grond bijtrok – maar dat was Anna een zorg en de jongen zelf had er niet het flauwste benul van. Hij verkeerde in de overtuiging dat er geen verschil was tussen zijn manier van lopen en die van zijn moeder. Het enige wat hij zag, was dat hij zich kon verplaatsen en alleen dat was belangrijk voor zijn doel: de ruimte tussen vier muren ontvluchten waar hij dag in dag uit doorbracht. Langzaamaan drong het ook tot hem door dat zijn moeder hem daarom de stoel had gegeven en haar hulp aanbood, want ook zij wilde klaarblijkelijk niets liever dan dat hij uit haar leven zou weglopen – een gedachte die hem aanspoorde om nog harder te oefenen.

Als Anna thuis was, zwalkte hij onafgebroken in zijn stoel door de flat. Als ze weg was en zowel zijn loopstoel had weggestopt als alles wat binnen zijn bereik lag op veilige hoogte gebracht, bleef hij zich verplaatsen, maar gebruikte dan de bank als steun of kroop naar de eetkamer, waar hij zich overeind trok aan de tafelpoot en eromheen drentelde.

Op die plaats leerde hij langzamerhand lopen zonder houvast. Tijdens zijn eerste schuchtere pogingen probeerde hij aan de smalle zijde van de tafel van de ene poot naar de andere te geraken, waarbij hij geregeld zijn evenwicht verloor. Een week later was hij al zover gevorderd dat hij de brede zijde van de tafel kon overbruggen en na een maand oefenen was er geen afstand meer over die een uitdaging was.

In de periode dat hij het lopen machtig werd – de laatste twee maanden van zijn eerste levensjaar – leerde Arend nog van alles, louter en alleen door te experimenteren. Het ging daarbij om kleine, dagelijkse handelingen die weinig konden bijdragen tot zijn uiteindelijke doel, maar wel het fysieke contact met zijn moeder verminderden. Zo kon hij ten slotte eigenhandig zijn kleren uittrekken, zonder assistentie op de bank of een stoel kruipen, zijn bekertje met melk of vruchtensap met beide handen vastgrijpen en naar zijn mond brengen en ook zelf zijn bord met een lepeltje leeg eten. Zodra hij een handeling had aangeleerd weigerde hij vanaf dat moment de hulp van zijn moeder, die nooit verder aandrong en zelf tevreden was dat zij steeds minder tijd aan hem moest verdoen.

Arend genoot van alles waarin hij bedreven raakte, maar een vreugdekreet kon hij nooit uiten. Zijn grootste prestatie, het lopen, bleef veeleer een noodzaak dan een vrijwillige keuze, en in die zin had hij weinig reden om te juichen. Daar kwam nog eens bij dat sinds hij zulke vorderingen maakte zijn moeder er plezier in kreeg om hem te sarren: zijn luier werd altijd strak dichtgesnoerd, de melk was vaak te warm, het badwater te koud, zijn nagels werden te kort geknipt of de veters van zijn schoenen werden niet gestrikt opdat hij makkelijker zou struikelen. Al die pesterijen hadden op de peuter dezelfde uitwerking: met de dag keek hij meer uit naar het ogenblik waarop hij de flat zou verlaten, en dat hij niet via het raam kon ontsnappen, dat kil en hard was als een spiegel, had hij intussen ook geleerd.

16

Zijn eerste verjaardag ging ongemerkt aan Arend voorbij. Geen feestje met een taart waarop één kaarsje stond dat hij moest uitblazen, geen cadeautjes om uit te pakken, geen ballonnen, geen hiep hiep hoera, geen felicitaties. Anna wist wel dat haar zoon jarig was – hoe zou ze die dag kunnen vergeten? –, maar vond dat er niets te vieren viel, net zoals ze ook haar verjaardag om dezelfde reden elk jaar in stilte liet passeren.

Behalve in leeftijd bereikte Arend die dag ook in lengte een eerste mijlpaal: op de kop af één meter. Met trots in haar stem had de huisarts dit resultaat meegedeeld en er meteen aan toegevoegd dat zo'n lengte wel uitzonderlijk was, maar niet abnormaal. Zijn gewicht van achttien kilo en negenhonderd gram bleek daarentegen buitensporig en moest in het oog worden gehouden. De daaropvolgende uitleg waarin de woorden hypofyse en schildklier centraal stonden, had Anna nauwelijks begrepen, net zomin als de onverstoorbaarheid waarmee haar kind alle onderzoeken onderging – zelfs op de prik had hij niet gereageerd.

Arend was op dat moment ook overdonderd door wat hij onderweg naar de huisarts allemaal had gezien. Nu hij voor de eerste keer sinds lange tijd buiten was gekomen, was er een nieuwe wereld voor hem opengegaan, die hij gretig tot zich had genomen. Van alle kanten was hij overspoeld door geluiden en waar hij ook had gekeken, overal had hij nieuwe dingen ontdekt, die hij met zijn blik en zijn wijzende vingers was blijven volgen tot hij met een ruk weer werd voortgetrokken. Het klank- en lichtspel had zelfs zo'n indruk op hem gemaakt dat hij, toen hij 's nachts klaarwakker in bed lag en naar de straatgeluiden luisterde die zijn kamer binnenslopen, opnieuw de stoet auto's zag die met hoge snelheid passeerde, de zon die in de ruiten van een hoog flatgebouw naar hem knipoogde en de lucht die helderblauw was en vanwaar het aanzwellende gebrul van een onzichtbare straaljager hem had bereikt. Maar vooral herinnerde hij zich iets anders: de weg ernaartoe. Keer op keer haalde hij zich opnieuw voor de geest hoe zijn moeder met haar hand op de klink de deur van de flat had opengedaan, hoe zij de trap was afgelopen, hoe hij de trap was afgelopen – aan haar hand, voetje voor voetje, trede voor trede – en hoe zij beneden aangekomen weer een deur op dezelfde manier had opengedaan, waarachter... Het was het mooiste geschenk dat hij voor zijn verjaardag had kunnen krijgen.

De volgende ochtend liep hij zijn moeder door de hele flat achterna. Telkens als ze ergens een deur opende, moest hij als toeschouwer op de eerste rij kunnen plaatsnemen; reikhalzend volgde hij dan de beweging van haar hand en vroeg zich af hoe het kon dat deze eenvoudige handeling die zijn ontsnapping mogelijk maakte hem niet eerder was opgevallen, ook al had zijn moeder wel elke dag meerdere keren het voorbeeld gegeven.

Anna werd nerveus van zijn voortdurende gehijg achter haar rug, draaide zich een paar keer woest om en snauwde haar zoon af, die dan even de pas inhield, maar op het vinkentouw bleef zitten om toe te snellen zodra zij weer een deur naderde. Vaak werd de deur voor zijn neus dichtgegooid, dan ging hij op de grond zitten en lonkte naar de klink als naar een snoepje. Wanneer de klink opnieuw een hoofdknik had gemaakt en zijn moeder in de deuropening verscheen, stond hij op en achtervolgde haar weer.

Toen zij hem korte tijd na het ontbijt naar de woonkamer bracht en haar jas aantrok, wilde Arend, die de truc nu wel meende door te hebben, eigenhandig voor haar de deur openen, maar bedacht zich bijtijds. Gespannen wachtte hij af op de bank, hoorde één deur dichtslaan en toen een tweede – het startsignaal waarop hij had gewacht.

Behoedzaam liet de jongen zich van de bank glijden, zijn kleine oren gespitst, en schuifelde naar de deur die uitkwam op de gang. Zijn kale kruin reikte tot net onder het sleutelgat. Traag legde hij zijn hoofd in de nek. Een vage schaduw, waarin hij zijn eigen donkerbruine ogen niet herkende, bewoog in de klink. In zijn hoofd speelde zich de beweging af die hij moest maken. Als aan een touwtje ging zijn hand de hoogte in en omvatte, zonder dat hij daarvoor op de tenen van zijn witte pantoffels moest gaan staan, de klink, die vanzelf naar beneden scharnierde. Toen duwde hij zich met de palm van zijn linkerhand van de deurstijl af, deed een pas naar achteren en trok de deur open. Het verbaasde hem dat alles zo vlot verliep en hij verwachtte dat er nog iets zou misgaan, maar zijn vrees bleek ongegrond, want toen hij de klink losliet, bleef de deur uitnodigend openstaan.

In de gang legde hij zo snel als hij kon de resterende afstand naar de buitendeur af, nauwelijks drie meter, waarvoor hij niettemin vijftien passen moest doen, zodat het hem bij het bereiken van zijn doel voorkwam alsof hij al een enorme weg had afgelegd. Hij keek omhoog en zag vlak boven zich de klink, die op een gestrekte vinger leek. Net als in de woonkamer stak hij zijn rechterhand omhoog. Een voor een krulden zijn vingers zich om de klink. Een rilling van opwinding ging door de jongen heen. Dadelijk zou hij de eerste hindernis op zijn weg naar buiten hebben overwonnen. Dadelijk zou hij verlost zijn uit de greep van zijn moeder. De klink ging omlaag. Arend voelde nu hoe vanuit zijn handpalm een aangename warmte vertrok en via zijn arm zijn wangen bereikte, die begonnen te gloeien. In gedachten stond hij al voor de trap die hem naar beneden zou brengen. Met zijn linkerhand zocht hij steun en trok vervolgens met zijn rechterhand aan de klink. Tegelijkertijd deed hij een pas naar achteren. Alsof het tegen de deur had geleund viel het licht van het trappenhuis de gang in.

17

Arend stond aarzelend boven aan de trap, zijn rechterhand op de leuning, zijn linkervoet zwevend boven de op een na hoogste trede, toen achter hem een basstem weerklonk:

'Zo jongen, heb je hulp nodig?'

Geschrokken keek Arend over zijn rechterschouder. Het lijvige lichaam van een man in een ruitjeshemd vulde zijn blik. Hogerop bevonden zich twee kleine, blinkende oogjes in een vrijwel kaal, bolrond hoofd, dat rood was aangelopen. Hoewel de man als een berg boven Arend verrees, ging er geen dreiging van hem uit.

'Je wilt toch ook naar beneden?' Alsof hij op een bonbon kauwde bewoog zijn mond tussen zijn opgeblazen wangen. Arend bleef hem roerloos aanstaren, niet wetend hoe te reageren, en zag toen dat de man zijn ogen op de openstaande deur richtte, waardoor hij net gevlucht was

'Dus *jij* bent de jongen die hier iedereen maandenlang uit zijn slaap heeft gehouden. Jezus, zó huilen! Nog erger dan een varken dat gekeeld wordt.' Er volgde een korte stilte, waarin de man de peuter voor hem van top tot teen opnam. 'Maar nu ik je zie, begrijp ik het.' Met zijn stompe wijsvinger tikte hij op Arends borst. 'Wat een klankkast! Je kon mijn zoon wel zijn! Zelfs je kop lijkt op die van mij!' Hij bukte zich en toonde zijn kale schedel aan Arend, die verrast een stap achteruit deed en voelde hoe de vloer onder zijn voet verdween, hoe zijn lichaam achterover helde.

'Ho maar!' riep de man en pakte de jongen tegelijkertijd bij zijn pols beet. 'Liet ik je schrikken... Arend?'

Bij het horen van zijn naam sloeg Arend zijn donkerbruine ogen op. Op de rode ballon voor hem verscheen een glimlach.

'Ja, ik dacht het wel. Aaa... rend.' Hij liet de pols los en proefde de twee lettergrepen nogmaals. 'Ik heb het je moeder vaak genoeg horen schreeuwen de laatste tijd.'

Even gluurde hij naar de deuropening, bracht zijn tot een schelp gevormde hand naar zijn mond en riep op schrille fluistertoon: 'Arend, verdomme! Rotjong! Ik zal je... Aaarend!'

Hij kwam overeind en knipoogde naar het kind, dat met open mond zijn bewegingen volgde.

'Heeft ze je misschien weer alleen gelaten?' vroeg hij nu met normale stem en schudde zijn hoofd. 'Arend makker, je hebt het niet erg getroffen, geloof ik.'

Arend verstond ze niet allemaal, de klanken die hij hoorde, maar begreep wel de vriendelijke toon ervan, en toen de man een hand naar hem uitstak en met de andere naar zijn ruitjeshemd wees, strekte ook hij zelfverzekerd zijn arm naar voren.

'Hans. Ik heet Hans. Ik woon boven je.' Met overdreven bewegingen schudde Hans de hand en wees van zijn hemd naar boven, waar hij, op de derde en hoogste verdieping, sinds jaar en dag een vrijgezellenflat bewoonde.

'Wat was je van plan?' vroeg hij toen. 'Ging je op onderzoek uit? Heeft je moeder je niet verboden naar buiten te gaan?'

Hij pauzeerde even, wachtend op een antwoord van de

jongen die hij al praatrijp achtte, gezien zijn lichamelijke ontwikkeling.

'Heb je je tong verloren?' probeerde hij vervolgens en wees het spekachtige orgaan in zijn mond aan, waarop ook Arend zijn mond opendeed en zijn tong liet zien. Hans schoot in de lach en nam de kinderhand opnieuw vast.

'Kom, ik zal je maar weer naar binnen brengen, anders hebben we straks allebei ruzie met je moeder.'

Even volgde Arend zijn buurman gedwee, maar zodra hij merkte welke richting Hans uitging, zette hij zich schrap, reikte met zijn vrije hand naar de trapleuning, waar hij niet bij kon, en slaakte een korte kreet. Verbaasd keek Hans achterom en zag in het gezicht van Arend een angst zoals hij nooit eerder bij een kind had gezien. Zijn voorhoofd was sterk gerimpeld, zijn ogen waren opengesperd en lagen diep in de kassen, en zijn mond had een krampachtige uitdrukking waardoor het leek of hij nog altijd schreeuwde.

'God jongen, wat scheelt er? Ik kan je toch niet...'

Nogmaals keek hij in de grote, brandende ogen.

'Goed, jij je zin. Maar ik weet van niets. Kom.'

Terwijl Hans zich zuchtend omdraaide, verdween de grimas van Arends gezicht. Naast elkaar begonnen ze de trap af te lopen, traag. Af en toe verloor de jongen zijn evenwicht en werd door zijn buurman weer naar achteren getrokken, die voorzichtig voet voor voet op elke trede plaatste, alsof ook hij nog maar net had leren lopen.

'Wacht even, jongen,' hijgde Hans toen ze op de overloop van de eerste verdieping waren aangekomen. 'Mijn benen willen niet meer mee.' Hij stuurde een knipoog naar Arend, die de wenk begreep en met beide ogen knipperde. Hans lachte en haalde een paar keer diep adem, waarbij er meer lucht in zijn buik dan in zijn borst leek te komen.

'Van een ladder gedonderd,' begon hij toen, traag sprekend. 'Vijf meter naar beneden, jongen. Baf, op de grond! Dat ik van geluk mocht spreken, zeiden de dokters, ik had morsdood kunnen zijn. Geluk!? Mijn hele leven kreupel, ja, alsof dat geluk heet.' Uit zijn broekzak haalde hij een zakdoek en bette wat druppels van zijn voorhoofd. 'Weet je, als ik kon was ik hier al lang weg. Al die trappen elke dag. Dat wordt nog eens mijn dood. Maar ach, wat wil je met een kreupel pensioentje? Niets koop je ervan. Zal ik je eens iets vertellen, jongen? Geluk bestaat niet. Knoop dat maar goed in je oren. Geluk bestaat niet... Zullen we dan maar weer?'

Arend had haast ademloos geluisterd en bij elk woord was zijn bewondering voor de man gegroeid, die voortdurend op een vertrouwelijke toon tegen hem had gepraat.

Met zijn hand verzonken in de brede, plakkerige palm die hem opnieuw was aangereikt, daalde Arend verder de trap af, hoewel hij er zich nauwelijks van bewust was. Hij had alleen nog oog voor de man aan zijn zijde, die hem na elke trede even aankeek, goedkeurend knikte en dan met een zucht een volgende pas zette.

'We zijn er bijna,' zei Hans toen ze nog drie treden te gaan hadden en leek daarmee vooral zichzelf moed te willen inspreken.

Nu ze de vestibule met de grote ramen naderden, was het licht in het trappenhuis zo sterk toegenomen dat het ook Arend niet meer kon ontgaan. Met een schok drong het opnieuw tot hem door waarheen hij onderweg was. Zijn vingernagels drukten zich diep in de muis van de hand van zijn buurman. Zijn onderbuik begon te tintelen. Terwijl zijn benen hem vooruit bleven dragen, brak het zweet hem uit en werden de prikkelingen in hem steeds sterker. Over een onzichtbare trapleuning gleed zijn hand na de laatste trede nog even verder, zijn andere hand werd losgelaten. Uit zijn ooghoeken zag hij toen dat Hans naar de klink reikte. De deur zwaaide open en op hetzelfde moment voelde Arend hoe zijn luier vochtig warm werd.

'Heb je opeens geen zin meer?'

Hans was over de drempel gestapt, had zich omgedraaid en vulde nu de deuropening, zodat zijn puffende schaduw over de jongen viel.

'Goed, dan ga ik maar alleen verder,' zei Hans op gemaakt bedroefde toon, haalde zijn schouders op en vertrok. Na een paar meter keek hij over zijn schouders en staakte zijn pas. Hinkend kwam Arend naar hem toegelopen.

'Jij deugniet!' riep hij verrast uit. 'Zit je mij zo'n beetje na te doen.' Zijn bulderlach stuiterde over het trottoir en spoorde Arend aan om te versnellen. Hans boog voorover en ving de kleuter op, die struikelend in zijn armen viel. Haast in dezelfde beweging tilde hij hem op, wilde hem tot boven zijn hoofd brengen, maar kwam niet verder dan tot zijn schouders.

'Jezus, wat ben je zwaar!' zei hij en zette de jongen weer met beide voeten op de grond.

Arend voelde zich daarentegen lichter dan hij ooit gewogen had en dacht dat hij door zijn buurman niet in de lucht was geheven, maar door hem was tegengehouden net op het ogenblik dat hij nog hoger zou vliegen. Aan niemand zou hij zo'n daad ooit vergeven hebben, maar op Hans kon hij niet boos zijn – de man had hem tenslotte al zover gebracht.

‘Wat doen we nu met je?’ Hans had zijn zakdoek opnieuw te voorschijn gehaald en veegde zijn voorhoofd en wangen droog. ‘Ik kan je niet alleen achterlaten, dat is te gevaarlijk. Maar ik kan je ook niet meenemen, want stel dat je moeder dadelijk hier is.’

Arend wist niet wat zijn buurman zei, maar wist wel wat hij wilde. Nu hij opnieuw in de buitenlucht was, bevond hij zich weer een stap dichter bij zijn doel. Met zijn hoofd in zijn nek speurde hij de blauwe lucht af en wees, toen hij gevonden had wat hij zocht, naar de lichtgevende bol die aan de overkant van de straat boven een hoog flatgebouw uitkwam.

‘Dat is de zon,’ zei Hans. ‘Daar krijg je het warm van. Maar voor de rest hebben we er nu niet veel aan.’

Trippelend op zijn voeten stak Arend toen zijn andere hand ook de lucht in en hield die houding vastbesloten aan.

‘Wat wil je dan?’ vroeg Hans lichtelijk verveeld. ‘Naar de zon? Prima, dan wandelen we even naar de zon. We steken ginds de straat over, geven de zon een hand en dan breng ik je terug naar huis. Dat lijkt mij een goed idee. Akkoord?’

Als vader en zoon liepen ze vervolgens over het trottoir naar de oversteekplaats. Wie naar Hans keek, zag hoe Arend er later uit zou zien, wie naar Arend keek, zag hoe Hans er vroeger had uitgezien. Er was slechts één wezenlijk verschil: ze hinkten in spiegelbeeld.

Arend hield zijn blik naar rechts gericht en merkte tot zijn verbazing dat de zon hem volgde. Traag bewoog ze over de hoge daken in dezelfde richting als hij. Hij wilde zijn buurman erop wijzen, maar die haalde hem op dat ogenblik met een ruk naar zich toe.

‘Kijk uit waar je trapt, jongen.’

Over het trottoir trokken lege conservenblikjes, broodkorsten en fruitresten een spoor naar een gescheurde, grijze vuilniszak die voor het portaal van een flatgebouw lag. Terwijl ze behoedzaam over het afval heen stapten, maakte Hans grimassen en riep tegelijkertijd, in de hoop dat Arend het hem zou nazeggen: ‘Vies, bah, vies!’ De peuter had het echter te druk met het bestuderen van het vuilnis om aandacht te schenken aan zijn buurman, die zijn schouders dan maar ophaalde.

Na een paar passen hielden ze halt voor een zebrapad. De witte, rechthoekige vlakken doken geregeld onder een snel voorbijrijdende auto en kwamen dan weer onbeschadigd te voorschijn.

‘Luister, Arend. Ik zal je leren hoe je veilig de weg oversteekt. Ik doe het je even voor,’ zei Hans op overdreven onderrichtende toon en boog iets naar voren. ‘Les één: kijk naar links... Les twee: kijk naar rechts...’

Maar Arend keek noch naar links, noch naar rechts, want schuin achter hem was een kraai bij de vuilniszak neergestreken. Met grote ogen volgde de jongen de zwarte vogel die over de grond hupte en hier en daar met zijn scherpe bek in het afval scharrelde. Af en toe vond hij iets en schrokte dat naar binnen, waarbij hij de kop met de blinkende oogjes in de onzichtbare nek legde en met zijn bek klapte.

‘Les drie...’

Met één slag van zijn stevige vleugels belandde de kraai bovenop de vuilniszak en zich niet bewust van het tafereel dat achter hem plaatsvond, voelde Hans hoe op dat ogenblik de kinderhand zijn hand losliet. Hij keek achterom en zag de jongen weglopen. Tegelijk vloog er een grote vogel met krassende stem van de vuilniszak op, over Arend heen, die wankelend op zijn benen om zijn as draaide, toen zijn armen spreidde en de kraai achterna hinkte.

'Arend!' schreeuwde Hans, maar merkte aan de vreemde blik in zijn ogen dat niets tot hem doordrong. Toch riep hij nog een keer zijn naam, want inhalen kon hij hem op dat ogenblik al niet meer.

Zijn armen op en neer bewegend en met zijn hoofd in de nek liep Arend blindelings de straat op. Midden op de weg stopte hij, begon te trappelen met zijn voeten en bleef, terwijl hij steeds sneller met zijn armen sloeg, de vogel nakijken die naar de zon vloog. Niet alleen de ogen van het kind straalden, maar zijn hele gezicht, waarin nu de mond openging.

'Oger!' hoorde Hans. 'Oger!'

En toen een schetterende lach, die verstierf in het doordringende geluid van een uit alle macht remmende vrachtwagen.

18

Als geluk bestond, had de vrachtwagen Arend onder zijn wielen verpletterd en hem zo verlost van het miserabele leven dat hem was toebedeeld. Maar geluk bestaat niet en dus kwam het voertuig op een halve meter van de onfortuinlijke jongen genadeloos tot stilstand. Een fractie van een seconde stond toen ook de wereld stil, zoals in een film, daarna kwam ze versneld weer op gang: de chauffeur sprong uit zijn wagen, Hans haastte zich de straat op, in de gebouwen renden de mensen naar het raam en Arend... hij liet zijn armen zakken en barstte in huilen uit. Niet omdat hij, zoals iedereen dacht, geschrokken was van de naderende vrachtwagen – die had hij gehoord noch gezien –, maar omdat de vogel verdwenen was in het licht van de zon, terwijl hijzelf nog altijd met beide voeten aan de grond gekluisterd bleek.

Bij het zien van het ongedeerde kind slaakte de chauffeur een zucht van opluchting en richtte vervolgens een boze blik op de dikke man die kwam aangehinkt.

'Godverdomme, kun je je kind niet bij je houden?'

Hans negeerde de uitlating en liep meteen door naar zijn buurjongen. Hij bukte zich, legde zijn bevende handen op diens schouders en zei op een tussen woede en medelijden weifelende toon: 'Verdorie, jongen, je had morsdood kunnen zijn!'

Toen tilde hij Arend op en zette hem op zijn arm. Van

alle kanten waren intussen gonzende mensen toegestroomd, die nog niet wisten dat het spektakel was afgelast. Hans strompelde voor de brede, verchroomde gril van de vrachtwagen door tot bij de chauffeur, die zijn handen in de nek had gelegd.

'Het spijt mij,' zei Hans boven het gehuil van het kind uit, 'het spijt mij zeer.' Nagekeken door tientallen ogen verliet hij daarna traag het toneel.

Toen hij na een kwartier bij de openstaande deur van Arends flat was aangekomen, huilde de peuter nog altijd. Hans zette hem op de grond en ging zelf op de trap zitten. Naar adem snakkend aanschouwde hij de jongen, die lucht te veel scheen te hebben, en terwijl hij zich afvroeg wat hij met hem moest beginnen, wist hij reeds dat hij het niet over zijn hart kon verkrijgen om het arme schepsel aan zijn lot over te laten.

'Kom, nog een klein stukje naar boven,' zei hij toen hij weer op krachten was gekomen. 'Loop je nu weer zelf?'

Hij pakte een van de trillende vuisten beet die de jongen gebald voor zijn borst hield, maar stuitte meteen op een enorme weerstand. Daarop tilde hij hem weer op, wendde zijn oor van het gehuil af en begon aan de zware, laatste klim.

Zodra hij de deur van zijn flat had geopend, sloeg de hitte hem tegemoet, ook al had hij de koepelramen in het platte dak al in de vroege ochtend opengeklapt. Hij liet de deur wijd openstaan en ging de kleine ruimte binnen, waar de woonkamer, de keuken en de slaapkamer in elkaar versmolten waren. Kreunend dropte hij Arend in de enige fauteuil die er stond en zocht met zijn onderarmen steun op de rugleuning, zodat zijn schokkende bovenlijf als een enorme schaduw over de jongen heen kwam te hangen. Het zweet sijpelde van zijn voorhoofd en maakte vlekken op de grijze stoffen bekleding van de fauteuil.

'Arend, je doet die arme Hans wat aan,' zuchtte hij.

Langgerekt kwamen de kreten uit de opengesperde kindermond. De bovenlip was opgekruld tot boven het rozige tandvlees. Speeksel hing in dunne snaren tussen de melktanden. De tong spartelde diep in de donkere keel.

'Rustig maar,' fluisterde Hans en streek met zijn vierkante hand over het kale hoofd van de peuter. Hij haalde nog een paar keer diep adem, kwam krampachtig overeind en liep toen om zijn bed heen naar de badkamer, die zo klein was dat hij er nauwelijks kon keren. Hij deed zijn doornatte overhemd uit en spoelde zijn gezicht en nek met koud water af. Terwijl hij zich afdroogde, liep hij terug naar de fauteuil en veegde met de handdoek over de wangen van de jongen.

'Met zo'n stem word je later vast en zeker zanger,' zei hij, 'of trompetspeler misschien, want daar heb je de longen voor. Maar je wordt zeker geen voetballer. Je bent verdorie echt kreupel! Ik had het eerst niet door, ik dacht dat je mij nadeed. En ik maar lachen met je. Als ik het geweten had...'

In een flits zag hij Arend opnieuw de straat oplopen, slepend met zijn been. Ondanks de hitte die aan zijn lijf plakte, ging er een rilling door hem heen. Tevergeefs probeerde hij de ogen van het kind droog te vegen.

'Ja, huil maar, jongen. Ik zou het ook doen als ik in jouw plaats was. Zoveel pech, verdomme! Die goede God hierboven moet wel in slaap gesukkeld zijn toen jij gemaakt werd. Waar is je vader trouwens? Heeft hij het niet volgehouden bij je moeder?'

Arend reageerde noch op de woorden van zijn buurman, noch op zijn aanrakingen. Hans kwam weer overeind, wierp de handdoek op het bed en vouwde zijn handen samen voor zijn dikke, naakte buik.

'Ach, misschien is Hans wel wat te nieuwsgierig.'

Speurend keek hij om zich heen en liet daarbij zijn oog vallen op de houten kist die naast de televisie op de grond stond.

'Misschien kunnen we wat spelen?'

Hij knielde voor de kist, waarop enkele tijdschriften lagen. Met een strijkgebaar van zijn onderarm veegde hij ze weg, opende het deksel en begon in de kist te grabbelen. Eruit haalde hij nog wat tijdschriften, verfrommelde kleren en een platte doos.

'Mens erger je niet!' riep hij en toonde lachend de doos. 'Jij mag eerst.'

Hans opende de doos, vouwde het bord open op de grond en nam de dobbelsteen. Toen hij ze in de kinderhand wilde stoppen, begon Arend met zijn armen om zich heen te slaan en wild met zijn benen te schoppen.

'Rustig, rustig, je doet alsof je al verloren hebt,' reageerde Hans en drong niet verder aan. Hij wendde zich van de jongen af en zocht verder in de kist. Plotseling begon hij hardop te lachen, draaide zich om en stak triomfantelijk een stel zwart-witte veren in de lucht.

'Ik wist wel dat ik ze nog ergens had!' riep hij uit, kwam vervolgens overeind en zette de verentooi op zijn hoofd, die in twee lange slingers voor zijn beide schouders viel en tot net onder zijn tepels reikte. Hij hief zijn rechterhand op en strekte de vingers.

'Ugh, opperhoofd Hangbuik groet bleekhuid met de

koperen keel,' zei hij en schoot opnieuw in de lach, denkend aan de vermakelijke taferelen van het voorbije carnavalsfeest. 'Vooruit, jongen, kijk dan.'

Maar Arend keek nog steeds niet. Wel leek zijn huilen te minderen nu de lach van Hans zijn stem even overtroffen had, alsof hij verwonderd was dat er iemand harder dan hij kon schreeuwen. Hans merkte de aarzeling, liep meteen naar voren en drapeerde de veren om het hoofd van zijn buurjongen.

'Zo, een arend zou jaloers op je zijn,' knikte hij, terwijl hij het kind aanschouwde dat vrijwel van kop tot teen met de zwart-witte veren was bedekt.

Het gehuil van Arend was intussen tot snikken afgenomen. Onder het verenkleed zochten zijn handen zich een weg naar boven en betastten daarbij de zijdezachte slagpennen. Tegelijkertijd gleed zijn blik over zijn gevederde lichaam en klaarde zijn gezicht langzaam op. Toen bewoog hij zijn armen traag op en neer, en hield daarbij in beide handen het lint geklemd waaraan de veren waren bevestigd.

'Wat is dat toch met jou?' zei Hans en schudde zijn hoofd. 'Het is niet omdat je Arend heet, dat je ook echt kunt vliegen.'

Arend was echter van het tegendeel overtuigd en bleef met zijn armen slaan, zeker nu hij de blauwe lucht in het raam boven zich had ontdekt.

Hans bukte zich en pakte hem vast onder de schouders.

'Vooruit dan, de lucht in,' riep hij en tilde de jongen op, die begon te kirren. Ook Hans moest toen lachen, nam het kind bij het middel vast en hief het zware lichaam tot boven zijn hoofd. Bij die beweging schoven de veren omlaag en kwamen op Arends rug te liggen, zodat het lint één langgerekte vleugel vormde die van zijn linkerhand over zijn armen en schouders tot aan zijn rechterhand reikte. Met zijn neus in de lucht en zijn benen naar achteren gestrekt, zoals een drijvende zwemmer, hing Arend in het luchtruim.

'Vooruit, Arend!' riep Hans. 'Hoger! Hoger!'

Opgezweept door de kreten bewoog hij zijn armen sneller op en neer en terwijl zijn buurman begon rond te lopen, riep Arend met een schelle stem die niet bij zijn postuur paste: 'Oger! Oger!'

'Ja! Hoger! Hoger!' lachte Hans luid en moest even naar lucht happen.

'Oger! Oger!'

De kleine ruimte waarin ze bewogen vulde zich met het geschetter van Arend en de harde lach van Hans. Allebei hadden ze evenveel vermaak, zij het om andere redenen. Hans genoot ervan dat hij de jongen aan het lachen bracht, terwijl Arend zijn plezier louter in het vliegen vond. Met ogen waarin de trots fonkelde keek hij dan ook geregeld over zijn beide schouders naar de bewegende vleugels die zijn lichaam in de lucht hielden.

Het was bij zo'n oogopslag dat zijn blik opeens verstijfde, maar niet alleen zijn blik, ook zijn stem, zijn gevederde armen, zijn hele lichaam.

'Wat is er, jongen?' vroeg Hans en zag toen waarop de peuter zijn blik gericht had.

In de deuropening stond een kolossale vrouw, wier bovenlichaam gehuld was in een wijd helrood T-shirt dat tot over de heupen hing. Hoewel hij haar al een paar keer vluchtig had ontmoet in het trappenhuis, zag ze er anders uit dan hij zich haar herinnerde. Haar wangen waren vrijwel zo rood als haar T-shirt en haar mond was opengevallen. De punten van haar kortgeknipte zwarte haren glommen van het zweet. Hans voelde zijn armen verslappen en zag hoe de ogen van zijn buurvrouw van zijn handen over zijn gezicht naar zijn spierwitte, botervette buik gleden. Hij draaide zich om en liet Arend in de fauteuil vallen. Op dat ogenblik begon Anna achter zijn rug te roepen.

'Wat doe je in godsnaam met mijn zoon?'

Hans zocht naar adem om iets gezegd te krijgen. Het zweet liep over zijn wangen en zijn rug. Ook zijn handen waren klam en hadden donkere afdrukken nagelaten op het shirt van zijn buurjongen, die roerloos bleef liggen, alsof hij hoopte op die manier onzichtbaar te zijn. In één hand hield hij de verentooi vast, die langs de fauteuil tot op de grond afhing.

'Ga van mijn kind weg!' riep Anna hysterisch. 'Wég!'

Werktuiglijk deed Hans een stap opzij en liet zijn buurvrouw passeren. De hitte in de nu veel te kleine kamer was loodzwaar. Van het bed raapte hij de handdoek op en veegde ermee over zijn gezicht.

'Ik geef je aan, smeerlap!' brieste zijn buurvrouw hem toe, terwijl ze haar zoon bij zijn pols uit de fauteuil trok. 'Ik geef je aan!' Met haar andere hand rukte ze de verentooi uit zijn vuist en smeet die op de grond. 'Die laat je hier!'

Lijdzaam keek Hans toe hoe ze vervolgens met bonkende passen de flat uitliep, het struikelende kind achter zich aan sleurend.

'Hij is zelf weggelopen,' riep hij haar plotseling na en had er op hetzelfde ogenblik al spijt van. Ontgoocheld liet hij zich op het bed neerzakken. Vanuit het trappenhuis weerklonken nu harde klappen, waar tussendoor een schrille stem ‘Ans! Ans!’ leek te roepen. Hans bleef echter zitten en hoorde een doordringend gehuil dat zelfs door zijn handen ging, die zijn oren bedekten.

Uitgroeien

I

Er was nauwelijks volk op de speelplaats toen Arend en zijn moeder die decemberochtend op school arriveerden. Een magere jongen stond in een doel en probeerde de voetbal te stoppen die een andere jongen naar hem trapte, drie kleuters renden achter elkaar aan en twee meisjes van een jaar of tien maakten onder een afdak een praatje met de schooljuf.

'Vooruit, ga maar spelen,' zei Anna toen haar blik die van de juffrouw ontmoette en gaf Arend een por in de rug, zodat hij een metertje naar voren struikelde.

De juf brak het gesprek met de meisjes af en liep naar de moeder en het kind toe, die zij nooit eerder had gezien.

'Arend,' riep Anna zodra de juf naderbij was gekomen en wees naar haar zoon. 'Ik kom hem vanavond oppikken. Moet nu dringend weg.'

Zonder op een reactie te wachten, draaide ze zich om en verdween door de schoolpoort, nagekeken door Arend, die in zijn ene hand een broodtrommeltje hield en in de andere een kartonnetje melk.

Hij was die dag tweeënhalf jaar oud geworden. Al vanaf de vroege ochtend had hij gemerkt dat er iets aan de hand was. Hij was eerder gewekt dan anders – het was nog donker in zijn kamer – en zijn moeder verkeerde in een abnormale uitgelaten stemming. Tijdens het ontbijt hoorde hij haar meermaals zeggen dat hij eindelijk naar school ging, maar wat ze daarmee bedoelde wist de jongen op dat ogenblik niet en het kon hem ook weinig schelen. Pas toen zijn moeder hem zijn jas aantrok, een muts met oorkleppen op zijn hoofd zette en samen met hem de flat verliet, begon hij nieuwsgierig te worden, een nieuwsgierigheid die naargelang ze verder van huis kwamen veranderde in opwinding.

Van opwinding was er echter geen sprake meer toen hij op de speelplaats stond en zijn moeder zag vertrekken. Nooit had hij het erg gevonden wanneer zij hem thuis alleen achterliet, maar nu, in die grote, kille, open ruimte, werd hij overmand door een angst die hem vreemd was.

'Arend?'

Geschrokken wendde hij zijn ogen van de poort af. Voor hem stond een onbekende vrouw, die het hoofd licht gebogen had en een bril droeg.

'Kom je mee?' Ze stak haar hand uit. Smalle, bleke vingers had ze. Twee ringen.

Arend bewoog zijn handen niet, keek nogmaals achterom.

'Je moeder komt je straks halen. Kom nu maar spelen.'

De hand die zich om zijn pols sloot, voelde koud aan.

'Kom, je hoeft niet bang te zijn. Je bent toch al een grote jongen.'

Nu richtte hij zijn blik opnieuw op de juf en vond zichzelf tweemaal weerspiegeld in haar bril. Grote jongen, echode in zijn hoofd. De juf glimlachte en trok aan zijn arm.

'Kom, grote jongen!' zei ze nadrukkelijk. Haar woorden namen de vorm aan van een wolkje dat wegdreef in de lucht.

'Rote jongen,' herhaalde hij zachtjes voor zichzelf en volgde haar.

Terwijl ze samen voortliepen, nam hij de omgeving in

zich op. Links en rechts van hem rekte een gebouw met grote ramen zich over de hele lengte van de speelplaats uit. Als een zonneklep aan een pet stak aan een van de gebouwen een afdak naar voren. Eronder stond een met gekleurde peertjes versierde spar, waarop zijn blik strandde. Een plotselinge vreugdekreet trok toen zijn aandacht. In het midden van de speelplaats had een jongen de armen juichend in de hoogte gestoken. Tegenover hem, in het netloze doel, draaide zijn speelmakker zich om en keek de voetbal na die naar Arend rolde.

'Hé dikke, trap die bal eens terug!' Met grote gebaren zwaaide de jongen naar hem.

'Erik!' riep de juf. 'Zoiets zeg je niet!'

De bal stopte net voor Arends voeten. De andere jongen was intussen ook in het doel komen staan, sloeg zijn arm om de schouders van zijn vriend en zei iets in diens oor.

'Trap maar!' knikte de juf Arend toe.

Hij aarzelde. Om de bal kon hij niet heen, want de juffrouw hield zijn lichaam te dicht tegen zich aangedrukt, en eroverheen stappen zou hem helemaal niet lukken.

'Toe, trap dan!' zei ze en gaf een rukje aan zijn pols.

In een trage beweging ging zijn linkerbeen naar achteren. Zijn tot spleetjes toegeknepen ogen waren gericht op de bal. Zijn mond vertoonde een vreemde trek. Hij zakte lichtjes door zijn rechterbeen en haalde toen uit. Zijn linkervoet ketste af op de bal en schoot erover weg. Hij voelde hoe zijn lichaam naar achteren helde, liet zijn broodtrommel los, graaide met zijn hand naar houvast en kon zich nog net overeind houden aan de arm van de juf. Zijn broodtrommel kletterde op de grond en sprong open.

In het doel begonnen de jongens te gieren van het lachen.

Verderop waren nu ook de spelende kleuters tot stilstand gekomen en vanonder het afdak snelden de twee meisjes naar voren om maar niets van het schouwspel te hoeven missen. De juffrouw bukte zich, mompelde iets, raapte de bal op en beende op de jongens af, Arend bleef verweesd achter. Zijn kakikleurige muts was scheefgezakt, zodat één oorklep tot over zijn wang was verschoven, terwijl aan de andere kant van zijn hoofd zijn oor was vrijgekomen, waarin de ijswind begon te peuteren. Een rilling ging door hem heen. Zijn mond volgde traag de beweging van zijn muts. Zijn ogen werden vochtig.

'Hé jongen, je moet niet huilen!'

Een van de meisjes was voor hem gaan staan en trok zijn muts recht. Het andere loerde over de schouder van haar vriendin mee. In haar donkerblonde haar had ze vier staartjes gemaakt die elk een andere kant uit wezen. Haar mond hing half open, aan haar tanden waren zilveren blokjes vastgevroren.

'Moet je kijken, Sofie,' fluisterde ze, 'zijn mond zit nog vol chocopasta.'

Sofie porde haar vriendin met haar elleboog in de buik. 'Stil toch! Zie je niet dat je hem bang maakt! Raap jij alvast zijn boterhammen op!'

Ze wendde zich opnieuw tot Arend, die ongeveer anderhalve kop kleiner was en aarzelend omhoog keek. Haar spitse gezicht, waarlangs spierwitte haren sluik afhingen tot op haar schouders, danste boven zijn hoofd.

'Hoe heet jij, jongen?'

'Billie Turf!' grinnikte het andere meisje, dat nu op haar hurken zat en met de rug van haar hand het vuil van een boterham veegde.

'Jeezes, Ellen!' riep Sofie streng en proestte het toen uit, waarbij ze haar vriendin een flinke duw in de rug gaf, zodat deze voorover tuimelde.

'Jakkes, moet je nu zien!'

Ellen kwam overeind en trok een vies gezicht. Aan de binnenzijde van haar hand kleefde een stuk boterham, geplet tot een bruinige moes. Ook op de grond, naast het deksel van de broodtrommel, lag een uitgesmeerd stuk. Sofie begon nog harder te lachen, maar stopte meteen toen Ellen gebaarde dat de juffrouw naderde. Alsof het afgesproken was, bukten de twee meisjes zich tegelijkertijd en graaiden de boterhammen en de broodtrommel van de grond.

'We hebben zijn boterhammen opgeraapt, juf,' zei Sofie trots, terwijl Ellen achter haar rug de resten chocopasta van haar hand veegde. 'Mogen wij nu met hem spelen?'

De juf knikte.

'Als jullie maar goed op hem letten. En hem niet plagen.'

'Nee juf!' zeiden de meisjes in koor en posteerden zich aan weerszijden van de jongen.

'Kom... hoe heet-ie, juf?' vroeg Sofie.

'Arend.'

'Arend?'

Traag maakte de juffrouw opnieuw een knikkende beweging met haar hoofd en nam daarbij de jongen van top tot teen op. Vier, misschien vijf jaar oud, schatte zij hem, althans op basis van zijn grootte, want uit de rest van zijn postuur kon ze geen leeftijd opmaken. Nog nooit had ze, in al die jaren dat ze lesgaf, een kind gezien met zo'n buitensporig figuur. Aan alle kanten puilde zijn lichaam uit. De vorm van de muts verraadde de enorme schedel die eronder schuilging, de wangen stonden bol, alsof er een wintervoorraad voedsel in was opgeslagen, en de hals en de schouders vormden samen een breed juk dat zwaar om te dragen moest zijn. De gezwollen borst en de dikke buik waren verpakt in een nauwsluitende zwarte anorak, zijn benen in de gespannen donkerblauwe joggingbroek waren kromgetrokken blokken onder zijn loden bovenlichaam en zijn voeten staken in rubberen regenlaarzen, eveneens donkerblauw van kleur.

'Kom Arend, volg ons.'

Volkomen in de war door alle aandacht die hij kreeg, ging hij willoos op de uitnodiging van de meisjes in, die met hun neus in de lucht naast hun verovering opliepen. Met veel moeite slaagde hij erin hun passen bij te houden.

Een paar minuten later zat hij ineengedrongen naast de witgeverfde lijnen van het voetbalveld op een bank, nog steeds geflankeerd door zijn twee lijfwachten, die elk een arm in de zijne hadden gehaakt. Voor hen verdrongen zich enkele andere meisjes. Met haar vrije hand hield Sofie ze op afstand.

'Wij hebben hem van de juf gekregen en niemand mag aan hem komen,' zei ze op een toon waar niemand iets tegenin kon brengen.

'Zijn naam is Arend,' sprong Ellen bij, 'en hij heet zo omdat hij heel hoog kan vliegen.'

Even richtte hij zijn hoofd op.

'Nou, dat wil ik dan wel eens zien.' Met de handen in haar zij ging een opgeschoten meisje met een jongensachtig kapsel uitdagend voor het drietal staan. Achter haar werd geduwd en getrokken, gejoeld en tegelijk tot stilte gemaand.

'Vandaag niet, Sarah,' antwoordde Sofie kordaat. 'Hij is

nog wat verlegen, want het is zijn eerste dag.'

'Maar als je wilt, mag je eens aan zijn vleugels voelen,' zei Ellen meteen daarop en zag hoe Sofie naar voren boog en haar met een vragende blik aankeek. Arends kleine ogen flitsten van het ene gezicht naar het andere. Hij herkende sommige woorden, maar begreep niet wat er gezegd werd. Het enige wat hij besefte, was dat hij in het middelpunt van de belangstelling stond, een plaats die hem volstrekt niet vertrouwd was. Hij voelde zich onwennig en was liefst meteen weggevlucht, maar durfde zich niet te verroeren uit angst nog meer de aandacht te trekken.

Sarah zette een stap naar voren, stak haar hand uit en zei: 'Vleugels? Ik geloof er niets van. Laat mij dan maar eens voelen.'

'Wacht!' Sofie sprong overeind en plaatste zich tussen Arend en haar opdringerige klasgenote in. 'Hij moet eerst gaan staan.' Ruw griste ze de broodtrommel en het kartonnetje uit zijn handen en legde ze naast hem op de bank. Toen sloot ze haar beide handen om zijn rechterbovenarm – haar vingers kwamen er amper helemaal omheen.

'Blijf daar niet zo stom zitten! Help mij!' riep Sofie tegen haar vriendin.

Zonder aarzelen volgde Ellen het bevel op en samen trokken ze de jongen overeind en draaiden hem met de rug naar de omstanders toe.

'Komt dat zien! Komt dat zien!' riep Ellen.

'Nee, nog niet! Hij moet óp de bank!' zei Sofie.

Nu voelde Arend hoe een hand zijn been van achteren vastgreep, optilde en naar voren bewoog tot zijn knie de bank raakte. Een andere hand drukte tussen zijn schouders en verplichtte hem te buigen en ook zijn handen op de bank te plaatsen. Nog een hand betastte zijn andere been.

'Kruip er dan op, mus!' Sofie gaf hem een klap op zijn bolle zitvlak. Zijn broek was omlaag verschoven, zodat een glimp van de spleet tussen zijn bleke billen zichtbaar was. Aan de andere kant van de bank had zich intussen ook een groepje meisjes verzameld, dat nu begon te giechelen. Arend verstarde. Hij had dat soort gelach vaker gehoord, uit de mond van zijn moeder, wanneer zij hem treiterde en hij daar angstig op reageerde.

Opnieuw waren er toen handen, deze keer onder zijn oksels. Zijn twee lijfwachten waren op de bank gaan staan en begonnen hem kreunend en blazend de hoogte in te sleuren. Toen hij eindelijk stond, sprongen ze weer op de grond en wezen naar hem, alsof hij net een kunstje had uitgehaald en een applaus verdiende.

Maar er kwam geen applaus, want op dat ogenblik ging de bel. Arend schrok van het korte, schrille geluid, dat ook op de omstanders een vreemd effect bleek te hebben. Als verstijfd door de meedogenloos koude wind bleven ze allemaal plotseling roerloos staan. Zelfs hun stemmen waren in een mum van tijd bevroren, alleen hun ogen bewogen nog, snel van links naar rechts en terug. Vanuit zijn positie kon hij een groot gedeelte van de speelplaats overzien en voor het eerst viel het hem op dat er veel meer kinderen waren dan de groep die zich rond hem verzameld had. Overal stonden ze, in alle kleuren en maten, een voor een vastgenageld aan de grond, in een onnatuurlijke stilte.

Toen klonk er een tweede belsignaal, dat alles opeens weer tot leven wekte, behalve de stemmen, die verstomd bleven. En Arend, die te bang was om zich te verroeren, te geschokt om te huilen. Traag verplaatste iedereen zich in de richting van het afdak, zonder de verstarde jongen nog een blik waardig te gunnen. Toen alle kinderen in een rij hadden plaatsgenomen, stond hij nog op de bank in het midden van de speelplaats, waar hij in het oog sprong als een schandpaal op een dorpsplein.

2

Toen het schoolhoofd de jongen op de bank zag staan, herinnerde hij zich meteen diens moeder – de gelijkenis was frappant. Zij was een week eerder op zijn kantoor geweest om haar zoon in te schrijven. Arend was er toen niet bij en evenmin had ze zijn geboortebewijs of een pasfoto meegebracht. Op verschillende vragen had ze ontwijkend geantwoord en zelf hoefde ze niet meer te weten dan de begin- en einduren van de school. Al met al was ze nog geen vijf minuten binnen geweest, maar in die tijd had ze met haar imposante postuur en haar nerveuze, afstandelijke gedrag een onuitwisbare indruk nagelaten, zoals ook Arend dat nu deed.

Niemand van het personeel geloofde dat de jongen slechts tweeënhalf jaar oud was en toen hij uiteindelijk bij zijn leeftijdgenootjes stond, viel het des te meer op hoezeer hij van hen verschilde: hij stak ruim een halve kop boven de grootste peuter uit.

Arend liep achteraan toen zijn klas het schoolgebouw binnen ging. De voorlaatste in de rij – een jongetje met engelachtig blond, krullend haar – had werktuiglijk zijn hand uitgestoken en de mouw van de jas achter hem vastgepakt, zodat Arend met een schok in beweging was gekomen toen de stoet vertrok. Op kop liep als een eend voor haar kroost de kleuterleidster, die geregeld omkeek of iedereen volgde, in het bijzonder het buitenbeentje dat de rij sloot. Alsof zijn lichaam machinaal bewoog hinkte de reuzenjongen achter de traag voorwaarts schuifelende peuters aan.

In de klas trokken de kinderen hun jas uit en hingen die aan de kapstok. Boven elk haakje zat een sticker, waarop een kleurrijk voorwerp was afgebeeld. Elke kleuter had zijn eigen voorwerp, dat overal in het klaslokaal terugkeerde: op stoeltjes, op tekeningen aan de muur, op drinkbekertjes, op schriftjes.

Arend werd gebrandmerkt met een ster. In vette blauwe inkt drukte de juffrouw een stempel op de rug van zijn linkerhand en bracht de jongen naar de kapstok, waar ze zijn jas en muts ophing – zijn donkere haardos bleek erg dun, hier en daar was er een hap uit, de punten glommen vettig.

'Jij bent de ster,' zei ze en wees van de tekening boven het haakje naar de kopie ervan op zijn hand. 'Alles waar een ster op staat, is van jou. Van Arend.'

Vervolgens nam ze zijn onbevlekte hand vast en leidde hem langs zijn bezittingen, die hij alle even mocht aanraken. Intussen namen de andere kinderen zoals elke ochtend plaats op hun eigen stoeltje in een hoek van het lokaal, waar een groot vloerkleed lag. Sommigen gingen meteen braafjes zitten, de handen op de knieën, anderen zwierven met hun stoel rond op zoek naar een ereplaats.

Die dag kreeg Arend die plaats toegewezen. Twee ruziemakende jongetjes moesten tot hun ongenoegen, dat zich uitte in een pruillip en een boze blik, wijken voor de stoel met de ster, die tussen hen in kwam te staan. Toen hun nieuwe klasgenoot erop plaatsnam, schoven ze vanzelf nog wat weg.

'Vertel eens hoe je heet?' De juffrouw was recht tegenover Arend gaan zitten, links en rechts van hem hadden zijn klasgenootjes een halve cirkel gevormd. Dertien paar ogen waren op hem gericht, drie paar keken naar de verlichte kerstboom in een andere hoek van de klas en één paar staarde naar de grond. Hijzelf had zijn aandacht gefocust op de stempel op zijn hand. Met de wijsvinger van zijn andere hand volgde hij de omtrek van de ster.

'Of heb je liever dat wij je eerst onze naam vertellen?'

Nauwelijks had de juffrouw haar vraag gesteld of de blonde jongen die vlak voor Arend in de rij had gestaan, wipte van zijn stoel af, wees op zichzelf en zei met luide stem: 'Mijn naam is Bert!'

'Op je beurt wachten, Bert!' wees de juffrouw hem meteen terecht. 'Ga weer op je plaats zitten!'

Zijn hoofd vrolijk heen en weer schuddend draaide de jongen om zijn as, herhaalde, terwijl hij met zijn vingers in de lucht prikte, nog tweemaal zijn naam en danste toen naar zijn stoel. Een voor een wees de juffrouw vervolgens de kinderen aan. Arend hoorde hun namen wel, maar was ze op hetzelfde ogenblik ook alweer vergeten.

'En mijn naam is juffrouw Rita.'

Hoewel haar stem vriendelijk klonk en haar hand waarmee ze even zijn wang streelde zacht aanvoelde, week Arend achteruit alsof iemand een gloeiende staaf tegen zijn gezicht drukte. Diep in zijn grote hoofd keken zijn oogjes haar angstig aan.

'Hij heet Arend,' zei de juf en richtte zich tot de andere kleuters. 'Zeg het eens: Arend.'

Door elkaar riepen de kinderen zijn naam, daarbij de eerste lettergreep steeds lang benadrukkend. Pas toen de juffrouw haar stem verhief, keerde de broze stilte terug.

De volgende minuten luisterden de kleuters geboeid naar een verhaal dat juffrouw Rita voorlas uit een groot prentenboek. Alleen Arend volgde het niet. Nu hij niet meer in het middelpunt van de belangstelling stond, waagde hij het om zijn blik door het klaslokaal te laten dwalen. Links achter de juffrouw bevond zich een plastic klimrek met een glijbaan, ernaast was een keukentje gebouwd met een fornuis, een aanrecht en met pannen en potjes volgestouwde rekken. Hij vond er niets aan. Op een klimrek had hij het hoe dan ook niet begrepen en de keuken was in zijn woning een plek die zijn moeder tot verboden terrein had uitgeroepen.

Aan de andere kant van het klaslokaal, tegen een met posters behangen wand, vormden een stel tafeltjes een grote bruine oppervlakte, op elke hoek wachtte een wit vel papier op een kinderhand met een waskrijtje. Ongeïnteresseerd ging zijn blik er aan voorbij en stuitte toen op de kerstboom, die in een hoek vlakbij het raam stond. Wat niemand toen zag, was dat zijn ogen groot werden. Het waren niet de flikkerende lampjes die hem in vervoering brachten, evenmin de knipogende kerstballen of de tintelende zilverkleurige slingers, nee, het was een beeldje dat zijn blik gevangen hield. Aan het uiteinde van een van de onderste takken hing, boven het dak van een houten stalletje, een figuurtje dat hij nooit eerder had gezien. Vanaf zijn plaats kon hij niet onderscheiden of het een jongetje of een meisje was, wel dat het een kindje was, eentje met krullende, gouden haren. Het droeg een lang, lichtblauw kleed en had de armen gespreid, ertussen bevond zich een lint dat als een bleke golf over het lichaam rolde. Fascinerend vond Arend vooral de schuimwitte verentooi die zich aan weerszijden van het lichaam had ontvouwen en breed begon bij de schouders en naar buiten toe spits uitliep – twee prachtige vleugels die het kindje moeiteloos in de lucht hielden. Terwijl hij naar de engel bleef staren, liet hij zijn linkerhand over zijn rechterschouder glijden en betastte zijn rug. Daarna voelde hij met zijn andere hand aan de linkerkant van zijn lichaam, maar ook daar vond hij niet wat hij gehoopt had.

'Arend?' Pas toen de juffrouw zijn naam voor de derde keer riep, keek hij op. Rond hem waren alleen nog lege stoelen. 'Je mag ook gaan spelen, hoor. Kies maar wat je wilt.'

Nu merkte hij de drukte in het klaslokaal op. Op het klimrek was er een en al beweging, in het keukentje werd een maaltijd bereid en aan de tafeltjes hadden enkele kleuters plaatsgenomen, die ongeduldig wachtten tot de juffrouw het tekenmateriaal zou uitdelen. In het midden van de klas op een grasgroen plastic tapijt kiepte een jongen met ravenzwart haar een bak vol houten blokjes om en begon er in te scharrelen.

'Maarten, mag Arend ook met de blokken spelen?'

Terwijl hij twee kubussen op elkaar plaatste knikte de jongen weinig enthousiast.

'Ga maar,' zei de juffrouw tegen Arend, die geen aanstalten maakte om op te staan, waarna ze haar schouders ophaalde en van hem wegliep. Bij de kerstboom hield ze even halt. Voor het stalletje lag een meisje in een blauwe tuinbroek languit op haar buik en tastte naar de beeldjes.

'Niet aanraken, Lore, alleen kijken.'

Geschrokken trok het meisje haar handen terug en verborg ze onder haar borst. De juffrouw bukte zich en streelde de haren van het kind, dat aarzelend glimlachte. Toen ze van haar wegliep, raakte ze zonder dat ze het merkte met de mouw van haar trui een van de takken van de kerstboom aan. Arend had het ook niet gemerkt, hoewel hij het tafereel voortdurend nauwlettend had gadegeslagen. Groot was zijn verbazing dan ook toen hij plotseling vaststelde dat het beeldje licht heen en weer bewoog. Kindje wil van zijn plaats, dacht hij, kindje wil wegvliegen, de lucht in, maar kan niet.

Arend stond van zijn stoel op en hinkte traag naar voren. Ik moet kindje redden, ging het nu door zijn hoofd. Op het groene tapijt harkte Maarten snel de grootste blokken naar zich toe en ging er met zijn bovenlichaam overheen hangen. Tot zijn opluchting stelde hij vast dat de dikke jongen langs hem heen liep zonder één blik op de blokken te werpen.

Lore had hem niet horen naderen. Opeens stonden er twee donkerblauwe rubberen laarzen naast haar gezicht op de grond, de tenen wezen in de richting van haar neus. Terwijl ze zich op haar zij draaide, rees voor haar ogen een enorm deinend lichaam op, dat van onderaf bekeken nog omvangrijker leek. Ze schrok en kroop op handen en knieën van hem vandaan. Arend zakte door zijn benen en ging voor de kerststal op zijn knieën zitten. Het kindje wiegelde voor zijn ogen. Het had de blik omhoog gericht, verlangend, een sombere uitdrukking lag op de lippen. Arend stak zijn wijsvinger uit en tikte tegen een van de vleugels. Het beeldje draaide om zijn as en langzaam weer terug. Nu zag hij het zilveren draadje dat vanuit de rug van de engel vertrok, om een tak was gekruld en weer tussen de schouders, waar de vleugels bijeenkwamen, verdween. Een lichte huivering voer door Arends lichaam. Wie heeft kindje pijn gedaan?

Waarom is kindje gestraft? Waarom mag kindje niet vliegen? Arend begreep het niet. Wel begreep hij de droefheid van het kindje, en de pijn die het moest hebben. Ik moet kindje bevrijden. Kindje moet vliegen, hoog, hoog, de lucht in.

Voorzichtig, alsof het een zwak ademend kuikentje was, sloot Arend zijn vingers om het beeldje heen. Het voelde hard en koud aan, versteend van verdriet. Toen hij aan het beeldje trok, boog de tak diep door en zwiepte terug zodra het draadje ervan af schoof. Een regen van dennennaalden roffelde op het dak van het stalletje.

'Arend, wat doe je daar?'

'Juffrouw Rita, Arend hebt engel uit boom gepakt!' zei Lore op hoge toon. Ze bevond zich op een metertje van de kerstboom en wees naar de plaats waar het beeldje had gehangen. Haar ogen waren groot van verbijstering en op de juffrouw gericht die aan de tekentafeltjes over een kleuter gebogen stond.

'Arend, dat mag niet! Hoor je?' riep ze.

Arend draaide zijn hoofd in haar richting en stak de engel naar voren.

'Kindje moet fliegen!' riep hij en met een krachtige, korte beweging van zijn arm wierp hij het beeldje de lucht in. Zijn hoofd volgde de baan van de engel, die eerst hoogte won, op een bepaald punt even leek te blijven hangen en ten slotte begon te vallen. Op de vloer sprong het beeldje in stukken.

3

Zodra de engel uiteengespat was, begon Arend te huilen. Indringend. Luid. Aanvankelijk probeerde de juffrouw hem nog te sussen – dat het niet erg was, dat scherven geluk brachten, dat ze een andere engel zou meebrengen – maar al gauw had ze door dat woorden geen troost konden bieden. Vervolgens liet ze hem met rust in de hoop dat hij vanzelf zou uitrazen. Hij hield echter vol. Tijdens het speelkwartier ging hij onverminderd door en ook erna was er niets of niemand die hem kon stoppen. Hij bracht andere kleuters aan het huilen en maakte het zijn juffrouw onmogelijk om te vertellen. Uiteindelijk moest het schoolhoofd ingrijpen. Zich verwerend tegen zijn vuistslagen en schoppen droeg hij Arend naar een kamertje naast zijn kantoor, waar de jongen de rest van de dag bleef huilen.

Zijn moeder kwam pas om vier uur opdagen, toen de meeste kinderen al waren afgehaald. Arend bevond zich op dat ogenblik nog altijd in afzondering. Op zoek naar een schuilplaats tegen het harde licht van een buislamp was hij in het kleine lokaal onder een lessenaar gekropen. Toen hij de stem van zijn moeder hoorde, die luid zijn naam riep, staakte hij zijn gehuil en begon van het ene ogenblik op het andere hevig te rillen over zijn hele lichaam. Het zal niet meer gebeuren, zei Anna tegen het schoolhoofd en de juffrouw, beende vervolgens op haar zoon af, greep hem ruw bij de bovenarm en trok hem onder de lessenaar uit. De plek waar hij had gezeten was nat en ook zijn broek vertoonde een uitgedijde vochtkring. Anna vloekte, verontschuldigde zich meteen en nam zijn jas en muts uit de handen van de juffrouw. Terwijl ze zich nogmaals verontschuldigde wrong ze zich het lokaal uit en sleurde haar kind achter zich aan.

Thuis werd Arend rechtstreeks naar zijn slaapkamer gestuurd. Zijn moeder wierp hem een pyjamabroek toe, schold op hem en sloeg de deur achter zich dicht. De sleutel knarste in het slot. Hij deed zijn broek uit, schopte hem van zich weg en worstelde zich in zijn pyjamabroek. Hij ging op zijn bed liggen en sloot zijn ogen, die nog altijd brandden. Meteen verscheen opnieuw het kindje met de vleugels voor hem, een beeld dat in de loop van de dag in zijn netvlies was gebrand. Geruime tijd gebeurde er niets, toen liet hij in zijn verbeelding het kindje groeien, steeds harder, tot het zo groot was als hij. Ook de vleugels waren nu groter geworden, en sterker, en vol glanzende, witte veren. Toen klapte het kind met zijn vleugels en vloog op. Tot zijn vreugde zag hij hoe het deze keer niet neerstortte, maar met krachtige slagen door de kamer wiekte, van hoek naar hoek, rakelings langs het plafond. Kindje moet weg, dacht Arend toen, en stond op van zijn bed. Hij liep naar het raam en reikte, staande op zijn tenen, naar de klink. Wagenwijd zette hij het raam open. Hij voelde de kou niet die binnenstroomde, ontwaarde het schemerdonker niet. Alleen het kind met de wonderbaarlijke vleugels zag hij nog, dat hem dankbaar aankeek, toen door het raam naar buiten vloog en, na nog eenmaal een hemelse blik achterom te hebben geworpen, uit het zicht verdween. Arend zwaaide lang, eerst met één arm, daarna met twee. Toen liep hij weer naar zijn bed. Het raam liet hij open – voor als het kindje wilde terugkeren. Daarna kroop hij onder de lakens en viel meteen in slaap. Zijn gezicht straalde tevredenheid uit, een glimlach trok een diepe rimpel van wang tot wang.

Een uur later schudde zijn moeder hem wakker voor het avondeten en begon te vloeken, omdat het raam openstond, omdat de kou binnenkwam, omdat zijn broek op de grond lag, omdat hij haar verdomde kind was.

Aan tafel liet zij enkel het onritmisch getik van haar bestek horen en irriterend gesmak. Arend prakte zijn eten en werkte het geluidloos naar binnen, én voorzichtig, bang als hij was om te morsen.

'Moe plassen,' zei hij zodra zijn bord leeg was.

'Nou, ga dan, voor je het weer in je broek doet!' zei zijn moeder bits. 'En daarna ga je je wassen en dan je bed in! Morgen ga je terug naar school!'

Naar school. Nu wist hij wat die woorden betekenden. Nu kon hij er tegenop zien.

'Nie sjool,' flapte hij eruit en had er al meteen spijt van.

'Wat zei je?' De toon van haar stem klonk dreigend.

Maar hij zei niets meer, had zich al omgedraaid en verdween uit de keuken.

's Nachts sliep Arend slecht. Geregeld schrok hij wakker omdat hij dacht dat er iemand tegen het raam tikte. Dan stond hij op, liep naar het raam en gluurde door een kier van de gordijnen. Niet een keer viel er een beweging te zien. Teleurgesteld keerde hij vervolgens terug naar zijn bed, waar hij weer in een onrustige slaap viel.

Op een bepaald ogenblik zag hij in een droom zichzelf in het midden van de kamer staan. Hij droeg een lang, blauw kleed dat om zijn vlezige lichaam spande en hield tussen zijn gespreide armen een wit lint met een gele ster.

Toen hij zich omdraaide, werden de twee vleugels op zijn rug zichtbaar, die echter allebei zo belachelijk klein waren dat het leek of het met witte veren bedekte handjes waren. Hij begon zijn vleugels te bewegen, steeds sneller, maar ze kregen zijn zware lichaam niet van de grond getild. Toch hield hij vol, lang, tot hij ten slotte uitgeput in elkaar zakte. De vleugels hingen slap op zijn rug. Alle leven was eruit verdwenen. Toen kwamen ze los van zijn lichaam en dwarrelden naar beneden als een dood blad van een boom.

Badend in het zweet werd Arend op dat ogenblik wakker. Het was nog steeds donker. De zware stappen van zijn moeder weerklonken in de gang. Ook haar vervelende ochtendhoest verraadde haar. Spoedig zou ze de deur van zijn kamer openen, zijn naam roepen, het licht aandoen. Een zware zucht ontsnapte hem. Hij had geen zin om op te staan. Liggen blijven, wilde hij. De hele dag zelfs. En nog langer ook. Helaas, hij had geen keuze, want elk verzet van zijn kant zou op net zoveel weerstand stuiten van haar kant, zo wijs was hij intussen door schade en schande wel geworden. En dus stond hij op toen hij zijn naam hoorde roepen, veegde met een washandje over zijn gezicht, ging naar het toilet en wurmde zich in zijn kleren. In de keuken at hij stilzwijgend zijn boterhammen op, dronk zijn glas melk leeg, kreeg zijn jas en laarzen aan, muts op, nam zijn broodtrommel in de ene hand, zijn kartonnetje melk in de andere en vertrok aan de zijde van zijn moeder naar school.

4

De schooldagen verliepen volgens een min of meer vast patroon. Elke ochtend werd Arend op de speelplaats opgevangen door Sofie en Ellen, die zichzelf tot zijn stiefzusters hadden benoemd en hun rol speelden zoals in de sprookjes stond voorgeschreven. Zodoende verplichtten zij hem voortdurend allerhande taken uit te voeren waarvoor zij zich te voornaam achtten. Hij moest hun boekentas dragen, met de mouw van zijn jas de bank schoonvegen waarop ze wilden plaatsnemen, ze krabben waar ze jeuk hadden, het boek vasthouden waaruit ze wilden leren, de bladen ervan omslaan, zich voorover buigen zodat zijn brede rug als staander kon dienen wanneer ze iets op papier wilden zetten, de spullen oprapen die ze al dan niet moedwillig op de grond lieten vallen, en wat nog meer in hun hoofd opkwam. Als hij weigerde of zich verzette, wat vaak gebeurde, kreeg hij een scheldkanonnade over zich heen of verzonnen de meisjes een straf die hij in een uithoek van de speelplaats voor het oog van een geselecteerd publiek moest ondergaan. Geregeld gaf Ellen ook een imitatie van hem ten beste. Dan nam ze zijn muts af, zette die op haar hoofd, blies haar wangen bol, nam een gedrongen houding aan en liep, trekkend met haar linkerbeen, in rondjes om hem heen, waarbij ze tot groot jolijt van de omstanders allerhande proestende en kreunende geluiden maakte.

Tijdens de overige pauzes probeerde Arend de twee meisjes te ontlopen door in de buurt van de kleuterleidsters te blijven of door zich te verbergen achter een boom of op het toilet, waar hij meer dan eens door zijn juffrouw van af werd gehaald.

Ook in de klas trachtte hij zich zo vaak als mogelijk aan het oog van iedereen te onttrekken. Zich verstoppen was er moeilijk, maar door zich stil en roerloos te houden, slaagde hij erin zichzelf zo te camoufleren dat zijn aanwezigheid nauwelijks nog opviel en zodoende zijn afwezigheid, wanneer de groep weer verzameld werd, pas laat werd opgemerkt.

Bij voorkeur verbleef hij in de poppenhoek. Dat was de plek waar de andere kleuters hem het meest met rust lieten. Terwijl zijn klasgenootjes druk met de poppen speelden, keek Arend, die meestal met zijn rug tegen de muur op de grond voor de poppenkast zat, ongeïnteresseerd toe en droomde al gauw weg. Pas wanneer twee kleuters luidkeels ruzieden om een pop of wanneer de juf hem hard op de schouder tikte en zijn naam luid riep, keerde zijn aandacht terug naar de klas.

Als hij zich eens aan het kleuren moest zetten, was hij vaak al klaar nog voor de anderen goed en wel begonnen waren. Of het nu een kleurpotlood, een waskrijtje of een viltstift betrof, altijd ging zijn voorkeur uit naar een donkere kleur. In een mum van tijd was zijn blad dan gevuld met zwarte of bruine vegen, waarin geen patroon te herkennen was. Soms ging hij zelfs zo hevig tekeer dat de punt van het potlood brak of dat hij scheuren in het papier maakte. Binnen de lijntjes blijven kon hij niet, de figuur die hij moest inkleuren deed er niet toe. Een clown kleurde hij zwart, een paddestoel ook, een auto, een boot, om het even wat. Als zijn tekening klaar was, gaf hij die aan de juffrouw, legde zijn hoofd op de bank en sloot zijn ogen.

De eerste keer dat hij met klei mocht spelen, prakte hij zijn blok meteen tot een vormeloze hoop en bracht er met een plastic scalpel diepe sneden in aan. Toen de juf hem vroeg wat hij had gemaakt, haalde hij zijn schouders op, wachtte tot zij zich had omgedraaid en hakte zo wild op de hoop in dat het scalpel in twee stukken brak. Met in elke hand een scherp wapen ging hij vervolgens onverminderd door met de verwoesting. Met veel moeite slaagde de juffrouw er uiteindelijk in hem bij de polsen vast te grijpen en te laten stoppen. Het was meteen de laatste keer dat hij klei in handen kreeg.

Ook van schilderen bracht hij niet veel terecht. Zodra de juf de potjes vingerverf op tafel had uitgestald, begon hij er al in te pulken. Met zijn worstvingers maakte hij vette spatten op het witte blad, die hij met de muis van zijn hand uitveegde tot grote vlekken. Zodra het blad bol stond van de verf, verlegde hij zijn werkterrein en beschilderde het plastic tafellaken, de rug van zijn handen, zijn armen en ten slotte zijn gezicht, dat hij ging bewonderen in de spiegel boven de wasbak.

Na zulke streken moest Arend van de juffrouw in de hoek staan. De afzondering vond hij hoegenaamd geen straf, wel de fysieke kwelling die het lange staan met zich meebracht. Doordat zijn linkerbeen vier centimeter korter was dan zijn rechter moest hij voortdurend zijn gewicht van het ene been naar het andere verplaatsen. Al na een paar minuten kreeg hij pijn in zijn bekken en zijn rug, die door de handicap van zijn been steeds krommer groeide. Binnen het kwartier moest hij zich op de grond laten zakken, waardoor hij opnieuw een standje van de juf kreeg, die tegelijkertijd zoveel medelijden met de jongen had dat ze hem een ogenblik later zijn straf kwijtschold.

Ondanks zijn indrukwekkende gestalte was er op den duur niemand nog bang voor Arend, integendeel, hijzelf deinsde terug als een van zijn klasgenootjes aanstalten maakte om hem een por te geven wanneer hij met zijn plompe lichaam een doorgang versperde. Ook wanneer hij een van de zeldzame keren dat hij met iets speelde een voorwerp in handen had dat een andere kleuter begeerde – een houten blokje, een autootje, een puzzelstuk – liet hij het zonder verzet van zich afpakken en stelde zich tevreden met een ander voorwerp of staakte zijn bezigheid.

Aan het eind van elke dag kwam zijn moeder hem van school halen, meestal geruime tijd nadat alle andere ouders al met hun kind waren vertrokken. Soms overhandigde Arend haar dan een tekening of een knutselwerkje, niet met de nodige trots zoals andere kleuters dat deden, maar met een zekere onverschilligheid, alsof hij een onpersoonlijke brief uit handen gaf. Bij het zien van de chaotische vlekken en strepen op het papier en de vormloze uiteenvallende constructies schudde Anna haar hoofd, keek naar het emotieloze gelaat van haar zoon en borg zijn werk op in haar handtas. Thuis stopte ze het meteen weg in een lade of liet het achter zijn rug in een vuilniszak verdwijnen.

5

Op een dag moest Arend de tekening van een vogel inkleuren. Het was onduidelijk of het een duif, een ekster, een kraai, een uil of een ander soort vogel was, daarvoor bezat de figuur te weinig details. Met ruwe lijnen was de omtrek getekend van het lichaam, van de kop met de snavel, van de viertenige poten en van de vleugels, waarin halve cirkels de veren voorstelden. Het deed er ook allemaal niet toe, want zodra de juffrouw het blad op zijn tafeltje had gelegd, ging hij de tekening te lijf zonder die te bekijken. In minder dan twee minuten kraste hij het papier vol met zwarte potloodstrepen en stak het toen de hoogte in, wachtend tot de juf het zou aanpakken en ophangen, waarna hij zijn plaats aan tafel kon inruilen voor een minder opvallend plekje in een of andere hoek.

'Dat heb je weer mooi gedaan, jongen,' zei de juffrouw toen ze de tekening uit zijn handen nam. 'Heb je gezien wat je hebt gekleurd?'

Ze ging op haar hurken zitten en legde het blad weer voor hem. Het was verkreukeld en er was een hoek van afgescheurd. Arend keek ernaar, maar zag geen figuur, alleen het zwarte raster dat hij had gemaakt.

'Kijk,' zei zijn juffrouw, nam zijn hand in de hare, strekte zijn wijsvinger – er zat nog bruine verf van de vorige dag onder de nagelrand – en liet deze de omtreklijnen volgen, die hier en daar nog zichtbaar waren tussen de donkere strepen. 'Een kop... een lijf... poten... en vleugels...'

Zowel zijn vinger als zijn blik kwamen tot stilstand op het blad.

'Welk dier heeft vleugels?' hoorde hij de juffrouw vragen, haar mond bevond zich vlakbij zijn oor. 'Welk dier kan vliegen?'

Zijn lippen gingen van elkaar en onhoorbaar herhaalde hij het laatste woord. Nu drong het langzaam tot hem door welke figuur zich achter de kooi van potloodstrepen bevond. Met zijn wijsvinger trok hij opnieuw de twee krommen na die de vleugels van het dier vormden.

'Fogel,' zei hij toen, eerst aarzelend en zachtjes, daarna vastberaden en luid. 'Fogel!'

De juf klapte overdreven enthousiast in haar handen.

'Flink zo, Arend! Zie je wel dat je het weet! En wat doen vogels?'

'Fliegen!' antwoordde hij meteen, stak zijn armen in de lucht en hief het hoofd op, waarin de gitkleurige pupillen sterk oplichtten.

'Zeer juist!' knikte de juf en staarde de jongen verbaasd aan. In de drie maanden dat hij op school was had zij hem nog nooit zo vol geestdrift gezien. Zelfs contact had ze in al die tijd niet met hem gekregen. Zijn ogen hadden almaar haar blik ontweken, haar vragen waren nooit tot hem doorgedrongen en op haar aanrakingen had hij vaak schrikachtig gereageerd. Nu had hij opeens zelfs iets teders over zich. Die uitstraling was hem vreemd, maar het stond hem wel, als een kledingstuk dat voor zijn buitengewone maten was gemaakt.

'Dit is een arend,' zei ze vervolgens en wees op de onherkenbare tekening. 'Deze vogel is een arend.'

Traag bewoog hij zijn hoofd in haar richting. Voor zover hij met zijn blik kon uitdrukken wat hij voelde, leek het erop dat hij haar had begrepen, maar haar woorden nauwelijks kon geloven.

'Vogel... arend,' herhaalde de juffrouw nadrukkelijk en tikte met haar wijsvinger op het blad, daarna op de borst van haar pupil, opnieuw op het blad, opnieuw op de borst. 'Arend... vogel.'

Zijn hoofd op en neer bewegend volgde Arend aandachtig de baan van de vinger. Steeds dieper drongen de woorden van de juffrouw tot hem door en verbonden zich in zijn gedachtegang tot een onlosmakelijk geheel.

'Arendfogel!' verhief hij toen opeens zijn stem, strekte zijn hand naar voren en bewoog zijn vingers over het papier zoals een blinde die braille leest. Daarop nam hij het blad tussen zijn twee handen, bracht het omhoog tot voor zijn gezicht en keek er met grote ogen naar alsof hij zichzelf in een spiegel bewonderde.

'Arendfogel!' riep hij opnieuw, duwde zijn stoel naar achteren en stond op. Hij draaide zich in de richting van de juffrouw en knikte haar enthousiast toe. 'Arendfogel!'

'Ja, Arend is een vogel,' lachte de juf en kwam overeind. 'Arend is een gróte vogel!'

Nu haalde de jongen diep adem, zodat zijn borst sterk opzwol, en kraaide toen luid: 'Arend róte fogel!' Met de lucht die hem daarna nog restte, perste hij een kwetterend geluid uit zijn longen, dat meer weg had van een kreet dan van een lach, maar evengoed vrolijk klonk. Vervolgens begon hij door de klas te lopen, neus in de lucht, borst naar voren, schouders opgetrokken en armen voor zich uitgestrekt. Als een autostuur bewoog hij het vel papier in zijn handen heen en weer en manoeuvreerde zich tussen zijn gapende klasgenoten door tot hij in de poppenhoek was aangekomen, waar hij op de grond ging zitten. Hij legde de tekening op zijn schoot en tastte met zijn vinger de contouren van zijn getekend zelfportret af. Zijn mond ging onafgebroken in een gelijkmatig ritme open en dicht zonder dat er geluid uitkwam. Toch was het duidelijk welke woorden hij vormde: arendvogel, arendvogel, arendvogel.

Zijn moeder had zoiets nooit tegen hem gezegd, integendeel, zij had hem altijd afgesnauwd als hij fladderend door de woning liep. Doe nou toch eens normaal, schreeuwde ze dan, schudde hem door elkaar en stuurde hem naar zijn kamer. Sla daar je vleugels maar uit! Wanneer hij soms met zijn getuite mond of met zijn tot klauwen gevormde handen in zijn bord scharrelde, gaf ze hem een harde tik op zijn achterhoofd of op zijn vingers en riep dat hij manieren moest leren, waarbij ze hem hard aan zijn oor trok, alsof haar woorden zo vlotter hun weg zouden vinden.

Toen de bel ging, keek Arend meteen op. Hij kwam overeind en liep naar de deur. De tekening hield hij als een schild tegen zijn borst.

'Arend?'

De juf stond in het midden van de klas en had haar hand uitgestoken.

'Laat je tekening maar hier. Ik zal haar ophangen.'

Vastberaden schudde Arend zijn hoofd en haastte zich toen de deur uit. In de grote hal, waar meerdere klaslokalen op uitkwamen, was het al druk. Verschillende kleuters namen hun jas van de kapstok, legden deze met de binnenzijde naar boven op de grond, bukten zich, staken hun handen in de mouwen en wierpen, terwijl ze overeind kwamen, het kledingstuk in een boog over hun hoofd. Arend was er nooit in geslaagd zijn jas op die manier aan te trekken. Hij moest altijd wachten tot de juffrouw tijd voor hem had. Maar vandaag wilde hij niet wachten, vandaag wilde hij zo snel mogelijk naar buiten. Even keek hij achterom, zag dat de juffrouw druk bezig was de jas van een andere kleuter dicht te knopen en voegde zich ongemerkt bij de stroom kinderen die naar buiten liepen.

Met zijn hoofd in de nek hinkte hij traag over de speelplaats. Hij staarde naar de vroege voorjaarszon die al voldoende kracht had verzameld om hem met zijn ogen te laten knipperen. Daar in de lucht lag zijn doel. De hoogte in vliegen moest hij, zou hij, want hij was een vogel. Kijk maar, wilde hij tegen de zon zeggen en stak zijn tekening al omhoog, maar op dat ogenblik voelde hij een por in zijn rug. Een bleek jongetje was tegen hem aangelopen, maar had zich alweer schrap gezet en rende door, op de voet gevolgd door een andere jongen, die kirrend lachte. Arend bleef er onverschillig bij, keek meteen weer naar voren en concentreerde zich opnieuw op zijn blad, dat hij draaide en keerde tot de zon er helemaal achter verscholen ging. Het papier lichtte bleek op en werd doorschijnend zodat het leek of de zwartgekleurde figuur van het blad was losgekomen.

'Kijk,' zei Arend. 'Arendfogel...'

Met een ruk werd het blad uit zijn handen getrokken.

'Zo, laat eens kijken wat je hebt?' Een meisjesstem.

Verblind draaide Arend zich in het rond. Waar hij keek, overal was de zon, meerdere zonnen zelfs, witte dansende vlekken als hij zijn ogen sloot, zwarte geelomrande vlekken als hij ze opende.

'Laat mij ook eens kijken!' Nog een meisjesstem.

Zij aan zij stonden Ellen en Sofie over de tekening gebogen.

'Prachtig, vind je niet?' stootte Sofie haar vriendin aan.

'Ik zou het niet mooier kunnen,' antwoordde Ellen en vroeg toen: 'Maar wat is het eigenlijk?'

'Een olifant, denk ik,' zei Sofie.

'Nee hoor, een nijlpaard!' zei Ellen overtuigd. Van de tekening keek ze naar de jongen, die heftig met zijn ogen knipperde. Een te korte bruine tricottrui zat als een dwangbuis om zijn bovenlichaam. De lichtblauwe kleur van zijn hemdje liep in een brede baan over de onderkant van zijn buik. Zijn vale donkere joggingbroek, waarvan de elastische tailleband diep in een vetrol sneed, was beklad met bruine verfvlekken. Aan zijn voeten droeg hij als altijd zijn donkerblauwe rubberen regenlaarzen.

'Je hebt gelijk,' knikte Sofie. 'Een nijlpaard! Kijk maar!' Met haar wijsvinger schetste ze een willekeurige figuur op het blad. 'Dikke kop, dikke buik en dikke poten!'

Olifant? flitste door Arends hoofd. Nijlpaard? Hij kon er zich niets bij voorstellen, maar wist wel dat zij het mis hadden. Niet olifant, dacht hij, niet nijlpaard...

'Fogel!' klonk het toen opeens uit zijn mond. 'Is fogel!'

Geschrokken van zijn eigen reactie deed hij een stap naar achteren, maar een oogwenk later, toen hij weer vast op zijn benen stond en de verraste blik in de ogen van de meisjes zag, vond hij de moed om nogmaals zijn stem te verheffen.

'Arendfogel!' Zelfverzekerd stapte hij nu naar voren en wees op de tekening. 'Arendfogel!'

De meisjes keken elkaar één seconde aan en schoten tegelijk in de lach.

'Arendfogel... arendfogel...' riepen ze.

Geamuseerd sloeg Arend hen gade. Terwijl Sofie met haar hand steun zocht op de schouder van haar vriendin, draaide deze het blad ondersteboven en hield haar hoofd schuin.

'Nu zie ik het ook, hoor! Natuurlijk! Kijk, Sofie, een fogel.'

'Een arendfogel, Ellen, een arendfogel!' verbeterde Sofie en kraaide van plezier.

Arend knikte. Ook zíj hadden hem nu begrepen. Het gaf hem een zalig warm gevoel vanbinnen. Zijn zelfvertrouwen was nog nooit zo groot geweest.

'Arend róte fogel!' kirde hij toen en trok een grimas, waardoor de meisjes begonnen te gieren en hij op zijn beurt in de lach schoot. Korte trompetstootjes blies hij uit zijn bolle wangen.

Bij het horen van zijn hortende lach sloegen de vriendinnen de armen om elkanders schouders en begonnen te stampvoeten.

'Arend róte fogel!' riep Ellen met hoge stem en bootste de lach van de kleuter na. Sofie proestte het uit, boog diep voorover, haar arm als een scharnier in haar buik houdend, en kwam weer overeind. Ze bewoog haar hand op en neer en maande Ellen tot stilte en richtte zich toen tot Arend.

'Weet je... weet je... wat... fogels...' – moeizaam onderdrukte ze een nieuwe lachbui – 'wat fogels... doen?'

Natuurlijk wist hij dat. Dat hoefde niemand hem voor te zeggen. Vogels vliegen. Dat wist hij wel zeker.

'Fliegen!' riep hij.

'F... f... fliegen!' hikte Sofie. 'Fogels fliegen!'

Ze hapte naar lucht en vroeg: 'Arend ook fliegen?'

Arend knikte enthousiast.

'Nou, kom op dan!' riep Sofie, knipoogde naar haar vriendin en zette het op een lopen, tegelijk begon ze met haar armen te slaan. Met zijn hoofd in de te korte, brede nek, de armen uitgestoken en de vingers opengesperd ging Arend achter het meisje aan. Maar het was meer zwalpen dan lopen wat hij deed, zodat Sofie om de paar meter halt moest houden. Dan zweepte ze hem met haar stem op en stoof, zodra hij genaderd was, weer weg, waarna Arend de achtervolging opnieuw inzette. Zijn hele lichaam schudde bij elke pas en zakte afwisselend scheef naar links en naar rechts. Intussen wiekte hij verwoed met de armen, waardoor zijn trui en zijn hemdje steeds hoger kropen. Maar dat merkte hij niet. Hij had alleen oog voor het meisje met de witte opwippende lokken dat voor hem liep en zich een weg baande tussen de andere kinderen op de speelplaats. Af en toe keek hij naar onderen of zijn voeten al van de grond kwamen, schudde zijn hoofd en sloeg nog harder met zijn armen.

'Flieg, Arend, flieg!' riep Ellen toen de jongen haar vlakbij briesend passeerde en schaterde het uit bij het zien van de bleke klotsende vetrol die boven zijn broekband te voorschijn was gekomen. Ze zette zich ook in beweging, haalde Arend met enkele passen in, dook vanachter zijn rug op en schreeuwde hard in zijn oren: 'Je moet de lucht in, kip! De lucht in!'

In een reflex draaide hij zijn hoofd naar rechts – het was rood aangelopen, speeksel hing als wit schuim om zijn lippen – en keek recht in de opengesperde mond van Ellen, waarin haar beugel als een lemmet opflikkerde. Arend schrok hevig, raakte zijn ritme kwijt en voelde hoe zijn voeten plotseling van de grond loskwamen. Ik vlieg, dacht hij even, en stelde meteen daarop vast dat hij de verkeerde kant uitging, te laat om zijn vleugels weer in armen te veranderen die de klap konden opvangen.

Weinig kinderen hadden zijn val opgemerkt, want hij had geen kik gegeven. Sofie had het ook pas door toen ze achterom keek en Ellen in een verstarde pose aantrof, haar blik naar beneden gericht. Op dat ogenblik kroop Arend alweer overeind. Nog altijd kwam er niet het minste geluid uit zijn keel. Alsof hij van een andere wereld kwam, staarde hij om zich heen. Zijn hoofd bonsde, zijn knieën brandden, maar meer nog dan de pijn, voelde hij een warmte die vanuit zijn neus vertrok en over zijn mond en kin wegliep. Hij streek met zijn tong over zijn lippen en proefde iets dat hij niet kon thuisbrengen. In een trage beweging veegde hij zijn mond af en bekeek zijn met rode vegen besmeurde handpalm. Verf, dacht hij in een eerste opwelling, maar zag zijn vergissing in toen hij bemerkte hoe een dikke druppel van dezelfde rode kleur op de muis van zijn hand viel en via zijn pols in de mouw van zijn trui verdween. Een volgende druppel spatte op zijn duim, en nog een, en nog een. Arend verschoof zijn hand lichtjes en probeerde de druppels op te vangen, maar ze vloeiden almaar tussen zijn vingers weg. Langzaam bracht hij zijn hand omhoog en voelde met twee vingers aan zijn neus. In een beekje stroomde het bloed langs de rug van zijn hand naar beneden en maakte grote vlekken op zijn broek en trui. Mijn neus huilt, dacht hij, plaatste zijn hand weer onder zijn neus en keek verwonderd naar de vallende tranen die vreemd genoeg alles wat ze aanraakten rood kleurden. Op dat ogenblik begon zijn zicht te vertroebelen. Hij richtte zijn hoofd op, waarin het gebons almaar was toegenomen, en kon nog net, voor alles rondom hem wazig werd, Ellen onderscheiden, die haar beide handen voor haar mond had geslagen. Zijn tekening zag hij nergens meer.

6

Toen Arend dagen later weer op school verscheen, kreeg hij er meteen een nieuwe spotnaam bij, naast de rijke woordenschat waarmee hij al voortdurend werd bestookt. Zijn gemillimeterde haardos, zijn platgeslagen, nog lichtelijk blauwe neus en zijn onveranderlijk rood aangelopen, opgeblazen hoofd met de ingegraven oogjes riepen er ook haast om. Waar hij ook ging of stond die ochtend, altijd was er iemand die hem uitschold of achter zijn rug een knorgeluid maakte. Vroeger zouden die pesterijen hem niet geraakt hebben, maar zijn laatste, mislukte poging om te vliegen had hem bruusk gewekt uit de droom waarin hij jarenlang had geleefd. Nu zijn ingebeelde wereld was ineengestort, stond hij kwetsbaarder dan ooit in de werkelijke wereld, waar elke plaagstoot hem als een mes in het hart trof.

Toen de bel alle stemmen op de speelplaats smoorde, haalde de jongen dan ook opgelucht adem en hoopte dat er nooit een tweede belsignaal zou volgen. Dertig seconden later begon de aarde echter opnieuw te draaien.

Slaafs volgde hij de rij naar binnen, trok zijn jas uit en hing die op zijn plaats aan de kapstok. Van de ster dwaalde zijn blik af naar de vogel boven het nog vrije haakje naast dat van hem. Traag reikte hij met zijn hand naar voren, stak zijn wijsvinger uit en werd toen ruw opzij geduwd door een andere kleuter, die een knalgele anorak wilde ophangen.

'Vogel is van Oskar,' zei de jongen, keek hem aan met een volwassen, bezitterige blik in zijn glasblauwe ogen en hing zijn jas aan het haakje.

Arend liet zijn arm zakken, draaide zich om en liep met gebogen hoofd het klaslokaal binnen. Zonder op te kijken hinkte hij verder naar het bureau van de juffrouw. Eronder hing een aantrekkelijke schaduw, die hem vanachter een lichtblauw geverfde houten stoel wenkte. Hij schoof de stoel naar achteren en verdween in de ruimte onder het bureau. Moeizaam wrong hij zich in zithouding en merkte tot zijn tevredenheid dat de holte nauw rond zijn lichaam sloot. De metalen wanden drukten kil tegen zijn rug en zijn beide armen. Zijn kruin schuurde bij elke beweging tegen de onderzijde van het bureaublad. Met zijn voeten geklemd achter de voorpoten trok hij de stoel dichterbij, van waarachter hij het strijdtoneel angstvallig in het oog hield. Van zijn klasgenoten die rakelings het bureau passeerden, zag hij enkel nog het lijf, alsof ze allen onthoofd waren, van juffrouw Rita restten alleen de benen, die voorbij marcheerden in een wijde, zwarte broek. Haar stem klonk vanuit verschillende plaatsen, zodat het leek of haar hoofd, verlost van lijf en leden, zich als een ballon door het klaslokaal bewoog.

Ze begon de namen op te lezen. Toen hij de zijne hoorde, hield Arend de adem in. Geschuifel van stoeltjes vulde de korte pauze, waarna opnieuw zijn naam klonk. Onder het bureau kromp de verstekeling ineen en luisterde naar de woorden die hij al vaker gehoord had.

'Ik Arend zoeken?'

'Ik ook!'

'Nee, blijf nou maar even zitten,' zei juffrouw Rita en las de volgende naam van de lijst op.

Toen ze een verhaal begon te vertellen, haalde Arend een paar keer diep adem. Voorlopig zou hij weer met rust gelaten worden. Hij keek om zich heen. Op de gelakte metalen wanden zag hij een grote schaduw die dezelfde bewegingen als zijn hoofd maakte. 'Varkenskop!' hoorde hij in gedachten opnieuw roepen. Hij wendde zijn blik af. Hij wilde geen varken zijn. Varkens waren vies en vuil, had zijn moeder gezegd. Varkens konden ook niet vliegen, wist hij. Misschien was hij daarom een varken, besloot hij teleurgesteld, want ook hij kon niet vliegen.

Een rilling vertrok aan de onderkant van zijn rug en werkte zich snel omhoog. Geruisloos schoof de jongen een stukje naar voren, stak zijn hand omhoog, keek ernaar en liet die meteen zakken. Hij sloot zijn ogen en wilde dat het zo donker werd als de voorbije nacht. Uren had hij wakker gelegen nadat zijn moeder hem had verteld dat hij opnieuw naar school moest. Traag was de duisternis zijn kamer binnengekomen en bijna elk kwartier had Arend zijn hand voor zijn ogen gebracht. Pas toen het zo donker was dat hij zijn hand niet meer zag, durfde hij in te slapen. Als ik mezelf niet meer zie, kan iemand anders mij ook niet zien.

Toen het verhaal uit was, opende hij zijn ogen opnieuw en hoorde de juffrouw zeggen: 'Oskar, Joris, gaan jullie nu Arend maar zoeken.'

Onder het bureau zette de jongen zich schrap. Iedere keer als er een lichaam de stoel voorbijging, hield hij zijn adem in en verroerde zich niet, ook al jeukte zijn neus voortdurend en begonnen zijn benen stijf te worden. Opeens zag hij Oskar, die hij herkende aan zijn dribbelende manier van lopen en zijn rood-wit geruite hemd. Hij zag hoe zijn klasgenoot de deur opende, even de hal in liep, weer binnenkwam en recht op het bureau afstevende.

'Daar is Arend! Onder tafel!'

Met beide handen omklemde Oskar de achterste poten van de stoel, terwijl Arend op hetzelfde ogenblik zijn handen om de voorste poten klauwde.

'Laat los! Los!' siste Oskar en probeerde met korte, krachtige rukken de bovenhand te krijgen.

Maar Arend wilde niet loslaten en zou het ook nooit gedaan hebben als die plotselinge pijnscheut er niet was geweest die aanvoelde alsof er een mes in de palm van zijn rechterhand werd geplant. Oskar tuimelde met stoel en al achterover, terwijl Arend zijn blik op de lucifergrote splinter richtte die in de muis van zijn hand was gedrongen. Eén uiteinde, lichtblauw, stak nóg een centimeter naar buiten, de rest van de houten spies schemerde door de huid heen alsof er een laag cellofaan over was gespannen. Verwonderd drukte hij er zijn vinger op en kreeg een nieuwe prik die voelbaar was tot diep in zijn hand. Met zijn duim en wijsvinger probeerde hij het uiteinde van de splinter vast te pakken. Het kostte hem meerdere, onhandige, pijnlijke, pogingen – zijn vingers waren te dik, zijn nagels te kort – voor hij het ding in een stevige greep had en het was dan ook met een zekere triomf dat hij uiteindelijk het blauwe houtje, dat in zijn ogen al de afmetingen van een speer had aangenomen, in de lucht stak.

Maar niemand keek naar hem. Alle aandacht ging naar Oskar, die de stoelleuning tegen zijn lip had gekregen en een beetje bloedde.

''t Is niets,' zei juffrouw Rita. 'Stop nou maar met huilen. Het is zo voorbij.'

Onder het bureau bewoog Arend nerveus zijn hoofd van links naar rechts. Hij had een glimp van het rode vocht op Oskars lip opgevangen en het meteen herkend. Hij herinnerde zich de vele druppels die uit zijn eigen neus waren gevloeid en wist nu dat dat rode spul bloed was. Het woonde binnen in je lichaam en als je je bezeerde, kwam het naar buiten, zodat iedereen kon zien waar je pijn had. De dokter had hem dat verteld toen die de wonden op zijn knieën en zijn handen had ontsmet.

Intuïtief draaide Arend zijn rechterhand naar binnen en stelde teleurgesteld vast dat er uit de splinterwond geen bloed kwam. Hij stak de splinter tussen zijn lippen en drukte met zijn linkerduim hard op de muis van zijn hand. Nu welde er van onder zijn huid een dikke druppel bloed op, die de korte levenslijn van zijn hand tot het eind volgde en daar stollend tot stilstand kwam.

'Ga nu maar kleuren,' hoorde hij juffrouw Rita tegen Oskar zeggen. 'En tijdens het speelkwartier blijf je maar binnen, anders ga je misschien opnieuw bloeden.'

Arend liet de woorden diep tot zich doordringen. Ook hij wilde binnen blijven. Dan zou niemand hem voor varken uitmaken. Dan zou niemand hem uitlachen.

'Arend, zo is 't welletjes. Kom er onderuit,' zei de juf vervolgens.

Hij nam de splinter uit zijn mond, verstopte hem in zijn linkerhand en hield zich ijzig stil. Op een halve meter van zijn schuilplaats wipten de voeten van de juffrouw op en neer.

'Arend!'

Nu verstijfde hij. Als iemand tegen hem schreeuwde, volgde meestal iets onaangenaams.

'Arend, vooruit!'

De juffrouw bukte zich, stak haar vissende hand onder het bureau naar hem uit en omklemde zijn bovenarm. Even dacht hij eraan de splinter in haar hand te drijven, maar hij deed het niet. Hij liet zich onder het bureau vandaan sleuren, tot in de dichtstbijzijnde hoek, waar hij voor straf tot het speelkwartier moest blijven staan. In de palm van zijn linkerhand rolde hij al die tijd met de toppen van zijn vingers de splinter van boven naar beneden en weer terug. In zijn hoofd overheerste één gedachte: hij wilde niet naar buiten.

Toen de bel met haar lijzige stem het speelkwartier aankondigde, deed Arend alsof hij niets had gehoord. Star bleef hij met zijn gezicht naar de muur gekeerd, terwijl de andere kleuters het klaslokaal verlieten. Aluminiumfolie knisperde, boterhampapier ritselde, een limonadeflesje siste.

'Arend, je mag ook naar buiten.'

Arend deed of hij doof was.

'Arend?' Juffrouw Rita tikte hem op de schouder.

Knipperend met zijn ogen, alsof hij net ontwaakte, keek hij achterom. De juffrouw droeg een witte blouse, het bovenste knoopje stond open. Arend zag dat ze slikte.

'Vooruit,' zei ze, 'het speelkwartier is begonnen. Naar buiten.'

'Moe plassen,' zei Arend en draaide zich opeens naar haar om. Zijn haast kale kruin reikte tot haar navel. Aarzelend legde ze haar hand op zijn prikkende hoofd en bewoog het in de richting van de deur.

'Je weet waar we dat doen,' zei ze. 'Ga maar. Ik kom zo wel eens kijken.'

Arme jongen, dacht ze terwijl hij naar de deur liep. Straks

zou ze zijn moeder aanspreken, nam ze zich voor en zag er tegelijkertijd al tegenop. Aan hun vorige ontmoeting had zij een naar gevoel overgehouden. Zij was toen met hem, na zijn val op de speelplaats, naar de dokter geweest en had hem vervolgens thuisgebracht. Zijn moeder had haar behandeld alsof zij een koerier was die een beschadigd pakje aan de deur bezorgde. Afstandelijk, geïrriteerd, ondankbaar. Tegenover haar zoon had ze zich trouwens niet anders gedragen. Geen medelijden. Geen ongerustheid. Ze had hem niet eens een blik gegund. En naar haar, die al die moeite voor het kind had gedaan, had ze ook nauwelijks omgekeken. Toen ze in haar flat geld was gaan halen om de doktersrekening te betalen, liet ze haar zelfs voor de deur wachten, op de overloop, in de tocht. De bankbiljetten had ze tot een vierkantje opgevouwen, dat ze haar vlug in de handen duwde, alsof het een aalmoes was. Later bleek dat het te weinig was.

In de hal worstelden twee kleuters met hun jas, de rest van de klas bevond zich al op de speelplaats. Juffrouw Rita hielp hen, haalde voor de kleinste van de twee nog een koekje uit de verpakking en keek of ze Arend zag. Daarna liep ze naar de toiletruimte, waarvan de deur wijd open stond. Vanuit de urinoirs kwam haar een penetrante geur tegemoet. Ze boog voorover, drukte op de drie spoelknoppen, wachtte tot het stil was en riep twee keer kort na elkaar zijn naam. Er kwam geen reactie.

Ze opende de deur van het eerste toilet, dat onbezet was, ging naar het tweede, waarvan de deur op een kier stond, en schudde haar hoofd. Het toiletpapier was volledig van de rol getrokken en tot een grijze berg in een hoek bijeengeschopt. Ze deed de deur dicht, opende de volgende en trof er, tot haar opluchting, Arend aan, die met zijn broek op de enkels op de toiletpot zat.

Eén ogenblik later had haar opluchting plaatsgemaakt voor verbijstering toen ze zag hoe de jongen met een lucifergroot voorwerp een snee in zijn brede bovenbeen maakte, traag van links naar rechts, zodat het bloed de tijd kreeg om te voorschijn te kruipen. Uit het bleke vel van zijn andere been vloeide uit een identieke wond nog meer bloed.

Moeizaam kreeg ze zijn naam opnieuw over haar lippen. Arend schrok niet op uit zijn bezigheid. Alsof hij haar verwacht had, richtte hij zijn hoofd in een rustige beweging omhoog. Hij zag hoe de juffrouw haar hand voor haar mond sloeg, stak het rood doorweekte uiteinde van de splinter in de lucht en zei toen op kalme toon: 'Arend nie buiten, Arend bloeden.'

Met zijn tong wiste hij daarop het bloed weg dat vanuit een diepe kras op zijn rechterwang in dunne straaltjes over zijn lippen vloeide.

7

Anna sloeg de deur harder dicht dan ze wilde. Geruime tijd had ze zichzelf onder controle kunnen houden terwijl ze de klaagzang van juffrouw Rita had aangehoord, maar één opmerking was uiteindelijk te veel geweest: dat ze haar zoon misschien eens moest laten onderzoeken. Daarop was Anna uitgebarsten. Dat haar zoon niets mankeerde, dat het allemaal de schuld van de school was en dat ze er verdomd spijt van had dat ze hem er naartoe had gestuurd. Totaal verpest was haar zoon daar. Haar stem had door het trappenhuis gegalmd en had de juffrouw, die zich verontwaardigd had omgedraaid, op de hielen gezeten tot ze beneden was.

Arend bevond zich toen al in de flat. Zodra zijn moeder de deur had geopend, nadat de juffrouw had aangebeld, was hij met gebogen hoofd langs haar heen geglipt en meteen de woonkamer in gelopen. Vandaar luisterde hij naar de zwellende stem van zijn moeder en voelde zijn angst toenemen. Toen de deur dichtklapte, vluchtte hij naar de verste hoek van de kamer en balde op de vloer zijn lichaam samen.

In de gang hapte Anna naar lucht. Haar boezem bewoog als de boeg van een schip. De woede raasde door haar lichaam. Ze voelde hem in haar maag, zurig, in haar kloppende slapen, in haar handen, die bezweet waren.

Ze dacht aan wat de juffrouw ook had verteld: hoe Arend zichzelf met een splinter had verwond. Hardnekkig had Anna volgehouden dat zij haar iets voorloog, hoewel ze wist dat haar zoon tot alles in staat was. Maar ze wilde van niemand horen dat hij zich abnormaal gedroeg. Ze voelde dergelijke kritiek als een persoonlijke aanval, als een verwijt dat zij faalde als moeder. Ze was er echter rotsvast van overtuigd dat ze haar best deed. Ze had haar zoon al veel afgeleerd en ook die laatste hardnekkige grillen zou ze er wel uit krijgen. Nooit zou hij haar dan nog te schande maken. Nooit.

'Aaaarend!'

Ze stond in de deur van de woonkamer, handen in de zij, benen gespreid. De aftiteling van een soap rolde over het televisiescherm. Ze vloekte. Ze had de ontknoping gemist. Zijn schuld, allemaal zijn schuld.

Ze ploegde naar voren, haar hand tegen haar maag gedrukt.

'Arend, ik waarschuw je...'

In haar haast liep ze met haar been tegen de hoek van de salontafel. Ze slaakte een kreet, vloekte, bukte zich om over de zere plek te wrijven.

'Rotjoch, verdomd rotjoch.'

Hinkend liep ze in de richting van de eethoek en keek vluchtig onder de tafel.

'Waar zit je? Wacht maar, jongen, ik vind je wel...'

Haar logge lichaam scheerde langs de sanseveria's toen ze het raam passeerde. Ze walste om de tafel heen en trof Arend op de vloer in een hoek van de kamer aan. Hij lag met zijn gekromde, half ontblote rug naar haar toe op zijn zij, zijn knieën opgetrokken tot tegen zijn op de borst gekruiste armen, zijn hoofd gedeeltelijk verscholen tussen zijn handen.

‘Wat is dat verdomme met jou?’ riep Anna en schoot naar hem toe. ‘Moet je mij dan altijd voor schut zetten? Verdomme toch.’

Ze boog zich over hem heen, rukte met één hand zijn handen van zijn gezicht weg, omvatte met haar andere hand zijn kin en bewoog zijn hoofd met een schok in haar richting. Een grote, bruine pleister bedekte zijn rechterwang.

‘Jezus, hoe zie je er weer uit? Kun je dan nooit normaal doen? Heb ik je dat niet geleerd?’

Ze greep hem bij de schouders en schudde hem door elkaar.

‘Hoor je mij?’ schreeuwde ze in zijn oren. ‘Heb ik je dat niet geleerd? Hoor je mij, vraag ik je.’

Arend wist dat als hij knikte de marteling gauw voorbij zou zijn, maar het lukte hem niet. Zijn lichaam weigerde naar hem te luisteren. Alles was geblokkeerd, geen beweging was mogelijk. Toen volgden de klappen die hij verwachtte. Een regen van handen stortte op hem neer.

‘Heb ik je dat niet geleerd?’ hoorde hij opnieuw. ‘Heb ik je dat niet geleerd? Heb ik je...’ Een eindeloze litanie.

Verblind van woede molenwiekte Anna met haar armen. Dan weer raakte haar vlakke hand zijn wang, dan weer trof ze zijn billen, dan weer miste ze hem en sloeg vervolgens eens zo hard op zijn bolle rug.

Haar handen leken zijn lijf binnen te dringen, zo diep voelde Arend de pijn. Vanuit de krochten van zijn lichaam werkte zich toen eindelijk een kreet naar boven, die snel aangroeide tot een afgrijselijk gekrijs.

Anna riep dat hij moest stoppen, maar ze hoorde amper zichzelf nog. Woedend van onmacht balde ze haar handen tot vlezige vuisten en begon op de muur van geluid in te beuken. Arend bleef echter schreeuwen, onverstoorbaar, zodat ze ten slotte zijn gescheurde mond met haar hand bedekte. Zijn lippen trilden in haar handpalm, zijn tong spuugde speeksel, dat langs haar pols naar beneden droop. Haar andere hand wrong ze toen onder zijn arm door tot ze met haar onderarm zijn borst kon omklemmen. Daarna trok ze hem half overeind en sleurde hem door de woonkamer, waarbij zijn onderlichaam over de grond sleepte. Met haar voet duwde ze de deur naar de gang verder open en sukkelde met haar zware last de drempel over. Vanachter haar hand probeerde zijn gehuil voortdurend te ontsnappen, slaagde er soms in, maar werd keer op keer weer snel achterhaald.

Toen ze met haar elleboog de deur van zijn kamer opende, werd er gebeld, lang. Anna schrok en keek om naar de voordeur. Het was zijn juffrouw opnieuw, dacht ze en vroeg zich tegelijkertijd af of zij op het gehuil was afgekomen. Ze deed twee passen naar achteren, de slaapkamer in, liet Arend los, die meteen op de vloer ineendook, liep om hem heen opnieuw de gang in en trok de deur dicht, zo het geschreeuw dempend dat nu weer de vrije loop had gekregen.

Terwijl ze naar de voordeur liep trok ze haar kleren recht, veegde door haar haren, over haar ogen en haalde een paar keer diep adem. Met de klink in haar hand wachtte ze tot er een tweede keer werd gebeld en deed de deur toen met een ruk open. Wat moet je nu weer? wilde ze vragen, maar slikte meteen haar woorden in bij het zien van het gezette mannenlichaam dat in de hal stond. Een dik rond hoofd met nerveus knipperende kraaloogjes rustte halsloos op de schouders.

'Ik hoorde zoveel lawaai,' sprak de man, pauzeerde even

om met de rug van zijn hand over zijn voorhoofd te vegen en vervolgde toen: 'En ik dacht laat ik maar eens gaan kijken wat er aan de hand is.'

Nu herkende Anna de bovenbuurman. Langzaam bewoog ze haar hoofd heen en weer en zei toen met een lichte aarzeling in haar stem dat er niets loos was.

'Ik dacht dat...' begon Hans opnieuw.

'Nee heus, er is echt niets aan de hand,' onderbrak Anna hem en maakte aanstalten om de deur te sluiten. Op dat ogenblik werd er achter haar een andere deur geopend en over de schouder van zijn omkijkende buurvrouw heen zag Hans Arend uit een kamer te voorschijn komen. De ogen van de jongen waren gezwollen en rood doorlopen, de pleister op zijn wang was omgekruld, waardoor de rode schram in zijn gezicht grotendeels zichtbaar was en in zijn shirt, op de rechterschouder, zat een winkelhaak.

'Je kamer in!' riep Anna, draaide haar hoofd weer naar voren en zei op een verontschuldigende toon: 'Hij is stout geweest. Hij wil maar niet luisteren.'

'Ik wil mij er niet mee bemoeien...' zei Hans voorzichtig.

'Het komt wel in orde,' knikte Anna vastberaden. 'Een moeder moet soms veel geduld hebben.' Ze knikte nogmaals, verontschuldigde zich mompelend en verdween achter de deur.

Hans bleef verbouwereerd voor de gesloten deur staan en hoorde hoe de vrouw tegen haar zoon weer tekeerging. Hij bracht zijn vinger naar de belknop, wachtte even en wendde zich toen hoofdschuddend af. Het zijn jouw zaken niet, sprak hij tegen zichzelf.

8

Dag na dag ging voorbij zonder dat Arend naar school hoefde te gaan. Hij vond het eigenaardig, maar tegelijkertijd voelde hij zich opgelucht, zodat hij zich nauwelijks vragen stelde, zeker niet hardop. Net als vroeger stuurde zijn moeder hem na het ontbijt naar zijn slaapkamer, waar ze hem ook nu weer opsloot wanneer ze het huis verliet. Voor Arend deed het er niet toe of zijn deur op slot zat of openstond, want het merendeel van de tijd bracht hij toch op een stoel voor het raam door, vanwaar hij het hemelgewelf onafgebroken met zijn ogen aftastte in de hoop een vogel te ontwaren. Sommige dagen oogstte hij geen succes en kroop hij 's avonds moedeloos in bed met binnen in hem een leegte die pijn deed. Andere dagen, wanneer zijn inspanning beloond werd met een duif, een mus of een merel, die om het even met welke snelheid het omlijste firmament doorkruiste, was hij zo vervuld dat hij meteen aan het mijmeren ging en pas uit de lucht kwam gevallen als zijn moeder hem riep.

Elke ochtend, voor dag en dauw, stond Arend met kloppend hart op, liep naar het raam, opende de overgordijnen en nam de kleur van de lucht in zich op. Als donkergrijs overheerste, zuchtte hij eens, sleepte zich terug naar zijn bed en probeerde weer in slaap te vallen. Maar als de hemel zich blauw aankondigde, installeerde de jongen zich in zijn pyjama op zijn stoel en wachtte hoopvol op de komst van een vroege vogel die de dag feestelijk zou inluiden. Tot zijn ontgoocheling was echter zijn moeder meestal het eerste levende wezen dat hij zag. In de vensterruit schoof haar weerspiegelde lichaam dan als een donderwolk voor de zon en een seconde later weerklonk haar stem vanachter zijn rug: 'Zit je daar nu weer zo idioot door dat raam te staren? Ga je wassen en kom aan tafel.'

Op een ochtend in juni, een paar dagen voor zijn derde verjaardag, kwam zijn moeder vreemd genoeg niet opdagen. Toch had hij vanaf zijn stoel gehoord hoe zij net als gewoonlijk was opgestaan, naar de badkamer was gegaan, de buitendeur had geopend om beneden de brievenbus te lichten en weer binnen was gekomen. Doorgaans liep ze daarna naar zijn kamer of liet ze zijn naam door de gang galmen, maar dat was nu uitgebleven. Arend tuurde nog even naar de blauwe lucht, luisterde intussen scherp, hoorde nog steeds geen geluid en stond toen op. Op blote voeten sjokte hij de kamer uit.

De deur van zijn moeders slaapkamer stond open. Alsof hij over iemands schouder keek, gluurde Arend naar binnen. Het bed was opengeslagen en het raam op een kier gezet. Nergens was zijn moeder te bespeuren. Arend draaide zich om en liep naar de badkamer. Hij reikte naar de klink en wist toen de deur niet op slot was dat zijn moeder zich in geen geval in het bad of op het toilet bevond, wat hij vervolgens in één oogopslag bevestigd zag.

In de woonkamer viel het hem meteen op dat de televisie niet aanstond. Was zijn moeder vertrokken zonder dat hij het had gehoord? Was ze vergeten hem in zijn kamer op te sluiten? Aarzelend schuifelde hij door de stille ruimte in de richting van de keuken. Voor de deuropening hield hij halt en stak zijn hoofd naar binnen. Zijn moeder zat in haar peignoir aan de ongedekte tafel en staarde voor zich uit. Haar ogen waren rood doorlopen. Hij deed twee stappen naar voren en zag nu dat ze een vel papier in haar handen hield. Op het tafelblad lag een opengescheurde envelop. Arend durfde zich nauwelijks te verroeren, bang dat zij dan zou schrikken en hem een oorveeg zou geven. Maar ze moest hem al gezien hebben, want in een trage beweging schoof ze de brief in zijn richting, alsof ze verwachtte dat hij hem zou aanpakken en voorlezen. Maar zijn wantrouwen was sterker dan zijn nieuwsgierigheid en dus hield hij zijn armen stijf naast zijn lichaam.

'Je grootvader wil je zien,' sprak zijn moeder toen monotoon. 'Hij ligt op sterven.'

Vervolgens stond ze op, vouwde de brief dicht en deed hem in de envelop, die ze in een la onder het aanrecht wegborg. Zwijgend begon ze de tafel te dekken, daarbij om haar zoon heen manoeuvrerend, die als een pilaar op zijn plaats bleef staan. In gedachten herhaalde hij de woorden van zijn moeder, maar ook toen begreep hij ze niet. Sterven was hem onbekend en bij het woord grootvader, dat hij op school ook al eens had gehoord, kon hij zich evenmin iets voorstellen.

Tijdens het ontbijt schonk Anna nauwelijks aandacht aan haar zoon. Hij hield haar daarentegen wel voortdurend in de gaten. Ze at niet, merkte hij op, ze dronk alleen maar kleine slokjes koffie uit een kopje, waarin ze onophoudelijk met een lepeltje roerde – een nerveus getik dat schijnbaar niet tot haar doordrong. Af en toe schudde ze het hoofd. Eén enkele keer keek ze op, richtte het woord tot hem – 'Hij heeft een vriendin, wist je dat?' – en nam meteen daarop haar starre pose weer aan.

In Anna was op dat ogenblik een hevige strijd aan de gang. Ze moest niet naar hem toe gaan, zei ze in zichzelf. Niemand kon haar ertoe verplichten. Maar mocht ze de wens van een stervende man naast zich neerleggen? Kanker had hij, longkanker. Zijn verdiende loon, ging het door haar hoofd. Zou er dan toch een God bestaan die goed van kwaad onderscheidde? Hoelang was het trouwens geleden dat zij hem had gezien? Zolang als haar moeder dood was. Veertien, bijna vijftien jaar.

Ze nam een slok. De koffie was al lauw. Ze reikte naar de kan en vulde al roerend met het lepeltje het kopje bij. Dat hij veel aan haar had gedacht, had haar vader geschreven, en dat hij spijt had van wat er was gebeurd – zijn handschrift vertoonde sporen van zijn ziekte: beverig, krachteloos, astmatisch. Toen ze zijn laatste wens uit zijn brief had opgemaakt, was het overigens voor het eerst tot haar doorgedrongen hoezeer Arend op hem leek. Even pafferig, even afstotelijk, even weerzinwekkend. Alsof het zijn verdoemde zaad was dat, na jaren in haar baarmoeder te hebben gesluimerd, haar had bevrucht. Ze rilde bij die gedachte en probeerde haar af te weren. Het lukte haar nauwelijks.

Na het ontbijt stuurde ze Arend naar zijn kamer. Ze zette de televisie aan en nam plaats op de bank, de afstandsbediening in haar hand. Een halfuur later kwam ze tot het besef dat ze niet wist waar ze naar had gekeken. Ze schakelde het toestel uit. In het zwarte scherm werd de kamer verkleind weerspiegeld. Het midden van het beeld werd gevuld met de plompe gestalte van de vrouw op de bank, die zwoegend overeind kwam, alsof ze zichzelf moest ophijsen.

Ze liep de kamer uit en hield halt voor de slaapkamer van haar kind, dat alweer voor het raam post had gevat, het hoofd in de nek. Met een zekere afkeer nam Anna de jongen van top tot teen in zich op en vroeg zich tegelijkertijd af hoe erg haar vader zou schrikken wanneer hij hem zou zien. Hij stelde zich zijn nazaat waarschijnlijk voor als een kleine, springerige, vrolijk ogende peuter, op wie hij als grootvader trots kon zijn, en dan zou hij plotseling tot zijn schaamte geconfronteerd worden met het mismaakte schepsel dat zijn kleinzoon in werkelijkheid was. In haar verbeelding zag ze al het gezicht van haar vader bleek wegtrekken wanneer zij met Arend voor zijn ogen verscheen. Het ogenblik waar hij zo naar had uitgekeken, zou hem enkel ontgoocheling brengen. Zijn zoete droom van een lieflijk kleinkind zou veranderen in een bittere herinnering die hem tot in het graf zou vergezellen.

Langzamerhand werd Anna gewaar dat ze niet afkerig was van haar gedachtegang. Ze betrapte zich er zelfs op dat ze op een of andere manier genoot van de macht die haar plotseling in de schoot was geworpen. Na al die jaren zou ze hem eindelijk kunnen straffen. Maar kon ze dat wel maken, vlak voor zijn dood? Moest ze hem niet in vrede laten sterven, zoals dat heette? Hij was tenslotte toch haar vader. Nee, riep toen een stem in haar hoofd, hij was haar vader niet, niet meer, hij was de man die haar voor het leven had verminkt. En nooit zou ze hem dat vergeven, hoezeer hij ook berouw toonde.

Met een soepelheid die niet bij zijn postuur paste, wipte Arend op dat ogenblik van zijn stoel, plaatste zijn handen plat op de vensterbank, legde zijn hoofd op de rechterschouder en reikte naar voren tot zijn wang het vensterglas raakte. Steeds verder zijdelings leunend volgde hij met grote ogen wat zijn blik zonet in de lucht had gevangen en bracht daarbij vreemde geluiden voort die nog het meest leken op het koeren van duiven.

Anna schudde het hoofd. Nooit zou ze haar zoon begrijpen. Ze deed er ook geen moeite meer voor, want ze zou zich enkel ergeren. Ze riep zijn naam, eenmaal. Een tweede maal. En een derde maal, deze keer vergezeld van een krachtterm.

Arend schrok. Hij had zijn moeder al die tijd niet opgemerkt. Ze stond in de deuropening. Het lint van haar peignoir had ze strak aangetrokken, waardoor het leek of haar dikke hoofd een uitstulping van haar ingesnoerde lichaam was. Onverschillig wendde hij zijn blik van haar af en stelde ontgoocheld vast dat zijn prooi uit de lucht was verdwenen. Met gif in zijn ogen keek hij zijn moeder opnieuw aan, die intussen naar voren was gekomen en straal langs hem heen liep. Voor de klerenkast hield ze halt, zocht er wat spulletjes uit en legde die op zijn bed.

'Kleed je aan,' sprak ze op gebiedende toon. 'We gaan weg.'

Daarna liep ze de kamer uit en trok de deur achter zich dicht. Toen ze in de badkamer haar peignoir had uitgetrokken, liet Arend opeens zijn krachtige huilstem horen. Anna vloekte, sloeg de peignoir opnieuw om haar lichaam en beende de gang in.

'Wat zit je verdomme nu weer te huilen?' riep ze terwijl ze de deur van zijn slaapkamer openzwaaide.

Arend richtte zijn hoofd schuin omhoog en keek zijn moeder door een waas van tranen aan.

'Arend nie sjool,' snikte hij hoofdschuddend.

'Jeezes, wat haal je je toch in je kop? Natuurlijk moet je niet naar school. We gaan iemand bezoeken. Je grootvader. Mijn va...'

Impulsief slikte Anna het laatste woord in.

'Vooruit, kleed je maar aan,' zei ze toen bedaard. 'Je hoeft niet naar school. Heus niet.'

Ze bleef staan tot hij van zijn stoel was opgestaan en naar zijn bed gelopen. Zodra hij aanstalten maakte om zijn pyjamajasje uit te trekken, liet ze hem alleen.

Toen ze een kwartier later gewassen en omgekleed zijn kamer binnenkwam, stond Arend in een verschoten T-shirt, dat aan zijn tonronde bovenlijf leek te plakken, voor het raam. Om zijn dijen spande een zwart voetbalbroekje, waartegen zijn krijtwitte, papperige benen boertig afstaken. Afgezakte grijze kousen fladderden om zijn enkels. Dichterbij gekomen zag Anna dat hij zijn shirt achterstevoren aanhad. Ze maakte er geen opmerking over, net zo min als ze eraan dacht om een kam door zijn borstelige haren te halen die naar alle kanten piekten.

'Hier, trek aan en dan zijn we weg,' zei ze en schopte de gympjes die naast zijn bed stonden in zijn richting. Arend draaide zich om, ging op de grond zitten, deed het van achteren platgetrapte gympje aan zijn linkervoet – 'Andere voet!' riep Anna, die het gesukkel afstandelijk gadesloeg –, dan aan zijn rechtervoet, kroop op handen en knieën naar het andere gympje en trok het aan. Als een geslagen hond hinkte hij vervolgens achter zijn moeder aan, bang dat ze hem alsnog naar school zou lokken.

9

Zodra hij in de bus zat, had Arend geen tijd meer om aan school te denken. Hij kwam ogen tekort om alles in zich op te nemen. Vooral de chauffeur achter het grote stuur trok zijn aandacht en ook van het doosje dat kaartjes inslikte en weer uitspuugde kreeg hij niet genoeg. Bij uitstek genoot hij van het voorbijrijdende landschap, dat eerst grijs was van het vele beton, maar langzamerhand groener en weidser werd. Toen de bus een pas ingezaaide akker passeerde en er met veel vleugelvertoon een grote zwerm kraaien opvloog, was hij helemaal overdonderd. Met open mond volgde hij, zittend met zijn knieën op de bank, de vogels tot ze achter de rug van de man achter hem verdwenen. Hij bewoog nog verwoed van links naar rechts, maakte in de richting van de geamuseerde grijsaard zelfs driftige gebaren met zijn armen, maar werd door zijn snauwende moeder hardhandig gedwongen weer keurig op zijn zitvlak plaats te nemen.

Even later zag hij hoe zijn moeder zwoegend overeind kwam en met haar vinger op een knop boven zijn hoofd drukte, waardoor er een belletje ging en bij de deur een rood lampje begon te branden. Kort daarna zwenkte de bus naar rechts en kwam tot stilstand. Met een sissend geluid zwaaiden de deuren open en voor Arend zich had kunnen verzetten, had zijn moeder hem al mee naar buiten geloodst, waar de hitte loodrecht uit de wolkenloze lucht naar beneden viel.

Toen de bus weer vertrok, bleken zij de enigen die waren uitgestapt. Terwijl Arend verlangend met uitgestoken arm het voertuig nawees, nam zijn moeder de omgeving in zich op. Met een zakdoek het zweet van haar gezicht vegend, spiedde ze in het rond en stelde ontnuchterd vast dat de plaats waar ze zich bevond – een paar honderd meter van haar geboortehuis – in al die jaren nauwelijks was veranderd. Struiken en bomen waren weliswaar gegroeid of gerooid en hier en daar was een haag vervangen door een muurtje, maar de rijtjeshuizen gingen nog altijd schuil achter dezelfde roestkleurige façaden, waarvan de ramen in deze tijd van het jaar waren volgestouwd met geraniums en petunia's. De herkenning gaf Anna op slag een onaangenaam gevoel. Het was alsof haar jarenlange vlucht ineens was teruggebracht tot enkele uren, alsof ze slechts even het dorp had verlaten om in de stad boodschappen te gaan doen. Langzaam drong het nu ook tot haar door dat ze spoedig oog in oog met haar vader zou staan. In al haar overmoed had ze tot dan toe enkel gemijmerd over zijn reactie, maar dat het bezoek ook haar zou treffen, was haar ontgaan. Vooral begon ze zich zorgen te maken over wat ze tegen hem moest zeggen. En of ze hem een hand moest geven. Of godbetert een kus. Ze walgde van de gedachte. Ze kon nog terug als ze wilde, zei ze bij zichzelf. Hij zou zelfs niet eens weten dat ze in zijn buurt was geweest.

Arend besliste daar echter anders over. Ongemerkt was hij vertrokken in de richting waarin de bus was weggereden en toen zijn moeder hem in het oog kreeg, was hij al tien meter van haar verwijderd. Ze riep zijn naam, maar hij hinkte onverstoorbaar verder de weg af en verdween om de hoek, zo onbewust de straat inlopend waar zijn grootvader woonde. Beschaamd keek Anna rond of iemand haar stem had gehoord en ging vervolgens met forse tred achter haar zoon aan. Als haar vader maar niet buiten zat, hoopte ze en stelde zichzelf gerust door te besluiten dat hij daarvoor waarschijnlijk te ziek was. Ze banjerde de hoek om en belandde in een lange, rechte straat met aan weerszijden opnieuw identieke huizen die als tanden in een kam strak in een rij stonden. Met een schok die haar tot stilstand bracht, stelde ze vast dat Arend verdwenen was. Voor zover ze kon zien was de straat verlaten, op enkele geparkeerde auto's na. Onrustig om zich heen kijkend liep ze traag verder de straat in, waar aan het eind, in de voorlaatste woning van de rij, haar vader wachtte. Ze telde de huizen af en probeerde zich tegelijkertijd te herinneren wie er woonde, maar het lukte haar niet zich daarop te concentreren. Opeens zag ze aan de overkant van de straat, in een voortuin, onder een hoge zilverspar, haar zoon, zijn blik was gefocust op de gevel van het huis. Anna werkte zich tussen twee geparkeerde voertuigen door, liep de straat over en zag vanaf het trottoir, in het geopende raam van de woning, een kleine kooi met een kanarie, die de aandacht van Arend gevangenhield. Met zijn hoofd volgde de jongen de bewegingen van het beestje, dat heen en weer van stok naar stok sprong. Opeens bleef het zitten, knikte een paar keer met het kopje en schudde vervolgens het lichaam op tot een pluizige bol. Enkele donzige veertjes kwamen daarbij los en dwarrelden de kooi uit, waar ze door de zoele wind werden opgepikt en in de richting van de stomverbaasde peuter geblazen, die met open mond toekeek hoe ze op hem afkwamen. Zodra ze binnen handbereik waren, strekte hij zijn arm uit en plukte er eentje uit de lucht. Een oogwenk later werd hij bij de schouder gegrepen en met een ruk naar achteren getrokken.

'Kom hier weg,' siste Anna in zijn oren en sleurde hem mee over het tuinpad.

Nauwelijks waren ze een paar meter gevorderd of de voordeur van het huis werd geopend. Een vrouwtje van een jaar of zeventig kwam naar buiten, de haren duifgrijs, het magere lichaam gestoken in een ouderwetse jurk met bloemenmotief. Anna herkende haar op slag en kon van de weeromstuit geen pas meer verzetten. Nog altijd leek zij als twee druppels water op het beeld dat Anna van haar had. In al die jaren had de tijd niet verder aan haar geknaagd. Zij was niet ouder geworden, zij was gewoonweg oud gebleven. Irma. De naam echode in haar hoofd, waarin nu ook de herinneringen terugkeerden. Irma was een vriendin van haar moeder geweest. Dagelijks was de eenzame weduwe bij hen over de vloer gekomen en altijd had zij wel wat te vertellen. Als water uit een kraan stroomden de zinnen dan urenlang uit haar mond. Na de dood van haar moeder was Irma nog welgeteld twee keer langs geweest om na een uurtje zwijgend wat in het rond te hebben gestaard weer te vertrekken.

Ze zag dat Irma haar ook herkende, maar haar nog niet thuis kon brengen. Als een kleermaker met een meetlint nam de weduwe met haar ogen het lichaam van de bezoekster in zich op, waardoor Anna zich op een onaangename manier bewust werd van de veranderingen die zij had ondergaan. In Irma's hoofd moest zij nog het magere tienermeisje zijn, platte borsten, vlakke buik, breekbare benen. Nu was zij een vrouw van vierendertig jaar met een lichaam als een beurse vrucht. Elke vorm had zij verloren. Eén groot litteken was haar lijf.

'Anna?'

Irma deed een paar stappen naar voren en keek haar diep in de ogen. Anna sloeg de ogen neer en knikte werktuiglijk, terwijl ze Arend wat van zich af duwde.

'God meid, ik herkende je haast niet meer,' zei Irma opgelucht. Haar heldere stem paste niet bij haar voorkomen; ze hoorde het geluid van een versleten grammofoonplaat te maken. 'Hoelang is het geleden? Een jaar of tien?'

'Vijftien,' verbeterde Anna zonder op te kijken.

'Vijftien jaar al? Zo lang. Jaja, een mens wordt snel oud.'

Ze knikkebolde even en bewoog een kromme hand in de richting van Arend, die zijn rechtervuist om het veertje balde.

'Is dat je...'

Anna knikte opnieuw.

'Hoe heet-ie ook weer?' vroeg Irma toen en raakte zijn hoofd aan.

'Arend.'

'Ach ja, Arend,' glimlachte de weduwe. 'Je vader was zo trots toen hij hoorde dat hij opa was geworden. Hij heeft zowat het hele dorp getrakteerd... Het gaat niet goed met hem, weet je?'

'Ik heb...'

'Gisteren vertelde Nelly nog – ze was bij de apotheker – dat je vader zo'n vreselijke hoestbui had gekregen dat ze dacht dat hij erin zou blijven. Ze heeft de dokter moeten bellen. Midden in de nacht. Vreselijk was het, zei ze. Wat een mens toch allemaal moet meemaken.'

Nelly. De vriendin van haar vader. Anna had niet meer

aan haar gedacht. Hoe moest ze zich tegenover haar gedragen? Hoe zou ze er trouwens uitzien?

'Hij zal blij zijn jullie te zien,' ging Irma onverstoorbaar verder, alsof ze in enkele minuten de achterstand van jaren wilde inhalen. 'Waar heb je zo lang gezeten, mijn kind? Je vader vertelde altijd maar dat je het te druk had om hier te komen, vooral omdat je man zo vaak lang weg was.'

'Mijn man?' reageerde Anna verbaasd.

'Ja, wat deed-ie ook weer? Reed-ie niet op een vrachtwagen?'

Anna voelde een woede in zich opkomen. Wat had haar vader allemaal over haar rondgestrooid? Waar haalde hij het vandaan? Leugens vertelde hij, grove leugens.

Ze wilde uiting geven aan haar verontwaardiging, maar bedacht zich opeens toen het tot haar doordrong dat zij dan haar verhaal moest doen en dat wilde ze helemaal niet. Niemand zou haar geloven waarom ze was gevlucht, daarvoor stond haar vader te goed aangeschreven in het dorp. En Arend, wat moest ze over hem vertellen?

Haar blik ontwijkend, knikte Anna de weduwe toe.

'Ja, hij is vaak op de weg, altijd maar weer in het buitenland.'

'Nou, hij heeft in elk geval een flinke zoon gemaakt,' lachte Irma, streek Arend over de haren en deed een stap opzij. Wijzend naar de kooi in het raam, vroeg ze: 'Was je Suske aan het bewonderen?'

Arends ogen werden opeens groot. Trots stak hij zijn hand in de lucht, die hij echter gesloten hield, bang dat het veertje zou wegvliegen. De weduwe knikte goedkeurend en reikte de jongen haar hand.

'Kom, zullen we Suske eens goedendag zeggen?'

'Ik moet nu echt verder gaan,' kwam Anna prompt tussenbeide en griste zijn hand vast nog voor Irma hem had kunnen grijpen.

'Ach ja, ik begrijp het, kind,' zuchtte de weduwe. 'Je zult wel erg ongeduldig zijn en ik hou je maar op. Ga maar, ik zie jullie misschien straks nog wel.'

'Kom Arend,' zei Anna, bukte zich, tilde haar zoon op – een korte kreun ontsnapte haar – en droeg hem op haar arm het pad af, met in haar kielzog de weduwe, die haar volgde tot aan de rand van de tuin.

'Doe je vader de groeten,' riep ze nog toen het gammele stel de overkant van de straat had bereikt. Anna keek knikkend achterom en wist dat er nu geen terugweg meer mogelijk was.

10

Terwijl Arend in de schaduw van zijn moeders rug via een smalle gang het huis van zijn grootvader betrad, ging hij na of het relikwie zich nog steeds in zijn vuist bevond. Voorzichtig opende hij zijn hand, ving een glimp van het dons op en kromde gerustgesteld zijn vingers er opnieuw omheen. Hoe nietig het veertje ook was, voor Arend was het alsof hij een volledige vleugel had bemachtigd, zodat hij nauwelijks kon wachten tot hij weer thuis was om zijn vangst aan een uitgebreid onderzoek te onderwerpen. Hij wilde het veertje tegen zijn wang voelen, over zijn lippen bewegen, eraan proeven. Hij wilde het in de lucht gooien en zien neerdwarrelen. Hij wilde er 's avonds mee gaan slapen en 's ochtends mee ontwaken. Maar bovenal wilde hij ermee leren vliegen. De jongen besefte wel dat er meer nodig was om zijn lichaam in de lucht te krijgen, maar met oefenen kon hij nu alvast beginnen. Hij moest er alleen over waken dat hij zich niet door zijn moeder liet betrappen.

Toen ze de gang door waren, ontnam zijn moeders gestalte Arend nog steeds alle zicht. Hij probeerde wel achter haar rug uit te komen, maar zij hield hem bij de bovenarmen tussen haar blokken van handen in een stevige greep.

'Herman... Anna is hier, je dochter,' zei een vrouwenstem op zachte toon, haast fluisterend. Arend herkende de stem. Hij had ze eerder gehoord nadat de deur van het huis was geopend, waar zijn moeder had aangebeld. Eerst had de stem vlak geklonken, maar toen Anna zich had voorgesteld, werd ze ongemeen hartelijk. Aan wie ze toebehoorde, had hij niet gezien. Hij had alleen oog gehad voor het vrouwtje met de vogel dat aan de overkant van de straat naar hem was blijven zwaaien tot hij binnen was.

'Anna?' Een schorre stem deze keer, die vergezeld ging van een rochelende ademhaling.

Zijn moeder antwoordde niet. Hij voelde hoe ze op haar benen trilde, terwijl hijzelf geen beweging meer kon maken. Hij kon zelfs nauwelijks ademhalen, zo stevig drukte ze hem tegen haar rug aan. In de broeierige stilte die maar bleef duren kreeg hij het meer en meer benauwd. Zijn hoofd begon te draaien en in zijn buik rommelde het steeds harder. Niemand leek het echter te horen, zoals ook niemand zich nog bewust leek van zijn aanwezigheid. Hij wilde roepen, maar zijn mond plakte als een zuignap tegen haar kleffe onderrug.

'Hoe is... het met je?' doorbrak de krakende stem de stilte.

'Goed,' hoorde hij zijn moeder antwoorden na een korte pauze waarin ze nerveus zijn bicepsen kneedde. In zijn buik was intussen de druk onhoudbaar geworden. Het leek alsof ook daar iemand met de vingers diep in de blubber drong. Afwisselend was gedonder en geborrel te horen. Een onweer leek te zijn losgebarsten binnen in hem. Krampachtig vocht hij nog tegen de drang die opkwam, maar de steken in zijn buik namen onophoudelijk toe. In een laatste poging om het onheil tegen te houden beet hij op zijn tanden, kneep zijn ogen dicht en drukte zijn benen krachtig tegen elkaar. Even nog hield hij het vol, toen moest hij het opgeven en verliet de last als vanzelf zijn lichaam. Eerst waren er winden, nauwelijks hoorbaar, zoals van een ballon die leegliep, daarna volgde, zonder dat Arend moest drukken, een warme smurrie, die onritmisch op de strakke stof van zijn onderbroek trommelde. Schaamte bekroop de peuter terwijl hij zich ontlastte, maar de opluchting was zo groot dat hij er niet aan dacht zich in te houden. Het ruikende spul hoopte zich snel op in zijn broek en nauwelijks was hij klaar of de stem van de vrouw klonk opnieuw.

'Ze heeft Arend meegebracht.'

Bij het horen van zijn naam schrok hij. Het was alsof hij gevonden werd bij het verstoppertje spelen en dat terwijl hij ervan overtuigd was dat iedereen het zoeken al lang had opgegeven.

'Toe, kom maar te voorschijn,' ging ze verder. 'Laat je opa eens zien wat voor een grote jongen je al bent.'

Onverwacht liet zijn moeder hem los en sloeg haar armen afwachtend voor haar borst. Maar hij was te beschaamd om zich te tonen, zeker nu de stank zich als een walm om hem heen begon te verspreiden.

'Je moet niet bang zijn, hoor.' Er volgde een korte stilte. 'Is hij altijd zo verlegen?'

Aan de beweging van haar lichaam merkte Arend dat zijn moeder de schouders ophaalde, waarna ze opeens met haar hand naar zijn arm graaide, hem in een brede beweging achter haar rug vandaan trok en met een por tussen zijn schouderbladen naar voren duwde. Met enkele koddige pasjes herstelde hij zijn evenwicht en keek toen knipperend met zijn ogen voor zich uit. Op een paar meter afstand stond een vrouw met opgestoken haar, dat goudkleurig glansde in het licht dat door een breed raam naar binnen viel. Rondom haar blauwe ogen wemelde het van de kraaienpootjes en ook aan de mondhoeken was haar huid doorsneden met fijne rimpeltjes. Haar hand speelde met een zilverkleurig kralensnoer om haar hals en lager rustte haar andere hand op het voeteneind van een bed. Arend liet zijn blik verder over de witte lakens glijden, waaronder de contouren van een lichaam zich aftekenden. In een lichtgroen pyjamajasje zat een kale man half rechtop in het bed, een dik kussen in zijn rug. Zijn gezicht was vaalgeel van kleur en zo mager dat overtollig vel als lellen aan zijn kin hing. Zijn bloeddoorlopen ogen puilden uit de ingevallen kassen en bleven hem aangapen. In de opengevallen mond zaten bruinige tanden, hier en daar ontbrak er een. Vragend keek Arend over zijn schouder naar zijn moeder, maar haar blik was vastgeroest op het gelaat van de vervallen man in het bed, die zwoegend naar lucht hapte.

'Dag... Arend,' zei zijn grootvader hees en begon opeens te hoesten, een geluid voortbrengend als van een pomp die geen water trok. Hij drukte zijn handen tegen zijn borstkas, maar kon niet verhinderen dat zijn bovenlichaam schokkend op en neer bewoog. Haastig liep de vrouw voor Arend langs en bukte zich over de man. Een wegwuivend gebaar makend, wees hij haar terug.

'Het gaat... het gaat...'

Toen hij zijn adem hervonden had, wenkte hij naar Arend, die het tafereel gespannen had gadegeslagen en nu onwennig op zijn benen stond te draaien. De brij in zijn broek plakte aan zijn billen.

'Kom,' zei de man en knikte met zijn hoofd, 'geef... opa... eens een handje.'

Arend begon argwaan te koesteren. Nerveus betastte hij met de toppen van zijn vingers het veertje in zijn handpalm.

De man wilde het van hem afpakken, dacht hij. Tegenover hem ging de vrouw op de rand van het bed zitten en wenkte.

'Kom dan,' zei ze en legde vervolgens haar hand op de schouder van zijn grootvader. Ze wachtte even, stond toen weer op en liep naar Arend toe. Ongerust keek hij nogmaals om, kreeg van zijn moeder niet de minste reactie en kruiste zijn armen voor zijn borst, zijn linkerhand beschermend om zijn rechtervuist geslagen. De vrouw knielde voor hem en strekte haar arm uit.

'Nelly,' zei ze, en na een korte aarzeling, 'tante Nelly.' Vervolgens sloeg ze haar ogen op naar zijn moeder in de hoop dat zij haar goedkeuring zou laten blijken. Maar Anna knikte niet, enkel een gemaakte glimlach kon ervan af.

Nelly wendde zich opnieuw tot Arend en bewoog haar hand voor zijn gezicht. Om haar middelvinger zat een ring met een parel, aardebruine vlekjes dobberden op de rug van haar hand.

'Krijg ík een handje van je?' vroeg ze op een toon die hij niet vaak hoorde. De wijze waarop zijn moeder hem toesprak, nadat hij in een afwerend gebaar zijn handen onder zijn armen had gestopt, klonk hem veel bekender in de oren.

'Arend, geef mevrouw een hand!'

'Ach, als de jongen niet wil,' zei Nelly sussend.

'Hij wil!' knikte Anna kordaat en richtte zich tot haar zoon. 'Vooruit dan.'

Arend durfde niet langer verzet te bieden. Spoedig zou de stank haar bereiken en dan zou haar woede hoe dan ook geen grenzen meer kennen. Tergend langzaam schoven zijn handen over zijn borst naar beneden. Een pruillip trekkend stak hij zijn linkerhand naar voren, kreeg van zijn moeder meteen de reactie te horen die hij verwachtte en strekte stapsgewijs zijn andere arm uit, alsof hij zijn hand aanbood om hem te laten afhakken. Hij opende zijn vuist en zag met lede ogen toe hoe zijn vangst ontsnapte en schommelend naar de vloer zakte. Verrast volgde de vrouw de beweging van het veertje en keek, toen het op de grond was beland, weer naar Arend, die op huilen stond.

'Hé, wilde je daarom geen hand geven?' vroeg ze en raapte in een vlugge beweging het dons op. Ze toonde het even aan de man in het bed, die begrijpend knipoogde, draaide de handpalm van Arend naar boven en legde zijn bezit er weer in. 'Hier, malle jongen, neem je veertje maar terug. Het is van jou en het blijft van jou.'

Een voor een sloot ze zijn vingers, streek hem daarop tegen de haren in over zijn hoofd en zag hoe zijn gezicht opklaarde.

'Zie je wel? Je hoeft nergens bang voor te zijn,' sprak ze troostend en vroeg toen aan zijn moeder: 'Is hij zo gek op vogels?'

Ze knikte. Arend stond versteld. Zij had moeten antwoorden wat zij altijd tegen hem zei: dat hij vooral gek was. Ook had zij het veertje uit zijn hand moeten grissen en roepen: 'Welke vuiligheid heb je nu weer opgeraapt?' Nee, ze zei, wijzend naar zijn hand: 'Dat zal wel van Suske zijn, de kanarie van Irma.'

'Oh, ben je bij Irma geweest?' vroeg Nelly en kwam overeind.

'Ze kwam buiten toen we langs haar huis kwamen. Ik moest jullie de groeten doen.' Met een ijskoude blik keerde Anna zich naar haar vader. 'Ze heeft me verteld wat jij allemaal over mij...'

'Nelly, laat jij Arend even de parkieten zien.' In één adem had haar vader gesproken. Het was geen vraag, het was een bevel. Daarna voegde hij er dunnetjes aan toe: 'Dat zal hij wel leuk vinden.' Rochelend diepte hij toen een fluim uit zijn verteerde longen op en slikte hem door.

In de daaropvolgende stilte werden blikken gekruist als degens. Alleen Arends ogen bleven gefocust op één punt: het wonderlijke dons in zijn hand.

'Arend?' Nelly's stem, hees.

Arend keek op. Drie paar ogen waren nu op hem gericht.

'Kom je mee naar de vogels kijken?'

Van de ene verbazing viel hij in de andere. Vogels kijken? Dat had nog nooit iemand aan hem gevraagd. Zijn ogen begonnen te glinsteren. Hij rechtte zijn rug en knikte Nelly vastberaden toe. Zijn voeten bewogen al ongeduldig op en neer, niet wetend in welke richting ze zich moesten keren.

'Volg me maar,' glimlachte Nelly en nam hem bij de pols vast.

Het stappen viel hem moeilijk. Zijn volgepoepte broek maakte dat zijn manier van lopen nog schokkeriger was dan anders. Bij elke pas trok hij, steun zoekend, hard aan de arm van Nelly, die net als zijn grootvader zichtbaar schrok van zijn vreemde tred. Onbewust vertraagde ze haar pas en leidde hem stapje voor stapje via een dubbele deur met doorschijnende glazen ruitjes naar de eetkamer. Op een eikenhouten dressoir, dat zich uitstrekte over de hele breedte van de muur, stonden in het midden, naast een driearmige kandelaar, twee vrouwenportretten in ovale vergulde lijsten. In het voorbijgaan zag Arend dat ze niet leken op de vrouw aan zijn zij. Toch kwamen ze hem bekend voor, maar thuisbrengen kon hij ze niet.

Enkele ogenblikken later dacht hij allerminst nog aan de portretten. De stemmen van zijn moeder en zijn grootvader in het huis achterlatend was hij via een schuifpui in de tuin beland en had meteen de volière in het oog gekregen – het gekwetter van de parkieten was hem al tegemoetgekomen toen Nelly het raam had geopend. Voor de jongen was het alsof hij een blik in het paradijs wierp. Zijn mond viel open van verwondering. Zijn ogen groeiden en gloeiden, en als vanzelf gleed zijn hand uit die van Nelly.

Op een metertje van de volière hield hij halt. In één oogopslag zag hij meer vogels dan hij vingers aan zijn handen had. En wat voor vogels! De ene al prachtiger getooid dan de andere. Er waren vogels die over hun hele lichaam grasgroen waren, andere waren hemelsblauw en hadden een witgevlekte staart en vleugels, en een derde soort ging schuil onder een citroengeel verenkleed dat doorspekt was met zwarte streepjes. Hoog in de kooi, op een schommel, zaten grotere exemplaren, zilvergrijs van kleur en met schaamrode wangen en een gele kuif op de kop, en op een plankje, in een hoek, ontdekte hij kleine appelgroene vogeltjes met kopjes rood als vuur. Het was een wonderlijk koloriet dat hij te zien kreeg en dat voortdurend veranderde. Zelden zat er een vogel stil. Dan weer vlogen ze van links naar rechts en weer terug, dan van boven naar onder, dan van de ene hoek naar de andere hoek. Ze achtervolgden elkaar, wipten van tak naar tak, namen duikvluchten. Soms verdween er eentje via een rond gaatje even in een huisje in de nok van de manshoge kooi en kwam vervolgens weer te voorschijn om plaats te maken voor een volgende die verstoppertje wilde spelen. Om beurten vlogen beschilderde vogels tegen het gaas op dat de kooi omspande, kromden hun tenen om de dunne draden en knipoogden voordat ze weer wegvlogen – een parelmoeren vliesje schoof dan over het zwarte kraaloogje. En voortdurend was er het gekwetter uit hun gekromde snaveltjes, die open en dicht gingen als schelpen. Het was een weergaloos bekvechten wat ze deden, alsof ze onophoudelijk tegen elkaar opschepten.

'Vind je ze mooi?' De vrouw was naast hem komen staan. Zijn hoofd danste op zijn lichaam. Zijn pupillen gingen snel heen en weer. Geen vleugelslag wilde hij missen.

'Mooi,' herhaalde hij werktuiglijk, opende toen zijn rechterhand en liet het nu onbeduidend geworden donsveertje los. Met zijn mond begon hij de snelle knabbelbeweginkjes van de parkieten na te bootsen.

'Kijk,' zei Nelly. 'Die blauwe daar is Pruts.' Ze wees een parkiet aan die op een grillige tak van een krulhazelaar zat. 'En die groene eronder heet Rikkie... En daar, die nu in het kastje verdwijnt, is Irma.' Ze lachte even en ging toen verder. 'Die kleine groene heet Jopie en die dikke gele, daar in de struik – zie je hem? – heet Polle. Daarboven, die met zijn kuif...'

Plotseling staakte ze haar opsomming. Binnen in het huis werd er geruzied. Door elkaar waren de stemmen van Anna en haar vader te horen, de hare schetterend, haast in dezelfde toonaard als de vogels, de zijne dof, alsof hij blafte. Wat ze zeiden, was onverstaanbaar.

'Die met die kuif...' begon Nelly opnieuw, maar stopte meteen weer. Anna klonk nu hysterisch en ook haar vader riep met een kracht die hij in maanden niet uit zijn keel had gekregen. Nelly wilde zich omkeren en hem tot kalmte manen, maar wist dat ze dan weer zou worden terechtgewezen. Hij wilde niet als een zieke, oude man behandeld worden.

Opnieuw richtte ze haar aandacht op zijn kleinzoon, die met een onaantastbaar gezicht naar de kooi staarde.

'Ga maar wat dichterbij,' fluisterde ze en duwde hem naar voren tot hij vlakbij de volière stond. Hij bracht zijn handen omhoog en plaatste ze tegen het gaas. Met veel lawaai vluchtten de vogels naar de andere kant van de kooi en bleven in een zwerm onrustig heen en weer vliegen. Het vleugelgeklapper was indrukwekkend en veroorzaakte een wind die over zijn haren streek. Hij drukte zijn gezicht tegen het gaas en loerde door de gaatjes ervan. Nu was hij zo dichtbij zijn soortgenoten dat hij alles vergat wat er rondom hem gebeurde. Zo voelde hij de zon niet, die zijn nek schroeide, en evenmin de smurrie die aan de binnenkant van zijn benen naar beneden begon te glijden. Hij hoorde de afgrijselijke hoestbui van zijn grootvader niet, die nu vanuit het huis weerklonk en zelfs het gekwetter van de vogels overstemde. En zo ontging hem ook zijn moeder, die plotseling voor het raam verscheen en in paniek om Nelly riep, die daarop bleek wegtrok en zo snel als ze kon naar binnen rende.

Zonder dat Arend het wist, bleef hij nu alleen achter bij de vogels. Maar hij was nog niet dicht genoeg bij ze. Hij moest in de kooi zien te komen.

Met zijn vuisten begon hij tegen het gaas te kloppen, maar het plooide zich hoogstens naar de vorm van zijn handen. Toch bleef hij verder timmeren en schuifelde tegelijkertijd om de kooi heen, waarin de parkieten in een explosie van kleuren alle kanten opvlogen. Wild fladderden ze kriskras door elkaar. De veren stoven in het rond, het gekwetter was aangegroeid tot gekrijs.

Ook Arend begon te krijsen. Hij vond het prachtig wat er gebeurde. Het reikte nog veel verder dan wat hij in zijn verbeelding ooit had meegemaakt.

'Flieg, flieg!' riep hij tussendoor en hupte daarbij log van zijn ene been op zijn andere been, waaromheen vliegen draaiden, aangetrokken door de geur van zijn uitwerpselen, die intussen al over zijn kuiten dropen.

Terwijl hij steeds harder op het gaas hamerde, in een strak ritme, liep Arend verder rond de kooi tot hij opeens op ooghoogte een grendel ontdekte. Meteen kwam hij tot stilstand, stopte met beuken en hield ook op met krijsen. Ook de vogels kwamen nu op adem, in de verste hoek, hangend aan het gaas of zittend in een struik, vanwaar ze angstig uit hun oogjes keken naar de kolos die verwoed aan de grendel begon te rukken. De verroeste knip gaf moeilijk mee, maar zo dicht bij zijn doel dacht hij niet meer aan opgeven. Bijtend op zijn onderlip wrikte hij aan de grendel en toen die zich uiteindelijk overgaf, ging er zo'n gelukzalig gevoel door Arend heen dat hij vergat ooit ongelukkig te zijn geweest. Het was alsof hij zweefde, zo licht waren zijn benen. Niets of niemand kon hem nu nog tegenhouden.

'Kom fogels, kom,' zei hij en zwaaide de deur met zoveel kracht open dat ze hard tegen de kooi aansloeg.

Geschrokken schoten de parkieten weer alle kanten op. Het vleugelgeklapper maakte Arend dol van vreugde. Hij lachte en schreeuwde, en met een komisch sprongetje belandde hij in de kooi, waar hij wild om zich heen begon te draaien, zijn armen in de lucht.

'Flieg! Flieg! Flieg!' riep hij en greep in het wilde weg naar de vogels die onbereikbaar bovenin de kooi heen en weer stoven. Donsvedertjes dwarrelden naar beneden als sneeuw, kwamen in zijn buurt en werden door de wind die zijn heftig bewegende armen maakten een andere richting in gestuwd.

Toen begon hij in de kooi rond te sjokken en joeg het losse zand in stofwolkjes voor zich uit. Hij schudde aan de struiken, tikte tegen de stokken, sloeg tegen het gaas en achtervolgde elke vogel die zijn pad kruiste. De ene keer schoot er eentje hem links voorbij en stevende hij er achteraan, de andere keer kwam er eentje van rechts en wijzigde hij meteen zijn koers, zodat hij uiteindelijk niet meer wist welke richting hij uit moest.

Opeens zag hij uit zijn ooghoeken dat een van de vogels een duikvlucht maakte, langs zijn hoofd scheerde en door de deur de kooi uit vloog. Hij repte zich naar de deuropening en keek de parkiet na die hoog de lucht in schoot.

'Oger! Oger!' moedigde hij de vogel aan en klapte daarbij in zijn handen. Hij schaterlachte, draaide zich om en begon alle vogels in de richting van de deur te jagen.

'Fooruit, flieg weg!' riep hij en slaakte een vreugdekreet telkens als er een vogel ontsnapte en onwennig tollend een weg zocht in de immense vrijheid.

Maar niet alle vogels begrepen hem. Sommige leken recht op het gapende deurgat af te stevenen, maar maakten dan net ervoor rechtsomkeert en fladderden weer de verkeerde kant op.

'Ksss, ksss!' deed Arend dan en wapperde met zijn armen alsof zijn eigen leven ervan afhing.

Op een bepaald ogenblik raapte hij een tak van de grond om ook de parkieten die zich bovenin hadden verschanst weg te jagen. Hoewel hij nauwelijks nog lucht kreeg, hield hij onvermoeibaar vol. Hij zwaaide en riep, maakte kleine sprongetjes, siste tussen zijn tanden en maaide om zich heen tot uiteindelijk enkel een grote, gekuifde parkiet restte.

'Wèg, wèg,' stootte hij hijgend uit en sloeg met de tak naar de achtergebleven vogel. Het dier vloog schreeuwend heen en weer – in zijn opengesperde bek bewoog als een vinger een klein, dik tongetje –, ontweek iedere keer de zwiepende tak en vond toen eindelijk de uitgang. Juichend, zoals hij de voetballende jongens op de speelplaats wel eens had zien doen, riep Arend de parkiet na, draaide zich om en liet zich uitgeput in het mulle, zwarte zand zakken, dat warm aanvoelde. Terwijl hij met blinkende oogjes de lege kooi in zich opnam, lachte hij hikkend. Overal lagen, hingen en dwarrelden veren, in alle formaten, in alle kleuren, alsof er een bonte kip volledig kaal was geplukt. Arend graaide loom om zich heen in het zand, vulde zijn handen met de veertjes waar hij moeiteloos bij kon en wierp ze omhoog boven zijn hoofd. Een regen van fijne zandkorrels stortte op hem neer. Briesend wendde hij zijn gezicht af en veegde het zand uit zijn ogen. Vervolgens begon hij opnieuw veren te verzamelen en werd toen opgeschrikt door een heftig gefladder.

Achter in de volière, een meter van de grond, ging tegen het gaas een gele parkiet wild tekeer. Hij probeerde weg te vliegen, maar leek vast te zitten. Zijn lijfje wipte op en neer aan de vleugels, die zo snel bewogen dat ze bijna onzichtbaar werden. Arend liet zijn arm zakken, sloeg zijn handen in elkaar en slofte naar voren, zijn blik vastgeketend aan de pechvogel.

'Fogeltje gefangen,' mompelde hij.

Toen hij vlakbij was, hield de parkiet de vleugels stil, terwijl het iele borstkasje snel op en neer ging. Het beestje hing ondersteboven, het kopje naar de grond gekeerd, de gele staart wees de lucht in. Eén poot hing slap naast het lichaam, de andere zat met de lange, kromgegroeide nagels verstrikt in het gaas. Zodra Arend zijn handen uitstak, begon de parkiet opnieuw te spartelen.

'Ssst, fogeltje, ssst. Moe nie bang zijn.'

Voorzichtig stak hij zijn armen verder naar voren tot de vleugels tegen zijn handpalmen aansloegen. Hij weerstond even het gekriebel en bracht zijn handen toen dichter bij elkaar. Zijn vingers vouwden zich om het lijfje. De vleugels schokten nog even en bleven ten slotte stil. Kleiner en kleiner maakte hij het holletje in zijn handen en trok toen met een korte ruk het vogeltje los. Er kraakte iets, maar hij had het niet gemerkt. Hij was vol van de warmte en de zachtheid die hij nu in zijn handen voelde. Tussen zijn vingers door schemerde het betoverende gele verenkleed, de staart stak als een glinsterend gouden lemmet naar buiten. Hij bracht zijn handen naar zijn mond en fluisterde: 'Fogeltje fliegen.'

Toen liep hij de kooi uit, zijn handen voor zich uit balancerend. De zon stond bijna recht boven hem. In een statig gebaar stak hij zijn handen in de lucht, alsof hij een ritueel offer ging brengen, en deed ze van elkaar.

'Flieg!'

De parkiet viel loodrecht naar beneden en bleef vlak voor Arends voeten op zijn rug liggen. Het gezicht van de jongen verstarde. Secondenlang bleef hij roerloos naar de grond staren. Toen begon zijn onderlip te trillen.

'Fogel?' sprak hij nauwelijks hoorbaar.

Hij zakte door zijn knieën en ging op zijn hurken zitten.

Met zijn vinger duwde hij tegen de parkiet.

'Flieg,' zei hij zachtjes smekend. 'Fogel flieg.'

Maar de vogel vloog niet. Ook niet toen Arend er nogmaals tegen duwde. Hij slikte. Over zijn hele lichaam begon hij te rillen. Zijn ademhaling werd onrustig.

Voorzichtig schoof hij de parkiet vervolgens op zijn hand. Nog steeds voelde het diertje warm aan. Met knikkende knieën kwam hij weer overeind en reikte met zijn geopende hand naar voren.

'Flieg,' zei hij opnieuw, met trillende stem.

Maar het diertje bleef liggen, ook nadat Arend wanhopig zijn hand nog een paar keer schokkend op en neer had bewogen.

Toen werden zijn ogen vochtig en in zijn keel nestelde zich een brok, die verhinderde dat hij zijn pijn kon uitschreeuwen. Zoekend naar troost keek hij in het rond. Zijn mond ging open en dicht, maar er kwam geen geluid uit. Net zomin als uit het huis, waarvan de schuifpui naar de eetkamer openstond.

Met het vogeltje in zijn hand waggelde Arend naar voren. Alles woog nu op hem, vooral de hitte, die zo drukkend was dat ze tastbaar werd. Het leek of hij zich een weg moest banen tussen velours gordijnen die hem dreigden te verstikken. In dikke parels rolde het zweet van zijn voorhoofd en trok bleke strepen over zijn bestofte gezicht. Zijn benen werden steeds zwaarder, waardoor elke stap een opgave was.

Toen hij bij de schuifpui aankwam, omklemde hij met één hand de stijl en werkte zich moeizaam over de drempel de eetkamer binnen. Zijn voetstappen lieten donkere sporen na op het bleke tapijt. Geen moment wendde hij zijn blik af van het levenloze vogeltje in zijn andere hand, bang dat het eraf zou tuimelen. Onopgemerkt hinkten de portretten op het dressoir aan hem voorbij. Vechtend tegen zijn tranen wroette hij verder de kamer door tot aan de dubbele deur. Daar bleef hij staan. Hij wankelde op zijn benen.

In een hoek van de kamer stond zijn moeder. Zij leunde met haar rug tegen de muur, had het hoofd gebogen en hield een hand voor haar ogen. Haar schouders schokten licht. Nelly zat op een stoel naast het bed en steunde met haar ellebogen op de matras, haar hoofd rustte in haar handen en bewoog voortdurend heen en weer. In het bed lag de man, zijn ogen waren gesloten, zijn handen samengevouwen op zijn borst.

Niemand zag hoe Arend toen, rillend over zijn hele lichaam, in de deuropening zijn arm helemaal uitstrekte.

'Arend fogel stuk gedaan,' snikte hij en zag hoe zijn moeder en Nelly tegelijk hun beweende gezichten naar hem keerden en geschokt hun handen voor hun mond brachten.

Uitvliegen

1

Eenmaal per jaar ging Anna naar het graf van haar vader, iedere keer op zijn sterfdag. In de vroege morgen trok zij naar het kerkhof, in de hand een bos snijbloemen die zij een dag eerder had gekocht. Zodra de poorten opengingen, haastte ze zich over de grindpaden, legde de ruiker op het graf, schikte het bijbehorende kaartje zodanig dat haar naam duidelijk zichtbaar was en verdween even snel als ze gekomen was. Op die manier suste ze haar geweten en kon ze zonder al te veel schuldgevoelens weer een jaar verder.

Toen zijn grootvader drie jaar dood was, bezocht Arend voor het eerst zijn graf. Nu hij op het punt stond zes jaar te worden en binnenkort naar school moest, mocht hij geregeld met zijn moeder mee. Vaak maakte ze dan een ommetje langs de school, toonde hem waar hij moest afslaan, wees een paar herkenningspunten aan – 'Bij de bakker de hoek om,' moest hij haar dan nazeggen – en hielp bij het oversteken van een drukke weg. Af en toe liet ze de jongen enkele meters voor zich uit lopen, beende naar hem toe wanneer hij van de route afweek en corrigeerde hem door zijn hoofd bruusk in de juiste richting te draaien.

'Daar ga je leren lezen, schrijven en rekenen,' zei ze telkens als ze de school passeerden. Arend knikte dan wel, maar louter uit gewoonte. Waar andere kinderen van zijn leeftijd al hun naam konden schrijven en vlot tot vijftig en meer tellen, wist hij niet eens dat letters bestonden en raakte hij bij het tellen niet verder dan de vingers van zijn hand – alles daarboven noemde hij veel. Het ontbrak de jongen niet aan intelligentie, maar zijn moeder had nooit de moeite gedaan om hem iets bij te brengen. Wat hij wist en kende, had hij voornamelijk via de televisie geleerd, waar hij uren naar keek als zijn moeder er niet was. Voor het overige kon hij zich thuis alleen bezighouden met een stel houten blokken, waarmee hij al alle mogelijke torens en andere constructies had gebouwd, met een puzzel, die hij ten slotte blindelings kon maken en met enkele kleurboeken waarvan de bladen stijf stonden van de vele potloodlagen.

De uitstapjes die zijn moeder met hem maakte waren een welkome afwisseling in zijn eentonige bestaan. Als hij zich buitenshuis bevond, kende zijn nieuwsgierigheid geen grenzen. Zijn ogen schoten van links naar rechts, van boven naar onder, en overal wees hij dingen aan waarvan hij de naam niet kende. Soms ging zijn moeder in op zijn vragen, even vaak trok ze zijn arm naar beneden en beval hem door te lopen.

In de bus naar het kerkhof ging Anna achterin zitten, terwijl haar zoon een paar rijen voor haar plaats moest nemen, zodat het leek of ze niet bij elkaar hoorden. Maar wie ze allebei slechts even bekeek, zag meteen de gelijkenis. In de voorbije jaren was Arends gewicht zo toegenomen dat hij nog meer op een schaalmodel van zijn moeder was gaan lijken. Met zijn zesendertig kilo – een gewicht dat vloekte met zijn lengte van een meter dertig – kon hij net drie keer in haar. Ook hun bruine ogen, hun eigenzinnige zwarte haren, waar geen gel of lak het van won, en hun vooruitstekende bovenlip verraadden hun relatie.

Toen de bus bij het kerkhof stopte, tikte Anna haar zoon in het voorbijgaan op de rug, waarna hij van zijn plaats opstond en haar door de klapdeuren naar buiten volgde. Ze staken de straat over en stopten voor een poort die net op dat ogenblik door een man in een blauwe overall werd geopend. Met veel gerammel maakte hij de stevige ketting rond het traliewerk los en verdween in een witgepleisterd gebouw links achter de poort.

'Kom,' wenkte Anna en liep de poort door.

Binnen de kortste keren had ze een voorsprong opgebouwd. Niet alleen omdat Arend moeite had met haar tempo, maar ook omdat hij te zeer werd afgeleid door wat hij zag. Al meteen na de ingang werd zijn aandacht getrokken door een metershoge grot, waarin een kind geknield voor een vrouw zat, de handen samengevouwen zoals hij dat voor het slapen gaan ook moest doen. 'Vergeet je gebedje niet,' riep zijn moeder elke avond vanuit de woonkamer, waarna hij op zijn knieën voor het bed de onbegrijpelijke zinnen afratelde die ze er bij hem had ingeheid – het enige waarvoor ze tijd had gemaakt.

'Lieve Heer, dank U voor het geven van deze mooie dag. Laat mij morgen weer gezond ontwaken, zodat ik U opnieuw danken mag,' ging het weer door zijn hoofd, terwijl hij achter zijn moeder aan hinkte.

Zowel links als rechts van het pad lagen rijen grote, platte stenen, sommige grijs en dof, andere zwart en glanzend. Er waren ook stenen rechtop geplaatst, waaraan foto's hingen van mensen die Arend recht in de ogen keken, ook wanneer hij hen al was voorbijgelopen en nog eens een blik over zijn schouders wierp.

Bij een grafkapel hield hij zijn pas in. Van ver had hij het monument al tussen de lage stenen zien oprijzen. Het was een huisje met een dak en een deur waarin achter tralies een raampje zat, dat hem uitdaagde om er door te kijken. Hij verliet het pad, beklom de eerste trede van het trapje naar de deur en schrok toen van de stem van zijn moeder.

'Arend!'

Anna had zich omgedraaid en probeerde haar stem nog te dempen door haar hand voor haar mond te brengen. In het cellofaan om de ruiker bloemen in haar andere hand spiegelde de ochtendzon zich.

Arend stapte voorzichtig van de trede af, wees naar de deur en vroeg, alsof hij zijn moeder gerust wilde stellen dat hij niet van plan was streken uit te halen: 'Wie woont daar?'

'Niet wijzen!' riep Anna weer luider dan ze wilde en haastte zich op hem af. Bij zijn gestrekte arm trok ze hem van de kapel weg en snauwde dat hij moest volgen.

Aan haar hand werd Arend verplicht om zijn stappen aan haar tempo aan te passen, wat een enorme inspanning betekende. Zijn benen, waarin de spieren lui waren geworden, leden onder het gewicht dat ze moesten vervoeren en zijn kromme rug, die almaar de schok moest opvangen wanneer zijn linkerbeen de grond raakte, deed steeds meer pijn. Iedere keer als hij achterop dreigde te raken, trok zijn moeder hem echter bij, mompelend dat ze hem de volgende keer thuis zou laten.

Toen ze een rotonde met een groot, betonnen kruis naderden, probeerde Arend zich los te maken.

'Wat nu weer?' hapte zijn moeder en kreeg toen de kraai in het oog, die op een van de armen van het kruis zat en met zijn kraaloogjes het tweetal gadesloeg.

'Ach, is het weer zover? Jij met je vogels altijd. Kom!'

Met de ruiker zwaaide ze in de richting van de vogel, die schrok van het cellofaangeknisper, krassend opvloog en met snelle slagen achter de bomen aan de horizon verdween. Geruime tijd hield Arend zijn blik nog op de kruinen gericht, maar tot zijn spijt keerde de kraai niet terug.

Ze hielden halt voor een rechthoekige, glanzende steen, waarop een hart van gedroogde roosjes lag. Aan de voet brandde in een rood doorschijnend omhulsel een kaarsje. Anna bukte zich en legde de ruiker naast het hart neer.

'Doe je handen samen,' zei ze vervolgens en deed voor wat ze van haar zoon verlangde. Daarna boog ze haar hoofd en begon haar lippen te bewegen zonder dat ze daarbij sprak. Arend imiteerde haar voorbeeldig, op het kruisteken na waarmee hij altijd problemen had – hij vergat steeds de volgorde en vormde meer dan eens een ovaal of een acht.

'Wie is die meneer en die mevrouw?' vroeg hij toen zijn moeder aanstalten maakte om te vertrekken. Hij wees naar de twee portretten in het midden van de rechtopstaande steen en deed, toen hij zich bewust werd van de overtreding die hij beging, meteen zijn arm omlaag.

'Dat zijn je grootmoeder en je grootvader,' antwoordde Anna en duwde hem van het graf weg.

Lichtelijk tegenspartelend vroeg hij vervolgens: 'Wat doen die daar?'

'Ach, dat hoef je...' zei zijn moeder, bedacht zich opeens en antwoordde kordaat: 'Ze liggen daar begraven.'

Arend keek haar vragend aan. Hij kon het zich niet voorstellen dat er mensen onder de steen lagen.

'Ze zijn dood,' voegde zijn moeder eraan toe.

Nu begreep hij het helemaal niet meer.

'Wat is dood?' vroeg hij.

'Dood is... Vooruit, kom nu. Dood is... je slaapt en wordt niet meer wakker.'

'Hoe komt dat?'

'Omdat je dood bent,' zei Anna kortaf.

'Droom je dan?'

'Nee, je droomt niet als je dood bent,' antwoordde zijn moeder nu enigszins geprikkeld. 'Je doet helemaal niets. Niet dromen, niet ademen, niet eten, niet drinken. Je ligt daar onder de grond voorgoed weg te... Ach, je snapt het toch niet.'

Arend hinkte weer achter zijn moeder aan, die er opnieuw stevig de pas had ingezet. Haar woorden maalden door zijn hoofd. Niet ademen. Niet dromen.

'Arend wil ook dood,' zei hij opeens.

Anna stopte en draaide zich om. Arend stond met scheefgezakte schouders naar de grond te kijken en draaide met zijn linkervoet in het grind.

'Wat zei je?'

'Arend wil ook dood,' herhaalde hij en keek even op. In zijn ogen lag een vastbesloten uitdrukking.

Zijn moeder haalde haar schouders op en zuchtte eens diep.

'Kom, doorlopen.'

Arends slepende gang maakte een schurend geluid in het losse grind. Zodra hij erop begon te letten, klonk het in zijn oren eens zo hard. Straks maak ik de mensen wakker, dacht hij en verliet het pad om geruisloos over het gras verder te lopen. Als een rij dominostenen schoven de graven onder zijn neus voorbij. Gefascineerd nam hij de snuisterijen in zich op: kaarsjes in gouden kandelaars, porseleinen bloempjes, oude boeken onder glas, plastic kransen, met lichtblauw water gevulde beeldjes, wandtegeltjes in velerlei kleuren.

Zijn moeder voorkwam dat hij tegen haar aanliep. Met de vlakke hand van haar gestrekte rechterarm tegen zijn borst bracht ze hem tot staan. Ze was zelf van het pad afgeweken om een steen te bekijken die veel kleiner was dan die van de omliggende graven. De hagelwitte kleur ervan schreeuwde de voorbijgangers toe. Op de grond, vlak achter de steen, treurde een gebeeldhouwd engeltje. Het zat op de knieën, de handen lagen met de palmen naar boven gekeerd in de schoot, het hoofd was gebogen, de ogen gesloten. Op de steen, in een glazen kooitje, lag op een bedje van gekleurde parels een pluche beertje opgebaard.

Elk jaar opnieuw gaf Anna toe aan de roep van het meisje dat op deze plek begraven lag. Volgens de inscriptie in de steen was ze een paar dagen na Arend geboren en had amper twee jaar geleefd. De eerste keer dat ze het graf had gezien, had ze zich ingebeeld dat het kind – Virginie was haar naam – haar dochter was en had daarbij een verdriet gevoeld dat Arend nooit bij haar zou kunnen oproepen, wat de jongen ook zou overkomen. Thuis droomde ze er soms van dat haar zoon en het meisje van plaats hadden gewisseld, maar wanneer ze wakker werd en in de belendende slaapkamer ging kijken, lag hij er nog steeds.

Arend had nu ook alle aandacht op de kleine zerk gericht.

'Ligt hier een engel?' vroeg hij en bewoog zijn dubbele kin in de richting van het graf.

Zijn moeder knikte.

'Waarom ligt die engel daar?' reageerde hij onmiddellijk.

'Omdat...' zei Anna en schudde toen haar hoofd. 'Nee,

hier ligt een kindje dat een engel is geworden.'

Arend bekeek zijn moeder met grote ogen.

'Kindjes die doodgaan,' verduidelijkte ze, 'veranderen in een engel en vliegen naar de hemel.'

Met haar beide armen maakte ze een plechtig gebaar naar de lucht. Arend keek omhoog en zag in zijn verbeelding een kind de hoogte in fladderen.

'Wordt Arend ook een engel?' vroeg hij toen met trillende stem. Zijn ogen blonken van verwachting.

'Nee, jij niet, alleen lieve kindjes worden een engel,' antwoordde zijn moeder bits en plaatste haar hand als een klem om zijn bovenarm. 'Kom, we moeten verder.'

2

Arend had het moeilijk om zich een concrete voorstelling van de dood te maken. Wanneer hij 's avonds in bed kroop, deed hij zijn ogen dicht en hield zijn adem in. Nu ben ik dood, dacht hij op zulke ogenblikken en wachtte dan af wat er verder met hem zou gebeuren. Maar wanneer hij zijn ogen weer opende en naar lucht begon te happen, was er nooit iets veranderd. Een eerste teleurstelling liep hij op zodra hij doorhad dat hij zich nog steeds in zijn bed bevond, een tweede, nog grotere teleurstelling volgde nadat hij hoopvol zijn bovenrug had betast en vastgesteld dat hij tijdens zijn dood geen vleugels had gekregen. Alleen lieve kindjes worden een engel, maalde het dan door zijn hoofd.

Bij zijn moeder probeerde hij tevergeefs meer over de dood te weten te komen. De ene keer deed ze alsof ze hem niet hoorde, de andere keer wuifde ze zijn vragen weg. Eens zei ze langs haar neus weg dat hij nog veel moest bidden om in de hemel te komen. Die avond herhaalde Arend zijn gebedje ettelijke keren met een bezieling die hij nooit eerder had opgebracht, maar tot zijn ontgoocheling haalde dat evenmin iets uit.

Op een andere avond, ergens in de zomer, maakte hij opeens toch van nabij kennis met de dood. Zoals altijd zaten zij tijdens het eten zwijgend tegenover elkaar aan tafel. Anna had de borden net vol geschept, het vlees rijkelijk met een vette jus overgoten en de radio luid genoeg gezet om niet voortdurend het gesmak van haar zoon te hoeven aanhoren. Het enige andere geluid in de kamer was het gezoem van een vlieg die boven de tafel cirkelde en af en toe op de aardappelen of in de schaal met boontjes landde, waar hij door Anna werd weggejaagd. Arend hield de bewegingen van het insect nauwlettend in de gaten: hoe het zich een weg baande door de lucht, waarbij de vleugels onzichtbaar werden, hoe het aan de rand van de tafel met de achterpoten de doorzichtige vleugels oppoetste, daarbij balancerend op de vier andere poten, hoe het met de voorpoten over de neus en de reuzenogen wreef, alsof het jeuk had, hoe het neerstreek in zijn bord en met een slurfje dat uit zijn kop klapte het eten betastte, hoe het wegvloog toen zijn moeder 'ksss, ksss' deed en met haar hand zwaaide, hoe het meteen weer een nieuwe landingsplek op de tafel zocht en...

Met een klap die de borden omhoog deed springen kwam Anna's vlakke hand neer op de tafel. Arend schrok en zag de hand weer de hoogte in gaan. Op het tafelblad lag de vlieg nu roerloos, de poten onder het vermorzelde lijf samengevouwen in de vorm van een ster.

'Zo, die was raak,' zei Anna met trots in haar stem, stak een stukje vlees in haar mond en richtte zich tot haar zoon.

'Gooi dat vieze beest eens in de vuilnisemmer,' smakte ze.

Arend verroerde zich niet. Zijn hand met de vork, waarop een aardappel dampte, bevond zich halverwege zijn bord en zijn geopende mond. Zijn blik was vastgenageld aan de vlieg, waarvan hij verwachtte dat die elk ogenblik weer zou opvliegen, zoals de figuurtjes die in tekenfilms tijdens een achtervolging onder een trein komen en een paar seconden later alweer springlevend rondlopen.

'Nou, waar wacht je op?'

'De vlieg gaat vliegen,' zei Arend zonder op te kijken.

'Jeezes jongen, dat beest is hartstikke dood. Sta op en gooi het weg.'

Arend wist niet wat hij hoorde. Stomverbaasd keek hij zijn moeder aan.

'Komt er nog wat van?' riep ze en spuwde daarbij onopzettelijk een kruimeltje vlees uit. 'Of wil je weer vroeg naar bed vanavond?'

Nu legde hij zijn vork neer en kwam overeind, langzaam, zodat hij de tijd kreeg om de woorden van zijn moeder helemaal tot zich te laten doordringen. Hartstikke dood, ging het door zijn hoofd.

'Haast je vooral niet,' zei zijn moeder met ergernis in haar stem.

Arend negeerde de opmerking en liep traag om de tafel tot bij de vlieg. Met zijn vinger schoof hij het insect voorzichtig naar voren, wachtte een ogenblik of het misschien toch zou bewegen, bracht toen zijn andere hand omhoog en duwde de vlieg over de tafelrand in zijn handpalm, die hij sloot. Hij hinkte met zijn buit weg van de tafel en opende de pedaalemmer. Daarna bracht hij zijn hand tot vlak voor zijn neus en strekte zijn vingers. De vlieg lag op haar rug, de harige poten met de vele gebogen knieën omhoog. Uit het geplette, lichtbruine achterlijf stak een gelig wormpje.

Met zijn vingertop stootte Arend tegen het insect, waardoor het op de poten belandde. Nu zag hij de donzige bovenkant van het borststuk, waaraan de kop – een speldenknop – met slechts een miniem draadje vastzat en waaruit de vleugels vertrokken, die in het licht glansden dat door het keukenraam viel.

'Wat ben je aan het doen?' riep zijn moeder opeens. 'Kom aan tafel.'

Alsof hij wilde vluchten na op een misdaad te zijn betrapt, keek hij schielijk om zich heen. Zijn moeder zat met het hoofd over haar bord gebogen. Van haar brede rug schoot zijn blik naar de vlieg, vervolgens naar de vuilnisemmer en weer terug naar de vlieg. In een vlugge beweging sloot hij toen zijn hand en stopte die in de zak van zijn trainingsbroek. Hij haalde zijn voet van het pedaal van de vuilnisemmer – het deksel viel met een klap dicht – en draaide zich om.

'Ik heb geen honger,' zei hij terwijl hij naar zijn plaats sukkelde. 'Mag ik naar mijn kamer?'

'Naar je kamer?' reageerde zijn moeder verontwaardigd. 'Eerst je bord leeg! Je denkt toch zeker niet dat ik je eten ga weggooien.'

'Maar...'

'Je hebt mij gehoord!'

Arend ging op zijn stoel zitten zonder zijn hand uit zijn broekzak te halen. In de andere hand nam hij de vork, stopte een grote aardappel in zijn mond en propte nog wat boontjes er achteraan.

'Schrok niet zo, gulzigaard,' zei zijn moeder en gaf hem een tik tegen zijn puilende linkerwang. 'En eet verdomme met je mond dicht!'

Arend draaide zijn hoofd weg. Liefst van al had hij nu het voedsel in zijn mond over de tafel uitgespuwd, maar hij wist dat hij geduldig moest zijn. Spoedig zou zijn inspanning beloond worden. Dan zou hij de dood, die hij in zijn broekzak verborgen hield, recht in de ogen mogen kijken.

In een ietwat gematigder tempo at hij zijn bord leeg.

Voortdurend had hij de neiging om zijn hand uit zijn broekzak te halen en de vlieg naast zijn bord op tafel te leggen om ze te bestuderen. Wanneer de drang te groot werd, haalde hij zijn vuist onder tafel even te voorschijn, gluurde tussen zijn vingers naar het harige, bruine wratje in zijn handpalm en stopte het weer weg.

Zodra hij het laatste stuk vlees in zijn mond had gestopt en zonder kauwen doorgeslikt, liet hij zijn vork kletterend op zijn bord neerkomen en riep: 'Klaar!' Daarop zette hij zich schrap en wachtte op een teken van zijn moeder, die nog een aardappel op haar bord schepte.

'Wacht maar tot ik mijn bord leeg heb,' zei ze droogjes en begon de aardappel te prakken en met de boontjes te mengen.

Arend zuchtte en keek lijdzaam toe hoe ze hapje voor hapje naar binnen werkte, waarbij ze naar zijn normen ongenadig lang kauwde. Geregeld drukte hij uit onmacht zijn vuist hard tegen zijn dij aan zodat de nagel van zijn duim diep in zijn vel drong.

Toen zijn moeder ten slotte met een hoofdknik haar toestemming gaf, kon hij niet snel genoeg van tafel vluchten. Op zijn kamer deed hij de deur achter zich dicht en ging op een stoel voor het raam zitten.

Nu hij de vlieg ongestoord kon bekijken, werd Arend enigszins teleurgesteld. Het insect was zo klein dat nauwelijks te zien was of het nog ademde. Evenmin kon hij onderscheiden of het de ogen open of dicht had. Hij bracht zijn hand tot vlak onder zijn ogen en rolde de vlieg met de top van zijn wijsvinger heen en weer. Er ging niet de minste rilling door het bruine lijfje, ook niet toen hij de pootjes kriebelde. Vlieg is dood, wist hij opeens zeker en voelde hoe er een rilling door zijn eigen lichaam voer. Daarop nam hij de vlieg voorzichtig vast tussen zijn duim en wijsvinger, zodat er enkel nog een vleugel uitstak, die hij in het licht hield. Nu zag hij tot zijn verwondering de zwarte lijntjes die iemand met een flinterdun potlood op de glazen vleugel had getekend. Secondelang staarde hij naar de vleugel en begon hem toen nieuwsgierig met de wijsvinger van zijn andere hand op en neer te bewegen. Het verraste Arend hoe beweeglijk en toch krachtig de broze vleugel was – hij werkte soepel mee en sprong iedere keer weer in zijn oorspronkelijke positie – en in zijn verbeelding zag hij zichzelf al door de lucht vliegen met eenzelfde paar transparante vleugels, dat alleen veel groter was. Op dat ogenblik, in een opwelling, klemde hij de vleugel tussen zijn nagels en trok eraan. Met een haast onhoorbaar krakend geluidje kwam de vleugel van het borststuk los. Waar hij had vastgezeten, bleef een klein wit vliesje achter.

Als je dood bent, voel je ook geen pijn, concludeerde Arend, en keurde in de ene hand de verminkte vlieg, die geen krimp had gegeven tijdens de marteling, en in de andere hand de geamputeerde vleugel – twee puzzelstukken die in elkaar pasten. Daarop legde hij het doorzichtige kleinood op de vensterbank, keerde het vliegenkadaver tussen zijn vingers om zodat hij bij de andere vleugel kon en trok deze ook uit.

'Geen pijn,' mompelde hij en keek geïmponeerd naar wat er van de dode vlieg restte.

Toen stond hij van zijn stoel op, legde het gehavende vliegenlichaampje op de vensterbank, raapte de andere vleugel op en stak ze allebei als een trofee in de lucht. Daarna bracht hij zijn handen naar zijn rug, draaide de vleugels naar buiten en begon er heen en weer mee te zwaaien. Tegelijkertijd zette hij zich in beweging. Hij stampvoette door de kamer, terwijl hij zijn hoofd afwisselend naar achteren en naar voren gooide zoals hij eens een indiaan op televisie had zien doen.

'Ik vlieg, ik vlieg!' riep hij overtuigend en stuurde met logge bewegingen, die de speklagen in zijn buik en benen aan het klotsen brachten, zijn tonronde lichaam door de kamer. Hij scheerde langs de muren, hinkte fladderend naar voren, botste tegen het bed, draaide zich om, liep klapwiekend als een haan weer naar voren, stootte de stoel omver en stortte vervolgens zelf op de grond, waar hij happend naar lucht bleef liggen.

'Verdomme Arend, wat ben je aan het doen?' klonk het vanuit de woonkamer. 'Kan je nu in godsnaam nooit stil zijn? Trek je pyjama aan en kruip in je bed! Heb je me gehoord?'

3

Hoe kort de vlucht ook was geweest, ze had Arend een voldoening gegeven die hij in jaren niet had gekend. Toen hij in bed lag, was hij nog aan het nagenieten. Het had even geduurd voor hij na zijn krachtsinspanning zijn ademhaling weer onder controle had gekregen, maar zodra hij zover was, was hij van de grond opgestaan en had zich in een oogwenk klaargemaakt om te gaan slapen, iets wat hij anders zo lang mogelijk probeerde te rekken. Zijn vleugels had hij voor hij in bed kroop verstopt onder het korte, zwarte potlood in zijn kleurdoos, een plek waar zijn moeder toch nooit zou kijken, en de vlieg, of wat er nog van over was, had een plaats gekregen onder de holle voet van het lampje op het nachtkastje.

Toen zijn moeder de deur van zijn slaapkamer kwam dichtdoen, sliep hij al. Zonder het geluid van haar passen te dempen liep Anna naar het bed van haar zoon en staarde naar zijn grote hoofd dat als een onrijpe pompoen op het kussen lag.

'Doe maar niet alsof je al slaapt,' zei ze, de zweem van een glimlach op zijn gezicht verkeerd interpreterend. 'Heb je je gebedje opgezegd?'

Een zucht ontsnapte Arend. Een korte kreun. Daarna draaide hij zich op zijn zij en ging zijn gelijkmatige ademhaling door. Op zijn kruin stak zijn haar als een hanenkam omhoog.

Anna schudde haar hoofd. Ze wendde haar ogen van hem af, liep naar het raam en keek naar buiten, waar het begon te schemeren. Het uitzicht bestond uit twee verouderde flatgebouwen die licht van elkaar verschilden zoals bejaarde tweelingen. Achter verscheidene ramen brandde licht. Af en toe viel er een beweging waar te nemen: iemand die een kraan in de keuken opendraaide, een schim die de televisie aandeed, een man die de krant dichtvouwde en diens vrouw die zijn avondeten op een dienblad de woonkamer binnendroeg.

Zouden al die mensen gelukkig zijn? vroeg Anna zich af, terwijl ze het antwoord dat in haar opkwam al onderdrukte. Daarop deed ze de overgordijnen dicht en kloste de kamer uit.

Hoewel Arend die nacht door geen droom gestoord werd, was hij erg onrustig tijdens zijn slaap. Binnen in hem wroette iets waar hij zich op dat ogenblik niet bewust van was en dat zich langzaam naar de oppervlakte werkte. Toen het midden in de nacht opeens bovenkwam, schoot hij wakker, zoals iemand die plotseling beseft dat hij voor het slapengaan de buitendeur heeft vergeten te sluiten. Ik moet de vlieg begraven, dacht hij, en van het ene ogenblik op het andere was hij klaarwakker.

Gespannen luisterde hij of hij zijn moeder hoorde en werd gerustgesteld door haar monotone gesnurk dat door de dunne muur drong. Hij deed het licht aan, ging op de rand van zijn bed zitten en hief het lampje op zijn nachtkastje omhoog. Uit de schaduw van de voet kwam het vliegenpropje te voorschijn. De poten waren nog steeds gekruist, het achterlijf was nog even plat en de kop hing er ook nog altijd losjes aan alsof hij er elk ogenblik af kon vallen.

'Als je dood bent, moet je in de grond,' fluisterde Arend tegen de vlieg, bracht de lamp wat dichterbij om te kijken of er oortjes aan de kop zaten, maar vond er geen. Toch bleef hij op zachte toon tegen het beestje praten. 'Dan krijg je een steen op je.'

Hij zette de lamp weer terug op het nachtkastje en schoof het lijkje in de palm van zijn hand.

'Ik zal je vleugels goed bewaren,' vervolgde hij. 'Die heb je niet meer nodig.'

Hierop sloot hij zijn hand en bewoog zich op blote voeten naar de deur, die hij traag opende. In de gang was het donker. Het licht van zijn slaapkamer durfde de drempel niet over te steken. Ook Arend aarzelde even. Het was hem verboden om 's nachts op te staan.

Het geronk dat vanuit de slaapkamer van zijn moeder kwam, moedigde hem aan om door te gaan. Met zijn hand ver voor zich uit vorderde hij voetje voor voetje door de gang. Op de tast vond hij de deur van de woonkamer, deed de klink omlaag en glipte naar binnen. Hij knipte het licht aan – iedere keer vroeg hij zich af waar het donker zo snel naartoe kon vluchten – en probeerde de deur zo zachtjes mogelijk dicht te doen. Toen dat gelukt was, haalde hij opgelucht adem.

'We zijn er bijna,' fluisterde hij in zijn linkervuist.

Hij hinkte naar voren en bleef even staan bij de salontafel, waarop uitdagend een opengescheurde zak chips lag die nog enkele kruimeltjes bevatte. Op het ogenblik dat hij zijn hand ernaar uitstak, herinnerde hij zich de gemene tikken op zijn vingers die zijn moeder hem laatst had gegeven toen hij tijdens haar afwezigheid koekjes uit de trommel had genomen – ze bleek ze geteld te hebben. Hij trok zijn hand terug en concentreerde zich opnieuw op zijn missie.

Dicht langs de muur schoof hij naar het raam. Het licht van de luchter aan het plafond tekende vage silhouetten op het beige behang zodat het leek of er drie zwaargebouwde jongens op zijn rug waren gesprongen en zich lieten meevoeren. Af en toe keek Arend om naar de deur waardoor hij was binnengekomen en luisterde scherp, maar kon niet meer horen of zijn moeder nog snurkte. Misschien had hij de deur op een kier moeten laten, dacht hij en besloot tegelijkertijd dat hij al te ver gevorderd was om nog terug te keren.

Om de koelte van de nacht binnen te laten, stond het raam in de woonkamer wijd open, de gesloten overgordijnen, die zachtjes wiegden, deden dienst als hor.

'We zijn er,' zei Arend en deed zijn linkerhand open. 'Hier begraaf ik je. Dan ben je echt dood.'

Beetje bij beetje schoof hij de overgordijnen open zodat de nacht vanachter de vijf sanseveria's op de vensterbank naar binnen kon loeren. In de verte was een wegrijdende auto te horen. Arend leunde licht naar voren en keurde zowel met zijn ogen als met zijn vingers de grond in een van de bloempotten. De zwarte aarde was droog en dichtbeworteld, en slechts moeizaam slaagde hij erin met zijn wijsvinger een kuiltje te maken. Hij veegde zijn vinger schoon aan de mouw van zijn pyjamajasje en bracht zijn linkerhand tot boven de bloempot.

'Je hoeft niet bang te zijn,' sprak hij de vlieg moed in. 'Als je dood bent, voel je niets.'

Hierop draaide hij zijn hand zodat het vleugelloze lijkje eruit rolde en op de droge aarde belandde. Met een duwtje van zijn vinger stootte Arend de vlieg in het grafkuiltje, dat hij vervolgens dichtgooide met wat aarde uit de belendende pot. Hij drukte de grond stevig aan en voelde hoe er, terwijl hij zijn werk bekeek, een gevoel door hem heen ging dat hem de keel leek dicht te knijpen. Hij slikte en vouwde werktuiglijk zijn handen samen om het enige gebedje op te zeggen dat hij kende, deze keer echter met een stem die trilde van emotie.

'Lieve Heer, dank U voor het geven van deze mooie dag. Laat mij morgen weer gezond...'

Halverwege het gebed zweeg hij opeens. Hij had wat gehoord en ook gevoeld. Rakelings was er iets langs zijn oor gevlogen, dat een ritselend geluid had gemaakt zoals van gedroogde bladeren die verpulverd worden. Wantrouwig keek hij in het rond en ontdekte een grote vlinder die paniekerig door de kamer tolde en herhaaldelijk tegen het plafond tikte en op de luchter afketste. Op slag was Arend de vlieg vergeten, evenals de begrafenis en de bijbehorende rouw. Met open mond volgde hij het wonderlijke schepsel dat willekeurige banen in de lucht beschreef, maar steeds weer terugkeerde naar de lichtkrans die de gloeilampen van de luchter op het vergeelde plafond projecteerden. Op die plek streek de nachtvlinder uiteindelijk ook neer. Ondersteboven hing hij aan het plafond, badend in het schelle licht. Arend stond versteld. Op televisie had hij wel eens vlinders gezien en ook aan zijn raam waren er voorbijgedanst, maar in het echt en van zo dichtbij had hij er nog nooit eentje kunnen waarnemen. Bijna het gehele diertje bestond uit vleugels, stelde hij bewonderend vast. Zowel links als rechts van het langgerekte donkerbruine lijf strekte zich een grote, driehoekige, grijs en bruin geschakeerde vleugel uit. Als de vlinder zich over het plafond bewoog, trilden de vleugels zo snel dat ze even onzichtbaar werden en voegden zich dan in stilstand weer samen tot dat indrukwekkende oppervlak. Ook de kop van het insect oogde spectaculair: een dikke knobbel die tussen de vleugels uitpuilde en waaraan twee draden zaten die net als de antenne op de televisie elk een andere kant op wezen.

Onmerkbaar probeerde Arend naar de eettafel te schuifelen, waarboven de luchter zijn licht verspreidde. De vlinder zat stil en leek de jongen niet te zien naderen. Zelfs toen hij een stoel onder de tafel uit trok en erop ging staan, keerde het insect zich niet in zijn richting. Wel bleven de antennes voortdurend nerveus op en neer bewegen, alsof ze een of ander signaal probeerden op te vangen. Nu Arend zo dicht bij de vlinder was, zag hij dat het hele lijf bedekt was met donzige haartjes die uitnodigden om ze te strelen, wat hij ook besloot te doen. Maar nauwelijks had hij zijn arm de hoogte in gestoken of de vlinder deed zijn twee grote vleugels in een plotselinge beweging open en ontblootte zo de kleinere karmozijnrode achtervleugels waarin een paar helblauwe ogen hem dreigend aankeek. Geschrokken slaakte Arend een gil en trok meteen zijn hand terug. Hij deinsde achteruit, wist zijn evenwicht te herstellen en zag hoe de nachtvlinder nu weer als een razende rond de luchter begon te tollen, alsof hij er met een touwtje aan vastgebonden zat.

Daarop schoot Arend in de lach. Opeens besefte hij dat hij zich had laten beetnemen door de tekening op de vleugels van de vlinder en voelde, terwijl hij het fladderende insect gadesloeg, hoe de jaloezie zich meester van hem maakte. Ik wil ook zulke vleugels, ging het door zijn hoofd en met een begerige blik volgde hij de vlinder tot die weer ging zitten, ditmaal op een arm van de luchter.

Terwijl hij het diertje onafgebroken in het oog hield, kroop hij van de stoel op de tafel. Daarop rekte hij zijn lichaam honderddertig centimeter lang uit – de tafel trilde op zijn poten – en kwam toen met zijn kruin tot net onder de luchter, vlakbij de vlinder, wiens verstarde vleugels in het heldere licht nog meer betoverend waren.

In de kop van het insect ontdekte hij twee speldenknopjes, waarvan hij aannam dat het ogen waren. Hoewel er niet te zien was waarop ze waren gericht, voelde hij dat de vlinder hem in de gaten hield. Daarom stak hij onnoemelijk traag zijn klauw de hoogte in en bleef daarbij in de oogjes turen alsof hij het diertje wilde hypnotiseren.

Toen zijn hand vlak onder de arm van de luchter was, deed de vlinder haar vleugels eenmaal open en dicht, wuifde zachtjes met haar antennes en kroop een centimetertje naar achteren. Arend aanschouwde die beweginkjes ademloos. Rustig, rustig, sprak hij in zichzelf, bracht zijn hand vervolgens zo dicht bij de verleidelijke vleugels dat hij om ze te pakken alleen nog maar zijn vingers dicht hoefde te knijpen en hoorde toen opeens de stem van zijn moeder.

'Arend!?'

Met een ruk trok hij zijn hand terug en merkte hoe de vlinder in paniek opvloog, tegen de gloeilamp stuitte, even rondcirkelde, opnieuw tegen de lamp aanvloog, waar hij even aan leek te blijven plakken, en toen naar beneden dwarrelde, een schroeierige geur achterlatend.

Over zijn schouder zag Arend zijn moeder naderen, zakte door zijn benen en kromp ineen op de tafel. Voor zijn gezicht, op het tafelblad, tolde de nachtvlinder om haar as.

De voorvleugels waren gedeeltelijk verschrompeld, de ogen op zijn toverachtige achtervleugels bedekt met een roetbruine schaduw.

4

Arend raakte bezeten van vleugels. In het begin werd zijn honger slechts langzaam gestild. Nu eens drong er een huisvlieg of een bromvlieg de flat binnen, dan een mug, bij uitzondering een langpootmug. Deze laatste liet zich het makkelijkst vangen. De trage vlucht van het insect met het smalle lijf, de zes giganteske poten en het grote paar transparante vleugels was moeiteloos te volgen en zodra het beestje ergens landde, had Arend het in een handomdraai beet bij een van de vleugels. Na zijn vaak mislukte jachten op de veel snellere vliegen was deze vangst een verademing. Moeilijker was het om het diertje te doden. Door het voortdurende gewriemel van de lange poten was het een hele opgave om het borststuk van de mug tussen de scherpe nagels van zijn duim en wijsvinger plat te knijpen – een beproefde methode die een snelle dood tot gevolg had. Nadat het insect zijn laatste stuiptrekking had gehad – de poten bleven het langst in leven – trok hij de vleugels uit. Om te voorkomen dat ze zouden scheuren, nam hij ze zo dicht mogelijk bij het geplette borststuk vast en trok ze met een korte, krachtige beweging tegelijk los.

Zijn vangsten bleef hij verstoppen in zijn kleurdoos. Onder het zwarte potlood rustte zijn eerste scalp, die van de vlieg die onder de hand van zijn moeder was gesneuveld. Daarnaast, onder drie bruine kleurpotloden, zaten de geschroeide vleugels van de nachtvlinder die hij in een reflex, toen zijn moeder op hem afkwam, nog van de tafel had gegrist en in zijn vuist tegen haar klappen had beschermd. Op zijn kamer had hij het gehandicapte diertje uit zijn lijden verlost door het onder zijn kussen plat te drukken – zijn eerste bewuste executie, die het begin vormde van een hele reeks. De daaropvolgende dag had hij de vleugels geamputeerd en het borstelige lichaam een keurige begrafenis gegeven in de aarde van de bloempotten, zoals hij dat ook met de vlieg had gedaan en met al zijn volgende slachtoffers zou doen.

Het donkergroene potlood verborg het stel vleugels van zijn eerste eigenhandig gevangen huisvlieg – met een handdoek had hij de indringer na een lange achtervolging uit de lucht gemaaid en op de grond de genadeklap toegediend. Verder bevonden zich in de kleurdoos de blinkende vleugels van enkele bromvliegen, die één voor één domweg in de vitrage waren gevlogen en er niet meer uit kwamen, de doorschijnende wieken van nog een paar huisvliegen en de verkreukte en geknakte vlerkjes van de muggen die hem met hun agressief gezoem uit zijn slaap hadden gehouden.

Eenmaal had hij geprobeerd de vleugels onder de dekschildjes van een lieveheersbeestje uit te peuteren, maar dat was zo'n delicate operatie gebleken dat er aan het eind nauwelijks iets van het diertje overbleef. Daarna had hij volgende exemplaren noodgedwongen met rust gelaten en hun dwarrelige vlucht met een zekere afgunst gadegeslagen.

Toen Arend voor het eerst naar school ging, zag hij onderweg allerlei vliegende insecten, maar kon er tot zijn teleurstelling niet achteraan omdat zijn moeder, die hem de eerste dag nog tot aan de poort begeleidde, hem voortdurend bijstuurde als hij van de route afweek. In een onverzorgde voortuin ontdekte hij een dronken koolwitje dat naar bloemkelken zocht, op een verse hondendrol in de goot vochten ontelbare vliegen om het beste plekje, een wesp bestookte de lolly van een om zich heen slaand kind dat de straat overstak, en onder het dak van een open portaal danste een zwerm muggen. Een voor een moest Arend al deze insecten met rust laten, maar onthield tegelijk de plaatsen waar hij ze had aangetroffen, in de hoop dat ze er de volgende dag nog zouden zijn.

Maar de volgende ochtend miezerde het. Waar hij onderweg naar school ook zocht, nergens vond hij een vlieg of een mug, zodat hij dacht dat ze allemaal voor hem waren gevlucht. Het was een zware ontgoocheling en toen hij korte tijd later op school arriveerde, voelde hij zich alsof het binnen in hem ook was beginnen te regenen.

Op de speelplaats was duidelijk te zien hoezeer Arend van de andere kinderen verschilde. Alleen een jongen uit de hoogste klas bezat een even ontspoord figuur, maar dan in de lengte. Met kop en schouders torende de magere jongen boven iedereen uit, ook al nam hij voortdurend een licht gekromde houding aan. Toen hij die druilerige ochtend naast Arend kwam lopen, opgestookt door zijn klasgenoten, vielen diens bolronde vormen des te erger op: zijn dikke hoofd dat zonder nek tussen de opgezette schouders rustte, zijn spekkige borstkas en zijn gezwollen buik die in een groen regenjasje waren geperst, zijn boeg van een achterwerk en daaronder zijn vadsige benen. Arend had meteen door dat er om hem gelachen werd en probeerde zich los te maken van de magere jongen, maar hij, met in zijn kielzog een tiental andere kinderen, volgde hem overal, zolang als de speeltijd duurde.

Ook in de klas had Arend het moeilijk, maar dan vooral met de leerstof. De eerste schooldag had hij zich in zijn bank op de laatste rij nog afzijdig kunnen houden en gedroomd van de vele vleugels die hij binnenkort zou bezitten, maar vanaf de tweede dag kreeg hij voorin, bij de deur, een vaste plaats, waar de meester hem aldoor in het oog hield – met een vingerknip haalde hij Arend iedere keer weer uit zijn fantasiewereld.

Het nazeggen van de woorden die de meester overdreven articulerend uitsprak, lukte hem nog wel, net als het in de handen klappen in het ritme dat op een trommel werd aangegeven, maar toen er een aantal houten blokjes op zijn bank werd gelegd, slaagde hij er niet in ze te tellen.

Ook zijn eerste schrijfoefening was een ramp. Hoewel hij zijn fijne motoriek vaak had geoefend op de dode insecten, kreeg hij de pen in zijn handen niet in bedwang. De voorgedrukte geometrische patronen die hij simpelweg moest natrekken werden vervormd tot onherkenbare krabbels en toen de meester hem vroeg om onder aan het blad zijn naam te schrijven, wat alle andere kinderen bleken te kunnen, verkrampte zijn hand helemaal.

Ook het enthousiasme waarmee zijn klasgenoten vragen beantwoordden – als raketten schoten hun vingers in de lucht – deelde Arend allerminst. Ongeïnteresseerd aanschouwde hij de te benoemen tekeningen die de meester toonde: een pop, een tak, een bus, een noot. Alleen toen de tekening van een mug werd opgestoken, gingen zijn ogen wijder open, maar de moed om het woord uit te roepen, kreeg de jongen niet bijeengeraapt.

'Je moet nog veel oefenen,' zei de meester tegen hem aan het eind van de dag en stopte hem een schriftje toe, waarin enkele kronkellijnen waren voorgetekend. 'Ik heb het in je agenda geschreven. Laat dat thuis door je moeder ondertekenen.'

Toen Arend een kwartiertje later totaal doorweekt thuiskwam, was zijn moeder er niet. Met de sleutel, die hij aan een touwtje rond zijn hals droeg, opende hij de deur. Hij deed zijn regenjas en zijn rubberen laarzen uit, nam de boekentas van zijn rug en ging meteen naar zijn kamer, waar hij zijn kleurdoos te voorschijn haalde. Op het witte laken van zijn bed spreidde hij zijn verzameling vleugels tentoon en keek er dromerig naar. Hoe hoog hij daarmee zou kunnen vliegen, vroeg hij zich af, terwijl hij het antwoord al kende, want zijn ervaring had hem geleerd dat hoe groter het lichaam was, hoe groter de vleugels moesten zijn om het in de lucht te houden. Wat voor hem lag, was nauwelijks genoeg om zijn handpalm mee te bedekken en zou zijn zware lijf nog geen vinger hoog van de grond kunnen tillen, besefte hij, maar dat belette hem niet om te dromen dat hij er mee kon vliegen.

Een uur lang maakte Arend in zijn verbeelding allerhande duikvluchten en gewaagde manoeuvres door het luchtruim en hoorde toen de sleutel in het slot van de voordeur. Zo snel als hij kon raapte hij zijn vleugels van het beddenlaken en stopte ze in een willekeurige volgorde terug in zijn kleurdoos. Hij liep de gang in en zag dat zijn moeder in zijn boekentas aan het rommelen was. Ze had haar jas nog aan. Van de paraplu die ze in de hoek naast de deur had gezet lekten druppels op de vloer.

'Wat heb je vandaag geleerd?' vroeg ze zonder naar hem op te kijken.

Arend wilde wel antwoorden, maar kon zich in de verste verte niet meer herinneren wat hij in de klas had uitgevoerd – zijn hoofd zat nog vol met wolken.

'Nou, vertel eens,' drong zijn moeder aan, bladerend in zijn schoolagenda.

Ze liet haar ogen twee keer over het handschrift van de meester rollen en keek toen op. Van haar gezicht viel eerst teleurstelling te lezen, die al gauw plaatsmaakte voor woede.

'Godverdomme,' vloekte ze opeens, 'kun je dan nooit eens je best doen?'

Ze las de woorden nogmaals, alsof ze hoopte dat er nu iets anders zou staan.

'Is het dan zo moeilijk om te doen wat ze je vragen?' riep ze vervolgens en bewoog zich dreigend in zijn richting. Hij bracht zijn handen voor zijn gezicht, maar zijn moeder haalde deze keer niet naar hem uit. Ze greep hem bij zijn pols vast, sleurde hem de woonkamer in, trok een stoel onder de eettafel uit en dwong hem te gaan zitten. Hierop draaide ze zich om, banjerde weg en keerde terug met een schoolschriftje en een pen, die ze op tafel voor zijn neus neerkwakte.

'En oefenen zul je!'

En oefenen deed hij. Twee uur lang trok hij lijntjes na die zijn moeder hem voortekende. Maar het haalde niets uit. In het begin was hij zo bang om fouten te maken dat hij tegen zijn wil meer naast dan op de lijntjes schreef en naarmate de bladen voller raakten, verkrampten zijn inktblauwe vingers meer en meer. Zijn schrijven werd hoe langer hoe slordiger, dit tot woede van zijn moeder, die hem geregeld toekrijste – 'Je gaat door tot je het kunt!' –, dan de pen uit zijn handen nam en een nieuw voorbeeld op het papier kraste.

Op den duur zag Arend overal waar hij keek lijntjes en cirkeltjes, en het bloed dat door zijn aderen liep leek stroperige inkt te zijn geworden, zo zwaar voelden zijn arm en zijn hoofd ten slotte aan. In dikke druppels begonnen zijn tranen op de beschreven vellen te vallen, zodat alles uitliep en bleekblauw vertroebelde. Hij keek om, bang, en zag zijn moeder vanuit de keuken komen, een schort om haar vette lijf gebonden, een vaatdoek in haar hand. In een impuls hief hij de pen omhoog, fixeerde zijn blik op de kogelronde punt en stak zichzelf toen in de buik. Maar zijn beweging was te loom, zijn stootkracht te zwak. De punt drong niet door het slobberende vet van zijn buik, zelfs niet door zijn hemdje. Ontgoocheld liet hij de pen los, die op de grond viel, duwde zijn stoel naar achteren en vluchtte de kamer uit. Hij hinkte zijn slaapkamer in, smeet de deur achter zich dicht en wierp zich neer op zijn bed.

'Ik wil dood, ik wil dood,' snikte hij in het kussen en trommelde machteloos met zijn vuisten en voeten op de matras.

5

Arend sleepte zich de dagen door. Op school had hij het erg zwaar, zowel tijdens de lessen, waarvan hij weinig begreep, als tijdens de pauzes, wanneer hij als speelbal werd gebruikt door de jongens van de hoogste klas, die dan een gesloten kring rond hem vormden en hem van de ene naar de andere kant duwden, zodat hij om en om tolde tot hij tegen de grond ging.

Maar ook thuis had hij het zwaar te verduren. Zijn moeder verdubbelde steevast het huiswerk dat hij van school meekreeg en verzon zelf nog andere taken waar hij soms uren mee bezig was en bovendien voor werd gestraft als hij ze niet goed had gemaakt.

Al die narigheid maakte dat hij 's morgens steeds moeilijker uit bed kon komen. Wanneer hij dacht aan wat de dag hem weer zou brengen, kreeg hij krampen in zijn darmen of een beklemmend gevoel in zijn borstkas dat hem de adem afsneed. Soms waagde hij het er iets over te zeggen, maar zijn moeder geloofde hem nooit. Volgens haar verzon hij zijn pijnen en zodoende dwong ze hem iedere keer om op te staan.

Toen hij eens klaagde dat hij op school voortdurend werd gepest en uitgelachen, had ze geantwoord dat hij terug moest roepen, dan zouden ze wel vanzelf stoppen.

'Nee, want dan lachen ze nog harder,' had hij daarop met huilerige stem gereageerd.

'Nou, dan lach je toch ook,' had zijn moeder kordaat gezegd en ze had verder commentaar weggewuifd. 'Jeezes, waar jij je druk over maakt.'

Troost vond de jongen enkel in zijn collectie vleugels die hij gestaag uitbreidde. Op het toilet van zijn school, dat hij vaker dan nodig bezocht, ving hij geregeld een vlieg die traag aan hem voorbij vloog, en ook trof hij af en toe op de stoffige vensterbanken van zijn klaslokaal het lijkje van een eendagsvlieg aan. Al die vangsten bewaarde hij in een doosje waarin hij de kaartjes met goede punten behoorde te verzamelen en dat toch meestal leeg was. Thuis voegde hij dan de vleugels aan zijn verzameling toe en begroef het insectenlichaam in een kuiltje in de bloempot, dat hij nu ook toedekte met een kiezelsteentje dat hij van straat opraapte.

Als hij onderweg was van of naar school, ontsnapte er zelden een vlieg, wesp of vlinder aan zijn in het rond spiedende blik. Maar vangen deed hij deze insecten haast nooit. Voortdurend waren ze hem te snel af en die ene keer dat hij erin slaagde een bij van een bloem te plukken, offerde deze zichzelf op door hem een gemene steek in de muis van zijn hand te geven.

'Dat zal je leren,' zei zijn moeder toen hij huilend thuiskwam.

Op een andere, nazomerse dag, toen hij na school op weg was naar huis, werd zijn aandacht getrokken door een kleurrijke vlinder die opeens in zijn gezichtsveld kwam vliegen en als een dwaallichtje voor hem uit bleef dansen. Hij raakte zo in de ban van het beweeglijke diertje dat hij het volgde, ook toen het opeens het trottoir verliet en op het terras van een gelijkvloers appartement af vloog, dat was omzoomd met geraniums in smalle, houten bakken. Zonder een ogenblik te twijfelen, liep Arend de inrit naar het flatgebouw op en vertraagde zijn pas zodra hij in de buurt van het terras kwam. Tussen bruinig aan elkaar klittende trosjes bloemen vond de vlinder hier en daar nog een pas ontloken knop, waarin hij gretig tastte met een tong die zich als een loper ontrolde. Arend verliet het betegelde pad en maakte een omtrekkende beweging, zodat hij de vlinder aan de achterkant kon benaderen. Wanneer de vlinder op een bloem zat en de vleugels gesloten had, was er weinig aantrekkelijks aan – de onderzijde was over de gehele oppervlakte roestbruin – maar zodra hij opvloog en de vleugels openvouwde, kwam een overweldigende kleurenpracht Arend tegemoet. De overheersende kleur was dan een vlammend oranje dat op willekeurige plaatsen bespat was met zwarte en gele vlekken, terwijl de rand van de vleugels met lichtblauwe oogjes bleek afgezet die aan elkaar geregen waren als een diamanten halssnoer.

Zijn adem inhoudend besloop Arend het bont beschilderde diertje dat de trots van zijn verzameling moest worden. Hij stak zijn hand uit, wachtte even tot de vlinder met gesloten vleugels zijn aandacht weer op een bloemkelk richtte en sloeg toen toe. Hij had meteen beet. Een vreugdekreet ontsnapte hem. Tussen zijn duim en wijsvinger zat de vlinder nu gevangen en spartelde tevergeefs met de pootjes en het achterlijf om los te komen. Voor zover zijn lichaamsbouw het toeliet, danste Arend vervolgens de inrit af en zette, zo snel als hij kon, zijn weg naar huis voort. Nooit was zijn tred zo licht geweest. Het ruwe spel dat de jongens een paar uur eerder met hem hadden gespeeld en waarbij de kraag van zijn jasje was gescheurd, was hij volstrekt vergeten en aan het vele werk dat hem te wachten stond zodra zijn moeder thuiskwam dacht hij in de verste verte niet. Ik heb een vlinder, ik heb een vlinder, ging het onafgebroken door zijn hoofd, en met moeite kon hij wachten tot hij thuis was om de vleugels van het diertje uit te trekken en aan zijn verzameling toe te voegen.

Toen Arend bij de deur van zijn flat was aangekomen, leek de vlinder zich bij zijn lot te hebben neergelegd. Het diertje hield zijn pootjes stil, kromde zijn achterlijf niet meer en bewoog zijn voelsprieten rustig op en neer. Arend daarentegen was erg nerveus. Hij schudde zijn boekentas van zijn kromme rug en zocht met snelle beweginkjes achter de gescheurde kraag van zijn jas naar het touwtje om zijn hals. Terwijl zijn hand steeds dieper achter zijn shirt kroop, trok zijn gezicht bleek weg. Hij boog zijn hoofd om te kijken of hij de sleutel kon zien, maar zijn kwabbige kin ontnam hem het uitzicht op zijn borstkas. In paniek griste hij zijn shirt uit zijn broek, schudde met zijn klotsende bovenlichaam in de hoop dat de sleutel op de grond zou vallen en staakte toen noodgedwongen het zoeken. Eraan denkend hoe zijn moeder tekeer zou gaan omdat hij de sleutel had verloren, sloeg hem de schrik om het hart. En wat als ze ook nog ontdekte dat de kraag van zijn jas was gescheurd?

Beteuterd keek hij naar de vlinder, waarvan zijn aandacht even was afgeleid. Intuïtief had hij echter zijn vingers dichtgeknepen gehouden, zodat het diertje niet was kunnen ontsnappen. Nu kwam het Arend trouwens voor alsof hij zelf gevangen zat. Hij had al lang op zijn kamer moeten zitten, waar hij de vlinder onder zijn laken zou hebben gestopt om het borststuk te verpletteren – op die manier wilde hij voorkomen dat het waardevolle insect de beul in de ogen moest kijken.

Arend vroeg zich af wat hij moest doen: wachten tot zijn moeder terug was en de storm op zich laten inbeuken of terugkeren naar school en de sleutel zoeken op de speelplaats, waar die dag zo hard aan zijn kleren was getrokken dat het aanvoelde of hij geplukt was. Zijn keuze was snel gemaakt. Hij deed zijn boekentas opnieuw op de rug – de riempjes sneden in de blubberhuid van zijn schouders – en begon de trap af te dalen.

Toen hij halverwege de eerste verdieping was hoorde hij beneden de buitendeur opengaan en met een klap dichtvallen. Hij hield zijn pas in, vervolgens zijn adem, en stelde vast dat er iemand naar boven kwam. Mijn moeder, flitste het door zijn hoofd en zonder verder na te denken keerde hij zich om en waggelde terug naar waar hij vandaan was gekomen. Voor de flat waar hij woonde bleef hij staan, luisterde nogmaals en liep toen in paniek verder naar boven tot hij niet meer hoger kon.

De zware stappen namen echter ook de trap naar de hoogste verdieping. Met angstige ogen keek Arend om zich heen. Een blauwgeverfde deur, die aan de onderkant was afgebladderd, versperde hem de weg. Hij voelde aan de deur, die gesloten was, draaide zich om, zakte door zijn knieën en kromp op de vloer ineen tot een bolvormige massa.

Toen een mannenstem weerklonk, die moeite had om zich door te zetten – 'Hé... wat doe... jij hier?' – keek Arend verrast op. Een rond, puffend hoofd op een enorm bovenlijf kwam boven de hoogste trede uit, de rest van het lichaam was nog onderweg.

'Kom je... je buurman... een bezoekje brengen?' vroeg Hans zodra hij helemaal boven was en hapte naar lucht als een vis op het droge. Daarop begon Arend zonder dat hij het wilde zachtjes te huilen.

6

Hans had het moeilijk om het vertrouwen van Arend te winnen. In het begin leek er geen eind te komen aan zijn gesnik, wat hij ook probeerde of zei. Als een rotsblok bleef de jongen voor de deur liggen. Pas toen Hans tussen de korte, dikke vingers de vlinder opmerkte en er zich bewonderend over uitliet, slaagde hij erin het pantser van de knaap te doorbreken.

'Wat heb jij een mooie vlinder gevangen!' zei hij en floot tussen zijn tanden. 'Dat lijkt me zowaar een kleine vos.'

Met vochtige ogen keek Arend nieuwsgierig naar het opnieuw levendig geworden insect dat opeens een naam had gekregen.

'Je weet toch dat je die vlinder bijna niet meer ziet,' ging Hans overtuigend verder. 'Je moet het al treffen om hem te vinden. En als je er dan nog in slaagt hem te vangen...' – opnieuw liet hij een lange, hoge fluittoon horen – 'nou, dan ben je een ontzettende geluksvogel.'

Arend groeide zienderogen door wat hij hoorde. Gestaag kroop hij overeind onder de goedkeurende blik van de man tegenover hem.

'Ja, geloof me maar, mij is het nooit gelukt. Een koolwitje heb ik wel eens gevangen, en een citroenvlinder, maar een kleine vos, nee, m'n hele leven nog niet.'

Arend was intussen rechtop gaan zitten en staarde nu naar de vlinder alsof hij een klompje goud vasthield. Schuin boven hem ging het hoofd van de man zelfverzekerd op en neer. De namen van de vlinders die hij had genoemd rinkelden na in zijn oren.

'Ja jongen, je treft het. Had ik maar zoveel geluk.'

'Ik heb de vlinder op een bloem gevangen... zó!' zei Arend opeens met kirrende stem en maakte met de vingers van zijn vrije hand een knipbeweging.

'Nou, dat moet je kunnen, hoor,' zei Hans bewonderend. 'Je hebt vast veel geoefend.'

Arend knikte trots.

'Ik heb thuis...' begon hij en hield plotseling in.

'Wat heb je?' vroeg Hans.

'Niets,' antwoordde Arend kortaf, wendde zijn ogen snel af en concentreerde zich op de vlinder.

'Zullen we de vlinder in een glazen potje doen?' vroeg Hans daarop met een kinderlijke geestdrift. 'Dan kun je hem beter zien.'

Arend twijfelde even en liet zich toen overhalen door de twinkelende oogjes in het enthousiast knikkende kale hoofd van zijn buurman. Hij knikte terug en probeerde vervolgens overeind te komen, maar werd daarbij gehinderd door de zware boekentas op zijn rug.

'Kom, ik zal je helpen,' zei Hans, stak zijn arm uit en nam Arend vast onder de oksel. 'Eén, twee... hupsakee!'

Zo vlot als hij het had verwoord, zoveel moeite kostte het hem om zijn buurjongen omhoog te tillen.

'Nou, wat heb jij allemaal in je boekentas zitten? Van zoveel huiswerk moet je wel slim worden,' zei hij licht nahijgend toen Arend overeind stond en nam, terwijl hij de deur openmaakte, zo onopvallend mogelijk het enorme postuur en de scheefgezakte houding van de jongen in zich op.

'Kom je binnen?'

Hans stond met de klink in zijn hand en maakte een uitnodigend gebaar. Aarzelend schuifelde Arend de kleine, broeierige flat binnen, waar een indringende, ranzige geur hing.

'Ik heb vanmiddag frietjes gebakken. Ruik je het?' zei Hans. 'Als ik geweten had dat je kwam, had ik er voor je bewaard. Lust je graag frietjes?'

'Ik mag geen frietjes eten van mijn mama,' antwoordde Arend dadelijk, 'daar word ik veel te dik van.'

'Ach, af en toe kan geen kwaad. Volgende keer nodig ik je uit. Afgesproken?'

Hans stak zijn hand uit tot vlak onder de neus van zijn buurjongen. Arend legde zijn hand in de hem aangereikte knuist en schudde deze op en neer.

'Dat is dan geregeld,' zei Hans en bezegelde hun afspraak met een vette knipoog. Hij deed de deur dicht en baande zich een weg tussen allerhande tijdschriften en kleren door die over de vloer verspreid lagen. Hij trok opvallend met zijn rechterbeen en liep bovendien gekromd alsof hij op een onzichtbare wandelstok steunde. Verbaasd aanschouwde Arend de schokkerige bewegingen van zijn buurman en herkende zijn eigen manier van lopen die hij eens tot zijn afschuw had waargenomen in het raam van een etalage.

'Laat eens kijken... een glazen potje,' sprak Hans, zich onbewust van de spiedende blik in zijn rug, en trok tegelijkertijd twee kastjes open boven het aanrecht. Na wat gerammel draaide hij zich om en stak triomfantelijk een leeg honingpotje met een geel deksel in de lucht.

'Laat maar komen,' zei hij.

Onzeker laveerde Arend tussen de spullen op de vloer

door, zijn mast van een bovenarm verticaal houdend, aan de top ervan de vleugels van de vlinder als een te klein zeil.

'Ik zal het deksel er een beetje af lichten,' begon Hans toen hij voor hem stond, 'dan stop jij de vlinder voorzichtig in het potje. Op het ogenblik dat je zijn vleugels loslaat, roep je "nu!" en dan doe ik het potje snel weer dicht. Begrepen?'

'Begrepen,' knikte Arend op wiens gezicht de spanning was af te lezen.

Hans schroefde het deksel los, tilde het voorzichtig omhoog, zodat er een gleuf ontstond, net groot genoeg voor de vlinder, en bukte zich voorover. Arend stak het puntje van zijn tong uit zijn mond, de vlinder in de smalle opening tussen het potje en het deksel, deed zijn vingers van elkaar en riep luidkeels: 'Nu!'

Hierop klapte Hans het deksel dicht en juichte: 'Hebbes!'

Van verrukking begon Arend even wild in zijn handen te klappen als de vlinder in de pot met zijn vleugels tekeerging.

'Moet je zien! Moet je zien!' riep hij en bewoog zijn hoofd heen en weer.

'Kom, we houden hem even in het licht,' zei Hans, die net zo opgetogen was, 'dan zien we hem nog beter.'

Hans nam Arend bij de arm en schuifelde naar het midden van de kamer. Daar duwde hij de fauteuil opzij en ging onder het dakraam op zijn knieën zitten. In het heldere daglicht dat door het raam loodrecht naar beneden viel stak hij de pot met de vlinder omhoog.

'Zie hoe mooi! Al die kleuren!' riep Hans en stootte zijn buurjongen aan.

Arend kon echter geen klank meer uitbrengen. Toen hij zijn hoofd in de nek legde om de vlinder te bewonderen, was zijn blik gestuit op iets dat hem nog meer fascineerde. Met open mond bleef hij staren naar een lichtbruin kleeflint dat, vlak naast het dakraam, aan de zoldering hing en van onder tot boven bedekt was met vele, vele vliegen. Sommige plakten er met hun pootjes aan vast, andere met hun hele lijf, weer andere met een of twee vleugels. Ze hingen ondersteboven, recht, scheef, naar voren wijzend, naar achteren... alle richtingen keken ze uit. Eén ding hadden ze echter gemeenschappelijk: niet een van de vliegen bewoog nog.

'Ach, daar hoef je niet bang voor te zijn,' zei Hans toen hij merkte wat Arend zo afleidde, 'die zijn allemaal dood. Hier, dit is veel mooier.' Als een collectebus schudde hij het glazen potje heen en weer.

'Ik ben niet bang,' reageerde Arend kordaat en bewoog zijn hoofd naar opzij om zijn aandacht weer te kunnen richten op de vliegenvanger. 'Ik heb thuis veel vliegen.'

'Zo, waar dan?' vroeg Hans terwijl hij zijn arm liet zakken.

'In mijn kleurdoos,' antwoordde Arend.

'In je kleurdoos?'

'Ja, onder mijn kleurtjes.'

'Onder je kleurtjes? Duw je de vliegen dan niet hartstikke plat?'

Vol onbegrip keek Arend zijn buurman aan.

'Niet de vlíégen,' zei hij hoofdschuddend, 'de vléúgels.'

'Oh, de vléúgels,' riep Hans uit met gespeelde verbazing. 'Verzamel jij dan vleugels?'

'Ja hoor, ik heb er al...' Krampachtig stak Arend van beide handen een willekeurig aantal vingers in de lucht, bedacht zich toen en toonde weer een ander aantal, waarbij hij weifelend nog twee vingers half gekromd hield.

'Zovéél al!' riep Hans en floot vervolgens.

'Zelfs zulke... joekels!' reageerde Arend daarop met een uitdrukking die hij had opgepikt op de speelplaats, en met zijn duim en wijsvinger vormde hij een formaat dat groter was dan welke vleugel ook die hij bezat.

Hans moest zich bedwingen om niet in lachen uit te barsten.

'Weet je wat?' zei hij, bracht zijn mond dicht bij Arends oor en vervolgde op fluistertoon. 'Als ik jouw verzameling mag zien, dan krijg jij van mij de vleugels van al die vliegen daarboven.'

Arend liet zijn blik nogmaals over de vliegenvanger glijden en begon prevelend de vliegen te tellen. Bij vijf was hij de tel al kwijt en toen hij het grote aantal vliegen dat nog restte in zich opnam, begon het hem te duizelen – het kwam hem voor dat het er zoveel waren als er sterren aan de hemel schitterden.

'Krijg ik die allemaal?' vroeg hij en slikte hoorbaar.

'Allemaal,' hoorde hij de warme basstem in zijn oor zeggen.

Hierop trok hij een beteuterd gezicht.

'Wat is er? Ben je er niet blij mee?' vroeg Hans.

'Ik kan niet naar binnen,' zei Arend aarzelend, 'ik ben mijn sleutel kwijt.'

'Ach jongen, dat is toch niet zo erg,' zei Hans en porde de knaap in zijn malse zij, 'dan laat je mij je vleugels gewoon een andere keer zien. Kom, ik zal de vliegen...'

'Mama zal me weer pijn doen.' Arend keek afwezig naar de grond, zijn handen rustten op zijn buik, nerveus verstrengelden de vingers zich in elkaar, de punt van de schoen aan zijn te korte been tekende kleine figuren op de vloer.

Hans wist even niet wat hij moest zeggen. Hij begreep de angst van zijn buurjongen – de muren in de goedkope flats hadden goede oren – en opeens werd het hem ook duidelijk waarom hij zo verkrampt voor de deur van zijn flat had gelegen.

Met een liefdevol gebaar streek Hans hem over de haren, duwde de honingpot in zijn handen, die er zich werktuiglijk omheen klemden, en kwam kreunend overeind, daarbij steunend op de armleuning van de fauteuil.

'Ik zal het straks wel uitleggen aan je moeder, geloof mij maar. Je hoeft niet bang te zijn, dat is nergens voor nodig.'

Hij ging op zijn tenen staan en reikte naar het uiteinde van de vliegenvanger die hij met een ruk lostrok. Een punaise viel voor Arends voeten op de vloer.

'Kom, vleugels verzamelen!' riep Hans enthousiast uit en liep naar een tafeltje met twee stoelen dat naast het aanrecht tegen de muur stond.

Een paar minuten later was Arend weer vergeten dat hij de sleutel kwijt was. Zijn volledige concentratie had hij gericht op de vliegen op het kleeflint. Aan sommige exemplaren ontbraken de vleugels, terwijl bij andere wel de kop of een kromme poot afbrak, maar niet de overige ledematen, die verankerd bleven in het plakkerige spul. Op den duur haalde Hans er een bureaulamp bij en een mesje waarmee hij er soms in slaagde een vlieg heelhuids los te werken, maar ook kon het gebeuren dat hij het beestje volledig aan stukken schraapte. Dan verontschuldigde hij zich en liet een teleurgestelde Arend zijn kans wagen. Geregeld lasten ze ook een pauze in om de lijm van hun handen te wassen en het aantal vleugels te tellen dat ze al hadden kunnen lospeuteren. Dit laatste was Arend zijn taak en het ging hem veel beter af dan in de klas, waar ze met saaie houten blokjes telden en waar hij bovendien niet de hulp kreeg van Hans, die nu zijn hand vastnam en hem een voor een de vleugels hielp aanwijzen terwijl hij hardop moest tellen. Iedere keer als ze er tien bij elkaar hadden gesprokkeld, stopten ze die in een sigarenkistje en bogen zich vervolgens weer met evenveel enthousiasme over hun volgende slachtoffers.

Toen ze alle vliegen zo goed en zo kwaad mogelijk van hun vleugels hadden ontdaan, lag de hele tafel vol met geamputeerde kopjes, halve lijven, verpulverde borststukken, flarden vleugels en ontelbare poten, alsof er een vreselijke burgeroorlog was uitgevochten.

'Vliegen moeten in de grond,' zei Arend opeens.

'Wat zeg je?' vroeg Hans terwijl hij met het kleeflint worstelde dat hij tot een prop probeerde samen te drukken.

'De vliegen moeten in de grond.'

'Bedoel je dat je ze wilt begraven?'

Arend knikte zelfverzekerd.

'En dan moet er een steen op,' zei hij.

'Oh... doe je dat met al je vliegen?'

'Ja, en met muggen, en met vlinders.' Een ogenblik keek Arend naar de honingpot op de hoek van de tafel, waarin de vlinder met gesloten vleugels stil op de bodem zat.

'Zo, ik dacht dat ze dat alleen met mensen deden,' opperde Hans.

Arend schudde zijn hoofd: 'Vliegen moeten óók naar de hemel, hoor.'

'Oh, daar had ik nog niet bij stilgestaan,' zei Hans op verontschuldigende toon.

'Dacht ik wel,' zei Arend, trok een grimas en sloeg zijn ogen op.

Hans lachte en begon met zijn schoppen van handen de vliegenkadavers bij elkaar te vegen.

'Waar wil meneer ze begraven?' vroeg hij plechtig, zijn hand vol met zwarte streepjes en bolletjes.

Arend duwde zijn stoel naar achteren en ging overeind staan. Zijn linkerschouder was scheefgezakt, zijn kin leunde op zijn borstkas. Traag liet hij zijn blik de kamer rondgaan, zoekend naar een sanseveria of een andere plant. Op dat ogenblik hoorde hij zijn naam roepen. Ook Hans bleek het opgevangen te hebben, want hij staakte even zijn zware ademhaling. Toen zijn naam nogmaals weerklonk, dof en van ver, begon Arend met zijn ogen te knipperen alsof hij uit een droom ontwaakte en leek vervolgens in elkaar te krimpen.

'Mijn mama,' zei hij en trok een gezicht alsof hij op iets onsmakelijks kauwde. 'Mijn mama zoekt mij. Ik moet gaan.'

Maar hij ging niet. Met schokkerige bewegingen draaide hij onzeker in het rond en keek daarbij Hans hulpeloos aan, die met zijn hand vol vliegenresten op zijn stoel zat.

'Ik zal het wel uitleggen,' zei Hans zelfverzekerd en veegde zijn hand boven tafel schoon. 'Kom maar mee. Ze zal het wel begrijpen.'

'Denk je?' vroeg Arend, die niet veel meer nodig had om in tranen uit te barsten.

'Zeker weten.'

Hans nam Arends hand vast en leidde de jongen naar de deur. Onderweg raapte hij zijn boekentas en zijn jas van de vloer. Toen hij de deur had dichtgetrokken, bleef hij op de overloop even staan luisteren.

'Ze zoekt je al niet meer,' zei hij nadat hij de stilte had gemeten. 'Volgens mij is ze al lang met andere dingen bezig.'

Arend zei er niets op, maar Hans voelde hoe de jongen harder in zijn hand kneep naarmate ze de trap verder afdaalden..

Een verdieping lager hielden ze halt. Hans wachtte even op zijn ademhaling die was achtergebleven en drukte toen op de bel. Gestommel aan de andere kant van de deur. Gerammel aan het slot.

Argwanend keek Anna door een kier van de deur, vroeg met een simpele hoofdbeweging aan Hans wat hij moest hebben en zag toen, dicht tegen hem aangekropen, haar zoon. Op slag gooide ze deur wijd open en voer tegen hem uit.

'Waar kom jij in hemelsnaam vandaan? Je had al lang thuis moeten zijn. Ik heb me rot gezocht.'

Hans nam zijn buurvrouw in zich op. Haar vooruitstekende lippen bewogen als een snavel in haar gezicht. Haar zwarte haar was nog korter dan toen hij haar de laatste keer uit het gebouw had zien komen en was bovendien erg ongelijkmatig geknipt alsof ze het zelf had gedaan. Ze droeg een schort met op haar dikke borst het logo van de supermarkt waar ze werkte. Haar handen had ze in haar zij geplaatst, haar benen waren licht gespreid.

'S... sleutel kwijt,' hoorde hij toen vanuit zijn broekspijp Arend stamelen.

'Ja, hij was...' begon Hans.

'Dacht ik het niet,' onderbrak Anna hem en gooide theatraal haar armen in de lucht. 'En dan moet je andere mensen lastig vallen. Omdat jij niet op je spullen kunt letten. Maak dat je binnenkomt!'

Ze deed een stap naar achteren. Arend rukte zich los uit de bezwete hand van zijn buurman en schoot langs haar door de gang in. Hans liet de boekentas en de jas van zijn schouder glijden en reikte ze aan.

'Die zijn van hem,' was het enige wat hij nog wist uit te brengen, wuifde de verontschuldigingen van Anna weg en stond toen voor een gesloten deur.

7

Hans zat al een halfuur op het lage muurtje voor de ingang van het flatgebouw waar hij woonde toen hij Arend de hoek van de straat om zag komen. Hij herkende hem van ver aan zijn gedrongen gestalte en zijn ganzenpas. Hij zwaaide, maar kreeg geen reactie. Toen de jongen dichterbij was gekomen, zag Hans dat hij met het hoofd naar de grond liep en niet verder keek dan de eerstvolgende tegelvoeg die zijn pad kruiste. Hij stond op en wachtte glimlachend. In zijn grote mannenhanden hield hij een sigarenkistje waarop hij met zijn dikke vingers ritmisch trommelde.

'Hé Arend, je was je vleugels gisteren vergeten,' riep hij toen zijn buurjongen tot op een paar meter was genaderd en stak het kistje zwaaiend de hoogte in.

Arend liep echter onverstoorbaar door, zijn boekentas schokte op zijn rug. Hij maakte een bocht om Hans heen en hinkte vervolgens naar de ingang van het flatgebouw. Hans riep hem nogmaals, maar hij trok vastbesloten de deur open en ging naar binnen, zijn buurman verbouwereerd achterlatend.

Toen Hans korte tijd later op de overloop van de tweede verdieping aankwam, stond Arend met gebogen rug voor de deur van zijn flat. Ongeduldig morrelde hij met een sleutel in het slot. Hans ging naast hem staan en leunde met één hand tegen de deurpost, terwijl hij de andere samen met het sigarenkistje tegen zijn zwoegende borstkas aandrukte.

Hij keek neer op de kruin van Arend, wiens haardos zo dun was dat de bleke hoofdhuid er op sommige plekken doorheen schemerde.

'Wat scheelt er, jongen?' vroeg Hans bekommerd. 'Ben je boos op mij?'

Zonder opkijken schudde Arend zijn hoofd. Op hetzelfde ogenblik kreeg hij de sleutel omgedraaid en klikte de deur open.

'Wat is er dan mis?' drong Hans aan toen hij zag dat Arend aarzelde om naar binnen te gaan.

Traag ging daarop Arends hoofd omhoog. Zijn ogen waren rood en opgezet van het huilen, op zijn kin zat een grote verse schaafwond, zijn brede voorhoofd zag grijs van het zand dat er in een dunne laag op plakte.

'Wat is er met jou gebeurd?' riep Hans uit.

'Ze hebben me gevolgd,' begon Arend te snikken.

'Wie?' vroeg Hans met lichte opwinding in zijn stem.

'De jongens...' wist Arend nog uit te brengen en liet daarop zijn tranen verder het woord doen.

Hans bekeek zijn schokschouderende buurjongen langdurig en kon zich moeiteloos voorstellen wat er onderweg was gebeurd. Als gieren moesten jongens Arend hebben belaagd, gepest en uitgelachen, geduwd en beentje gelicht. Een weerloos en dankbaar slachtoffer was hij geweest, een rol die ook Hans zelf jarenlang op het lijf was geschreven.

'Laat mij je kin eens zien,' zei hij minzaam en boog voorover. 'Oh, het valt allemaal nog mee. Kom, ik zal je boven even verzorgen. Een beetje ontsmetten, een pleister erop en je bent weer zo goed als nieuw.'

De vriendelijke stem die zacht op hem inpraatte bracht Arend langzaam tot bedaren. Nadat hij zijn neus een paar keer luidruchtig had opgehaald, kwam er een eind aan zijn gesnik.

'En morgen...' ging Hans verder, 'morgen zal ik die jongens eens flink aanpakken.'

'Echt waar?' vroeg Arend met hese stem, terwijl hij met de rug van zijn hand over zijn ogen veegde.

'Echt waar. Volg mij nu maar.'

Hans stak zijn hand uit, waarop Arend zijn handpalmen toonde die even vuil en grijs waren als zijn voorhoofd.

'Mijn handen zijn ook vies,' zei hij op een verontschuldigende toon.

'Daar hebben we toch zeep voor,' zei Hans, nam de gestrekte arm van zijn buurjongen bij de pols vast en begon aan de klim.

In de kleine badkamer moest Arend op een stoel gaan staan en zijn kin naar voren steken.

'Nee, dat prikt niet. Je moeder gebruikt vast en zeker het verkeerde spul,' stelde Hans de jongen gerust toen hij een doorzichtige vloeistof uit een bruin glazen flesje op een watje deed en een bange reactie te horen kreeg.

'Als je liegt dan...' waarschuwde Arend en kneep de ogen stijf dicht en de lippen op elkaar zodra hij het watje tegen zijn kin voelde.

'Dan?'

'Dan ga je niet naar de hemel,' zei Arend snel en klemde zijn lippen weer op elkaar.

Hans lachte, ontsmette de wond grondig en wierp het watje in het vuilnisemmertje naast de toiletpot.

'En? Heb je iets gevoeld?' vroeg hij.

Arend opende zijn ogen en schudde zijn hoofd.

'Dan heb ik mijn kaartje voor de hemel verdiend,' zei

Hans vrolijk en stak zijn hand naar voren, waarna Arend een onzichtbaar kaartje in de handpalm legde.

'Dank je wel,' zei Hans en deed alsof hij een kaartje in de borstzak van zijn overhemd stopte. Vervolgens veegde hij met een washandje het gezicht en de handen van de jongen schoon en plakte op de geschaafde kin een pleister, waaraan Arend zich in de spiegel vergaapte als aan een nieuw kledingstuk.

'Hij staat je goed,' lachte Hans. 'Kom nu maar van die stoel af, we moeten nog iets anders doen.'

Hans hielp de jongen naar beneden en liep voor hem uit naar de tafel waaraan ze de vorige dag de vliegenvleugels van het kleeflint hadden verwijderd. Op de hoek van de tafel stond de honingpot met de gevangen vlinder.

Arend wrong zich voorbij zijn buurman en haastte zich naar de vlinder. Hij nam de pot van de tafel en hield het glas voor zijn ogen. De vlinder bleek met dichtgeklapte vleugels plat op de bodem te liggen, alsof hij gekapseisd was. Arend schudde verwoed met de pot, maar het diertje gaf geen teken van leven.

'Hij is dood,' riep hij verwonderd uit.

'Is dat zo?' Hans nam de pot uit zijn hand en kwam tot hetzelfde besluit. 'Je hebt gelijk. De lucht zal op geweest zijn. En nu?'

'Nu pakken we de vleugels,' zei Arend ineens op een besliste toon, keerde zich om en graaide de pot weer uit de handen van zijn buurman.

'Wat heb jij opeens een haast!' zei Hans geamuseerd. 'Ben je bang dat de vlinder gaat vliegen?'

Arend luisterde niet meer. Hij was al druk in de weer met het openen van de pot. Ongeduldig draaiden zijn vingers om het deksel en verloren voortdurend hun greep. De inspanning viel van zijn gezicht te lezen en net op het ogenblik dat Hans voorzichtig voorstelde om te helpen, gaf het deksel zich gewonnen. Als in een koekjestrommel griste Arend in de pot – zijn mollige hand paste net in de opening – en haalde de dode vlinder uit zijn sterfhuis. Hij ging aan de tafel zitten, boog zijn hoofd over het aas, wrikte met de nagel van zijn duim de vleugels open en nam routineus een van de vleugels zo dicht mogelijk bij het borststuk vast, dat hij tussen twee vingers had geklemd.

Hans stond versteld van de gretigheid van zijn buurjongen. Zoals andere kinderen tijdens een carnavalsoptocht op snoepjes afvlogen zo stortte hij zich op de vlinder. In een mum van tijd had de beul zijn werk verricht, met een chirurgische precisie. Op het witte tafelblad lagen nu het onbeduidende zwarte lijf en vier driehoekige vleugels, waarvan op de plekken die Arend met zijn vingers had aangeraakt de kleuren enigszins verbleekt waren. De jongen had het ook gemerkt en keek verbaasd naar het kleurige stoflaagje op zijn vingertoppen dat zich als krijt liet wegvegen.

'Je moet er voorzichtig mee zijn,' zei Hans ernstig. 'De vleugels van een vlinder zijn mooi maar ook erg broos.'

'Broos?' vroeg Arend.

'Dat ze snel stuk gaan. Zal ik ze maar meteen in het kistje stoppen?'

Arend bewoog zijn hoofd snel op en neer.

Terwijl zijn buurman het kistje ging halen, richtte Arend zijn aandacht op zijn nieuwste aanwinst. Hij liet zijn vingers net boven de vleugels zweven en telde hardop.

'Hoeveel?' vroeg Hans toen hij terug was.

'Vier!' riep Arend met trots in zijn stem.

'Prima,' zei Hans en hield het geopende sigarenkistje tegen de tafelrand. 'Doe ze er maar alle vier bij.'

Een voor een schoof Arend, het tafelblad strelend, de vleugels in het kistje waarin zich al tientallen andere relikwieën bevonden.

'Waarom verzamel je eigenlijk vleugels?' vroeg Hans geïnteresseerd terwijl hij het kistje dichtklapte.

Arend hief zijn hoofd op en fronste zijn wenkbrauwen. 'Om te vliegen natuurlijk!'

'Oh... natuurlijk, domme vraag,' stamelde Hans. 'Om te vliegen. Wat anders?'

Met een houterige beweging overhandigde hij hierop het kistje aan Arend, die er een vluchtige blik in wierp en toen naar het lijkje op de tafel wees dat dringend begraven moest worden.

De vlinder vond een laatste rustplaats in de droge aarde van een smalle cactus die als enige plant de tropische zomertemperaturen in de flat had overleefd. Arend zette de hele begrafenis in scène. Hij nam zowat alle rollen op zich en ging er volkomen in op. Hij was de ceremoniemeester, de priester en ook de grafdelver. Hans kreeg de taak van rouwend familielid toegewezen, een taak die hij ter harte nam, hoewel hij het moeilijk had om niet voortdurend in de lach te schieten.

Nadat het graf was toegedekt met een hagelwitte kiezelsteen ging Arend voor in het slotgebed en luisterde zorgvuldig of Hans geen woord vergat. De plechtigheid werd ten slotte afgerond met een kruisteken, net op het ogenblik dat de klok die boven de televisie hing vijf uur sloeg.

'Misschien moet je nu maar naar huis gaan,' zei Hans

terwijl hij naar de klok keek. 'Over een halfuurtje komt je moeder thuis.'

Hoewel Arend nog maar weinig notie had van tijd, wendde ook hij zijn ogen naar de klok en trok een gezicht als van iemand die plotseling vaststelde dat hij te laat was.

'Mijn huiswerk,' zei hij met paniek in zijn stem. 'Mijn huiswerk moet af zijn voor mijn mama komt.'

Nerveus begon hij door de kamer te lopen, zoekend naar zijn schooltas. Zijn donkerbruine ogen schoten van links naar rechts, net als zijn armen. Hij hinkte zijn buurman voorbij en gaf hem in zijn haast een por in de zij. Zijn ogen waren angstig, zjn gebaren jachtig. Voor de deur kwam hij tot stilstand en draaide zich om. Zijn onderlip begon te trillen en de huid rond de pleister op zijn kin trok rimpelend samen.

'Mijn huiswerk, mijn huiswerk,' jankte hij.

'Rustig,' suste Hans. 'Ik help je wel. Rustig maar.'

Even later zaten ze naast elkaar aan tafel. Arend snikte nog steeds, Hans bladerde in de schoolagenda. Hier en daar stuitte hij op opmerkingen van de meester en op het commentaar dat Anna er soms bij had geschreven.

Hij bladerde verder en vond twee bladen waarop een taak was afgedrukt. Op het ene stonden bolletjes die ingekleurd en geteld moesten worden, op het andere woordjes om over te schrijven. Hans legde de bladen voor zich neer, streek de vouwen eruit en begon te schrijven. Terwijl hij aan het werk was, kroop Arend dichter tegen hem aan. Na een paar keer zijn neus te hebben opgehaald, boog de jongen zich over de hand die over het blad gleed. Hans voelde de priemende blik en werd een lichte nervositeit gewaar, alsof hij zelf weer in de klas zat.

'Je moet binnen de lijntjes blijven,' zei Arend toen en wees de plek aan waar het handschrift van Hans een duik had gemaakt.

Hans keek vreemd op, pauzeerde even en zei nadrukkelijk: 'Ja, meester. Komt in orde, meester.'

Arend knikte goedkeurend. Even slaagde een glimlach erin de spanning van zijn gezicht te halen.

Met het puntje van zijn tong uit de mond werkte Hans vervolgens door, terwijl hij onophoudelijk werd gadegeslagen door zijn buurjongen die geen ogenblik stilzat. Voortdurend veranderde hij van houding. De ene keer ging hij op zijn knieën zitten, de andere keer op zijn zitvlak, dan weer ging hij staan, liep achter Hans om en observeerde hem van de andere kant. Daarbij knabbelde hij op zijn nagels, pulkte in zijn neus of wreef over de pleister op zijn kin. Zijn neurotische gedrag deed Hans onwillekeurig denken aan een in het wild opgegroeid dier dat al veel te lang in een kooi gevangen zat.

'Zo, dat is één,' zei Hans met klem toen hij de eerste taak voltooid had en stortte zich meteen op het volgende blad. Hardop telde hij de bolletjes en schreef het cijfer neer in een handschrift dat hij opzettelijk slordig maakte. Met toenemende bewondering nam Arend de vorderingen van zijn buurman op. Terwijl hijzelf nog bezig was met het natellen van de eerste opgave, zat Hans al een paar oefeningen verder en snelde pennenstreek na pennenstreek naar het einde toe.

'Waar heb jij leren tellen?' wou Arend weten.

'Op school. Net als jij.'

'Ik kan niet tellen. Ik ben te dom, zegt mijn mama.'

'Ach nee, je bent niet dom. Je moet alleen wat geduld hebben, je bent nog jong.'

'Ik ben al zes jaar, hoor.'

'Nou, toen kon ik zelfs nog niet tot tien tellen.'

Arend rechtte zijn rug en keek zijn buurman ongelovig aan. Hans schudde overtuigend het hoofd en zag de kinderogen naast hem oplichten.

'Ik kan tot twintig tellen,' zei Arend zelfverzekerd en begon de getallenrij hardop af te rammelen.

'Zie je wel,' zei Hans. 'Je moeder heeft ongelijk. Je bent helemaal niet dom.'

Arend draaide met zijn schouders en stak zijn neus in de lucht. Zijn gezicht glom van trots.

'Zó, je huiswerk is af,' zei Hans toen en legde de pen met een tik op de tafel neer. 'Dat heb je goed gedaan.'

Een knipoog. Een vinger op de lippen. Meer gebaren had Arend niet nodig om te begrijpen wat zijn buurman bedoelde. Hij drukte zijn wijsvinger ook tegen zijn lippen aan en knipperde met beide ogen tegelijk.

'Stop je huiswerk maar gauw weg,' zei Hans vervolgens. 'Je moeder zal zo thuiskomen. En vergeet deze keer je vleugels niet.'

Alsof het een bevel was, ging Arend meteen aan de slag. Ineens kon hij weer niet snel genoeg zijn. Hij harkte de bladen bij elkaar, stak ze in zijn schoolagenda, die hij samen met het sigarenkistje in zijn boekentas stopte, en hinkte weg zonder nog een woord te zeggen.

'Je jas!' riep Hans hem na toen de jongen bij de deur was en stak het kledingstuk in de hoogte. Als een dikke worm stak zijn vinger door het lusje. Arend keerde op zijn stappen terug, maakte een graaibeweging naar zijn jas, die door Hans op hetzelfde ogenblik omhoog werd getrokken.

'Mis!' lachte Hans. 'Wat zeg je als je iets krijgt?'

'Dank je,' zei Arend ongeduldig, maar slaagde er nog net in te glimlachen.

'Zo horen we het graag.'

Hans overhandigde de jas en stak zijn hand op.

'Tot morgen,' zei hij.

'Tot morgen,' zei Arend en keerde zich om. De schooltas in zijn hand sloeg bij elke pas tegen zijn been aan. Zijn jas sleepte over de grond.

8

De volgende dag op school lieten de treiterijen niet lang op zich wachten. Toen Arend tijdens het speelkwartier naar het toilet ging, zag een van de jongens van de hoogste klas hem verdwijnen en wenkte zijn vriendjes, die het gebouw in slopen. Hun stemmen drongen door de opening boven de deur en vielen het hokje binnen waar Arend zich had opgesloten.

'Wie stinkt hier zo?' klonk het. 'Zou dat Dikkie Dik zijn? Ja, ik denk dat ik hem ruik. Ruiken jullie hem ook?'

Een vierstemmig koor antwoordde. Bevestigend. Opzwepend.

Met een muntstuk openden de jongens het eenvoudige slot en trokken de deur open. Arend zat met zijn broek op de enkels. Zijn bolle bleke knieën waren het eerste mikpunt van hun spottende uitlatingen, daarna hadden ze het gemunt op zijn geslacht dat zich beschaamd verstopte in de schaduwholte tussen zijn dijen, maar zich bloot moest geven toen ze met vereende krachten zijn zware lichaam van de pot lichten.

'Moet je zien! Net een garnaal! Zullen we die even pellen?'

Het gelach botste tegen de kille betegelde muren, maar verstomde plotseling toen de meester achter hun gebogen ruggen opdook. Zijn woede was enorm. Terwijl zijn bulderende stem de jongens in elkaar deed krimpen, trok Arend zijn broek op en vluchtte naar buiten. Vanachter een muurtje zag hij hoe de vijf jongens verslagen over de speelplaats in een rij achter de meester aan slenterden, gebukt onder de straf die hen boven het hoofd hing.

Toen Arend na de lessen de school verliet, stonden dezelfde jongens naast de schoolpoort smoezend bij elkaar. Hij deed alsof hij hen niet zag en stapte stevig door. Dat zij hem gezien hadden, wist hij wel zeker. En dat ze hem volgden ook, daarvan hoefde hij zich niet te vergewissen.

Op zulke ogenblikken was zijn verlangen om te kunnen vliegen het grootst. Hij zou dan boven hun hoofden uitstijgen en hen bestoken met allerhande rotzooi, beeldde hij zich in. Ook zou hij dan met gestrekte armen en gebalde vuisten in duikvlucht op hen afstevenen zodat ze zich moesten bukken en het vervolgens op een lopen zetten. Gierend van het lachen zou hij ten slotte onder hun angstige blikken in de lucht klimmen tot hij zo hoog was dat geen oog hem nog kon zien.

'Hé mankepoot, niet zo snel, wij hebben nog iets te regelen,' klonk het venijnig achter zijn rug. Een weggeschopte kei ketste hem op hetzelfde moment over het trottoir voorbij. Hij vertraagde zijn pas niet, evenmin keek hij om.

'Door jouw schuld hebben wij straf, vetzak. Dat zullen we je betaald zetten.'

Nu hoorde hij achter zich het legertje voetstappen. En een andere stem, die in zijn rug porde.

'En hier kan de meester niet ingrijpen.'

Uit zijn ooghoeken zag hij links en rechts van hem een jongen verschijnen, ze waren allebei een kop groter dan hijzelf. Terwijl ze naast hem bleven lopen en zijn manke tred imiteerden, tuurde hij in de verte, zoekend naar Hans, maar tot zijn ontgoocheling zag hij hem nergens. Zie je wel, ging het door zijn hoofd, iedereen laat mij in de steek.

'Quasimodo,' riep een van de jongens in zijn oor.

'Oeh... oeh... oeh...' klonk het aan de andere zijde uit de mond van een blonde jongen die gebukt liep en de armen slap liet hangen zodat zijn handen haast over de grond sleepten.

'Oeh... oeh... oeh...' deden ook de jongens die achter Arend liepen. Een van hen had zijn arm uitgestoken en frunnikte al aan de sluitingen van de schooltas op zijn rug.

'Zullen we zijn broek nog eens uitdoen?' vroeg een andere jongen grinnikend.

'Ja, dan kunnen de mensen zijn garnaaltje zien!' lachte de nog steeds gebukt lopende jongen en hapte in de richting van Arends onderbuik. 'Njam! Njam!'

Impulsief maakte Arend een afweerbeweging met zijn hand en raakte daarbij onopzettelijk het hoofd van de blonde jongen, die meteen daarop zijn rug rechtte en verontwaardigd naar zijn vrienden riep: 'Heb je dat gezien? Hij sloeg me! Houd hem tegen!'

Op dat ogenblik greep een andere jongen het handvat van zijn schooltas vast en trok er hard aan, waardoor Arend met een schok naar achteren werd geworpen en zo tot staan werd gebracht. De blonde jongen ging met de handen in de zij en de benen gespreid uitdagend voor hem staan.

'Wil je vechten, dikke?'

Arend keek naar de grond. De jongen droeg zwarte gymschoenen met drie witte strepen aan de zijkanten.

'Ik... ik...' stamelde Arend.

'Kijk me aan als je tegen me spreekt!' beval de blonde jongen en duwde met zijn vuist onder de kin het hoofd van

Arend omhoog. De knokkels van zijn hand schuurden over de pleister.

'Ach, heeft Dikkie Dik zich gisteren bezeerd?' zei de jongen temerig en wees naar de pleister. 'Zal ik er een kusje op geven?'

Hij tuitte zijn lippen en rolde met zijn ogen. Zijn vrienden schaterden het uit. Arend draaide zijn hoofd weg. Zijn ogen begonnen nat te worden. Niet huilen, dacht hij, doorbijten, straks is het allemaal weer voorbij.

Daarop voelde hij hoe de blonde jongen hem hard in de wang kneep en met kracht zijn hoofd opnieuw naar voren dwong.

'Wat heb je daar allemaal in zitten?' zei hij en liet de wang tussen zijn vingers lillend heen en weer bewegen. 'Pap?'

'Als ik jou was zou ik die jongen loslaten.' Een zware stem drong opeens de kring binnen. Arend zag het gezicht voor hem van pijn vertrekken. Tegelijk trok de jongen zijn hand weg. De andere jongens deden geschrokken een pas naar achteren en keken elkaar verstomd aan.

Arend had de stem herkend en zag nu Hans die zijn hand als een tang in de nek van de jongen had gelegd. Het hoofd van zijn buurman zag schrikwekkend rood. Zijn blik straalde een dreiging uit die zelfs Arend bang maakte.

'Als jullie...' zei Hans traag en nadrukkelijk en versterkte de greep in de nek van de spartelende jongen, 'Arend nog eenmaal lastig vallen, op straat, op school, waar dan ook, dan geef ik jullie een aframmeling die jullie niet licht zullen vergeten.'

Daarop bewoog hij zijn arm krachtig heen en weer zodat het bovenlichaam van de jongen als een poppenlijf van links naar rechts zwierde en vroeg: 'Begrepen?'

'Ja, meneer,' kermde de jongen, terwijl zijn vriendjes bleven steken in een behoedzame hoofdknik.

'Vertrek dan maar snel voor ik echt boos word,' zei Hans toen dreigend en duwde de jongen van zich af, die zich meteen struikelend uit de voeten maakte. Nog geen tel later vluchtten de anderen ook.

'Wat denk je?' vroeg Hans. 'Heb ik ze genoeg afgeschrikt?'

Arend antwoordde niet. Het drong slechts langzaam tot hem door wat er gebeurd was en dan nog vond hij het moeilijk om het te geloven. Argwanend keek hij over zijn schouder. De jongens waren wel degelijk weg. Daarna richtte hij zijn blik op zijn buurman van wie nu niet meer de minste boosaardigheid uitging. Een glimlach had zijn gezicht verzacht, zijn gekruiste armen deinden op zijn dikke buik.

'Het spijt mij dat ik zo laat was,' zei Hans. 'Ik had...'

Toen begon Arend te huilen. Hans streelde hem aarzelend over zijn hoofd, slikte.

'Het is voorbij, jongen. Ze zullen je nu wel met rust laten. Kom, laten we maar naar huis gaan. En geef je tas maar hier, die draag ik wel.'

Toen ze even later naast elkaar over de stoep liepen, sloeg Arend geregeld de ogen op, maar keek telkens verlegen weg als zijn buurman zijn hoofd in zijn richting draaide. Hans vroeg dan of het nog ging, waarop hij iedere keer knikte. Na tien minuten stappen – ze waren amper halverwege – stelde Hans voor om even te gaan zitten op een bank die ze op dat ogenblik passeerden. Zijn hoofd was weer duidelijk rood aangelopen, zijn adem stokte.

'Zomaar,' wuifde hij de vragende blik weg, 'even rusten... beetje kletsen.'

Hans zette de schooltas op de grond en liet zich, terwijl hij met beide handen steun zocht op de armleuning, op de bank zakken. Arend ging naast hem zitten, zijn mollige handjes in de schoot.

'De dokter zegt dat ik meer moet bewegen,' zei Hans na een korte pauze waarin hij een paar keer diep in en uit had geademd. 'Ik word te dik. Misschien moet ik je maar eens vaker van school komen halen. Zou je dat leuk vinden?'

Arend antwoordde niet meteen. Hij stelde zich voor hoe het zou zijn als Hans hem elke dag na school bij de poort zou opwachten net zoals de ouders van zijn klasgenootjes dat deden. Eindelijk zou er dan eens iemand zijn die reikhalzend naar hem uitkeek wanneer ze in een rij de klas uit marcheerden en die dan heftig van een afstand naar hem begon te zwaaien. Ook zou hij dan meteen kunnen vertellen wat hij die dag had geleerd of in elkaar geknutseld. En vooral, dan zou hij niet meer alleen de weg naar huis moeten lopen en bang zijn dat hij weer achtervolgd en vernederd zou worden. Ja, dat zou hij leuk vinden.

'Nou, dat is dan geregeld,' zei Hans enthousiast. 'Vanaf morgen kom ik je van school halen.'

Daarna werd het weer stil tussen hen beiden. In gedachten verzonken keken ze allebei voor zich uit. Ongeïnteresseerd reden de auto's over de weg hen voorbij. Het was Arend die het stilzwijgen doorbrak.

'Mag ik je nu papa noemen?'

Hans slikte. Arend had zich naar hem toe gedraaid. Zijn gezicht had een ontwapenende uitdrukking zoals alleen kinderen dat kunnen hebben. En hoewel Hans wist dat hij zou instemmen, kon hij niet dadelijk bevestigend antwoorden, overrompeld als hij was door het aanbod.

'En jouw papa dan?' vroeg hij en knipperde nerveus met zijn ogen. 'Komt hij dan nooit?'

'Ik heb geen papa,' antwoordde Arend kordaat.

'Iedereen heeft toch een papa.'

Arend schudde het hoofd.

'Mama zegt dat niemand mijn papa is. Ik ben van de straat.'

Hans schrok van zijn woorden, maar ook van de nuchtere toon waarop hij ze uitsprak, alsof hij de bewering van zijn moeder voor waar hield en zich daarbij had neergelegd.

'Maar dat is...' begon Hans, bedacht opeens dat het weinig zin had om ertegenin te gaan en zei toen beslist: 'Natuurlijk mag je mij papa noemen.'

Hans verwachtte dat Arend zich nu tegen hem aan zou vlijen en papa zou zeggen, maar hij ging alleen wat meer rechtop zitten en keek opnieuw voor zich uit, dromerig.

'En ik?' vroeg Hans. 'Hoe moet ik je dan noemen?'

'Arendje,' antwoordde hij zonder nadenken, alsof hij die vraag al lang had verwacht.

'Arendje,' sprak Hans minzaam en zag het hoofd van de jongen tevreden op en neer gaan. 'Nou Arendje, zullen we dan maar?'

Hans haalde zijn arm achter de rug van de jongen vandaan en legde de handen op de knieën, klaar om op te staan.

'Ja, papa,' zei Arend vrolijk, schoof van de bank af, nam de handen van zijn buurman vast en begon hem uit alle macht overeind te trekken.

9

'Kom je nog even naar mijn vleugels kijken?'

Arend bevond zich voor de deur van zijn flat, zijn buurman stond op het punt de trap naar boven te nemen.

Hans keek op zijn horloge en knikte.

'Graag.'

Arend wenkte dat zijn buurman moest volgen en ging de flat in. Hij knipte het licht aan in de donkere gang en liep verder.

'Wacht even,' zei hij en verdween in zijn slaapkamer.

Hans deed de deur achter zich dicht en luisterde naar het gestommel dat vanuit de kamer weerklonk. Voor het eerst vroeg hij zich af of hij er wel goed aan deed zich over zijn buurjongen te ontfermen en hoever hij daarin kon gaan. Hield hij hem niet voor de gek door hem onder zijn hoede te nemen? Hij was zijn vader niet, dat had hij hem toch duidelijk moeten maken. Binnenkort zou de jongen verwachten dat hij er altijd voor hem zou zijn.

'Kom je?'

Arend stond aan het eind van de gang, het sigarenkistje dat hij van Hans had gekregen tegen de borst aangedrukt. Zodra hij zag dat zijn buurman in beweging kwam, ging hij de woonkamer binnen en hinkte naar de eettafel, waar hij twee stoelen onderuit trok. Hans bleef even in de deuropening staan. In de woonkamer hing dezelfde muffe geur die de laatste maanden ook bij hem te ruiken was wanneer de ramen lange tijd gesloten waren geweest. Wat hem ook opviel, was de somberte van deze ruimte, die het vele licht moest missen dat in zijn flat door de twee dakramen viel.

'Papa, kom je kijken?'

'Ja... Arendje.'

De twijfel in Hans' stem bij het uitspreken van het koosnaampje dat Arend wilde horen, had alles te maken met het voorkomen van zijn buurjongen. Zoals hij daar op de stoel zat, half omgekeerd, met zijn kluit van een arm die als een overtollig lichaamsdeel over de rugleuning hing, met zijn bovenlichaam scheefgezakt zodat het vet in zijn zij was samengedrukt tot een vormeloze uitstulping, en met zijn kin en wang tegen de schouder aangedrukt waardoor deze één weke massa vormden, zo, in die houding, had het verkleinwoord Arendje iets bespottelijks.

Hans schoof bij aan tafel, terwijl Arend het kistje voorzichtig opende, alsof hij bang was dat de vleugels de vlucht zouden nemen.

'Ik heb alle vleugels in het kistje gestopt,' zei Arend. 'Dan zijn ze niet zo alleen.'

'Dat heb je goed bekeken. Hoeveel heb je er al?'

Arend haalde de schouders op.

'Zo veel kan ik niet tellen.'

Hans wierp een blik in het kistje. Op de bodem vormden de tientallen vleugels een glas-in-loodraam met ruitjes in verschillende groottes. De meeste waren helder transparant, alleen de vleugels van de kleine vos waren gekleurd, net als die van een andere vlinder die Hans op het eerste gezicht niet kon thuisbrengen.

'Nou, volgens mij heb je er vast meer dan honderd,' zei

Hans en zag Arends ogen groeien van trots. 'En die grote vleugels daar, die lijken mij van een heel bijzondere vlinder.'

'Die is door het raam gekomen,' zei Arend opgewonden. 'Toen het donker was.'

'Oh, een nachtvlinder!'

'Ja, die is tegen de lamp gevlogen. En toen waren de vleugels kapot en is die naar beneden gevallen. Hier op tafel! En toen is mama gekomen en toen heb ik de vlinder verstopt. In mijn hand!'

'Wat goed van je! Mag ik die vleugels eens van dichtbij bekijken?'

'Doe maar.'

Arend schoof het kistje naar zijn buurman toe, die een van de geschroeide achtervleugels van de nachtvlinder eruit viste en deze om en om draaide.

'Ik zie het niet zo heel goed, maar dit lijkt mij de vleugel van een avondpauwoog. Was het een vlinder met een dik donkerbruin lijf en allemaal van die zachte haartjes erop?'

'Ja, en met een dikke kop en twee antennes. Zó...'

Arend plaatste zijn twee handen met de rug tegen zijn voorhoofd en deed met zijn wijsvingers de bewegingen van de voelsprieten na.

'Dan was het vast en zeker een avondpauwoog,' zei Hans opgetogen en zag hoe Arend de naam van de vlinder in zijn mond nam en proefde. 'Een prachtig beestje. En dat heb jij in je verzameling! Enig hoor!'

Voorzichtig legde Hans de vleugel terug in het kistje. Met het topje van zijn pink scharrelde hij tussen de tientallen andere vleugels.

'En als je er genoeg hebt, ga je ermee vliegen?' vroeg hij toen.

'Ja, dan maak ik er hééél grote vleugels van,' antwoordde Arend beslist en beschreef een oppervlakte zo breed als zijn armen lang waren. 'En dan kan ik hééél hoog in de lucht vliegen.'

'Dat heb je allemaal zeer goed bekeken, jongen. Zal ik je dan komen uitzwaaien?'

'Ja, en dan...'

Arend hield opeens zijn mond. Zijn arm, die hij net had omhooggeheven, bleef in de lucht hangen. Traag bewoog hij zijn hoofd tussen zijn schouders naar achteren. Hij had het knarsende geluid opgevangen waarvoor hij elk ogenblik dat hij zich alleen in huis bevond beducht was. Hans daarentegen had de sleutel die in het slot werd gestoken en omgedraaid niet gehoord en vroeg zich af wat Arend nu weer overkwam. Pas toen enkele tellen later de voordeur dichtviel, wist ook hij dat Anna terug was.

Net voor ze in de woonkamer verscheen, wendde Arend zijn hoofd naar Hans. Van het gezicht van de jongen viel een grote angst af te lezen, zijn ogen smeekten om hulp. Hans wilde hem toefluisteren dat hij niet bang hoefde te zijn, dat hij op zijn steun kon rekenen, maar hij kreeg niets gezegd.

Toen Anna de woonkamer binnenkwam, ging haar blik als vanzelf meteen naar de eettafel, waar haar zoon zijn huiswerk hoorde te maken. Zodra zij Hans zag, veranderde zij haar gedrongen houding, zoals een dier dat opeens een naderende aanval ruikt. Haar hoofd kwam overeind, haar rug rechtte zich, haar hals zwol, haar schouders werden breed.

Arend vertoonde tegelijkertijd een tegengesteld gedrag. Hij dook in elkaar op zijn stoel en kroop tegen zijn buurman aan.

'Wat doe jij in mijn huis?' vroeg Anna verontwaardigd.

Hans zocht naar uitleg, zijn stem klonk geforceerd, kinderlijk.

'Ik kwam even kijken naar de vleugels van Arend.'

De ogen van de jongen, die even zijn hoofd oprichtte, wezen hem op de verkeerde woorden, op het geheim dat hij had moeten verzwijgen, maar Hans begreep de blik verkeerd en voegde er aan toe, wanhopig: 'Arendje.'

Anna had geen woorden nodig om de band te voelen die er tussen haar zoon en haar buurman bestond. Het was een band, voelde ze ook ogenblikkelijk aan, die haar bedreigde, die haar moederschap ondermijnde, zelfs in het belachelijke trok. Zij hadden een complot tegen haar gesmeed, ging het door haar hoofd. Haar verderfelijke kind had de man met opzet in huis gehaald. Om haar uit te dagen.

'Mijn huis uit!' riep Anna toen tegen haar buurman. Met haar trillende vinger wees ze naar de deuropening.

Hans aarzelde niet, hij wist dat hij er niets tegenin te brengen had. Gedwee schoof hij zijn stoel naar achteren en stond op. Terwijl hij zijn buurjongen hulpeloos aankeek, gleden zijn handen traag van de rugleuning.

'Het spijt me, jongen,' sprak hij zachtjes. 'Het is allemaal mijn schuld.'

Hij strekte zijn hand uit naar het hoofd van Arend en streek hem over de haren.

'Blijf met je poten van mijn kind af!' schreeuwde Anna en stak haar arm dreigend de hoogte in.

Alsof hij zich aan iets gebrand had, trok Hans in een reflex zijn hand terug. Hij mompelde nog wat tegen de jongen en draaide toen zijn rug naar hem toe. Daarop hinkte hij weg. Achter hem opende Arend zijn mond, maar zijn stem strandde op zijn lippen.

Met knikkend hoofd liep Hans in een bocht om zijn buurvrouw heen.

'Het spijt me echt, mevrouw,' prevelde hij. 'Het was niet mijn bedoeling. Ik wilde niet...'

Toen bevond hij zich al in de gang. De deur van Arends slaapkamer stond open. In het voorbijgaan zag Hans het wolkjesbehang, wit en blauw, maar van een fletse tint, zodat het leek of de geschilderde lucht elk ogenblik nog meer kon betrekken. Op het bed ontbrak een sprei, de matras lag scheef, zodat de houten spaanplaat waarop hij rustte zichtbaar was.

Bij de voordeur keek Hans nog eenmaal om. Anna had elke weg terug met haar brede lichaam versperd. Hij opende de deur, liep naar buiten en draaide zich om. Nog voor hij iets kon zeggen, werd de deur dichtgegooid.

Wat zich vervolgens erachter afspeelde, hoorde Hans woord voor woord, stap na stap.

'Hoe haal je het verdomme in je hoofd vreemde mannen binnen te laten!' riep Anna de gang doorlopend. 'Heb ik je dan niet gewaarschuwd? Of weiger je te luisteren? Is dat het misschien?'

Toen haar voetstappen tot stilstand waren gekomen, klonken er doffe slagen. Af en toe drong er een petsend geluid door de deur.

Daarna was het even stil. Toen opnieuw haar stem. Verontwaardigd.

'Wat is dat hier voor rotzooi?'

Haar blik was op tafel gevallen, op de vele vleugels die in het kistje lagen, broos en kwetsbaar.

'Godverdomme Arend! Wat heb jij in huis gehaald? Godverdomme, viespeuk!'

Opnieuw klappen. Harder deze keer.

'Blijf er met je tengels van af!' schreeuwde Anna.

Arend probeerde wanhopig het kistje van de tafel te graaien, maar zijn moeder was hem voor.

'Weg met die smeerlapperij! Wat denk jij wel? Mijn huis is geen vuilnisbelt!'

Ze kwam opnieuw in beweging. Haar voetstappen zwollen aan. Met grote passen beende ze van de woonkamer naar de gang. Arend gooide de stoel om waarop hij zat, struikelde, kroop weer overeind en hinkte achter zijn moeder aan.

'Nee, mama, niet doen,' huilde zijn stem. 'Niet mijn vleugels! Mamaaa!'

Zijn geschreeuw werkte op haar als een zweepslag op een paard. Ze duwde de deur van zijn slaapkamer met kracht verder open, waardoor die tegen de muur aansloeg, en liep naar binnen, recht op het raam af. Arend bereikte op dat ogenblik de gang en zag door de deur dat zijn moeder het raam opende.

'Néé, mama, nééé!' riep hij. 'Niet laten vliegen! Néééé!'

Arend probeerde nog bij haar te komen, maar toen hij halverwege de slaapkamer was, stak ze haar hand door het raam en keerde het kistje schuddend om.

'Néééééééé!'

Daarop zakte Arend in elkaar op de vloer. Zijn stem stierf weg.

Aan de andere kant van de deur draaide Hans zich om. Zijn gezicht zag bleek. Moeizaam begon hij zich de trap op te slepen.

10

Een week lang liet Hans niets van zich horen. Toen dook hij opeens op bij de schoolpoort. Vanaf zijn plaats in de rij zag Arend hem na school staan, een paar meter achter een groepje moeders, waarboven zijn hoofd als een volle maan verrees. Toen hun blikken elkaar kruisten, begon Hans naar zijn buurjongen te zwaaien. In zijn wuivende hand wapperde een plastic tas. Arend stak zijn hand ook omhoog, maar zwaaide niet.

Nog voor hij bij de schoolpoort was, kwam zijn buurman al op hem afgestapt, zijn vingers en de handvatten van de plastic tas in elkaar gevlochten op zijn buik.

'Dag jongen, hoe is het met je?' vroeg Hans.

Arend haalde zijn schouders op. Zijn hoofd bleef gebogen. Er viel een pijnlijke stilte tussen hen beiden, terwijl rondom hen het gejoel van de op hun ouders losgelaten kleuters een hoogtepunt bereikte. Een kille bries woei over de speelplaats. Terwijl Hans de tas steviger tegen zich aandrukte, dook Arend dieper in de kraag van zijn jas.

'Zullen we dan maar gaan?' stelde Hans na korte tijd voor en probeerde te glimlachen. 'We kunnen hier toch geen uren blijven staan.'

Arend antwoordde niet, maar vertrok plotseling en liep Hans voorbij zonder hem een seintje te geven, zodat deze zich haastig omdraaide en achter zijn buurjongen aanging.

'Zal ik je tas dragen?' vroeg Hans toen ze een eindje waren opgeschoten en Arend niet eenmaal had opgekeken.

Terwijl hij onverstoorbaar verder sjokte, bewoog hij zijn hoofd zwakjes heen en weer. Zijn moeder had duidelijk de schaar weer te voorschijn gehaald. Zijn kruin was haast volledig kaal, net als de plek boven zijn oren, en het haar over zijn voorhoofd was ongelijk geknipt, alsof iemand er zijn tanden ingezet had.

Zodra Hans de bank in zicht kreeg waar hij laatst op had uitgerust, stelde hij weer voor om wat te gaan zitten, maar opnieuw stootte hij op de muur die Arend rond zich had opgetrokken. Pas toen Hans zei dat hij iets voor hem bij zich had – 'Een cadeautje,' benadrukte hij – leek de interesse van de jongen gewekt, want onmerkbaar probeerde hij na die woorden zijn hoofd wat naar rechts te draaien, zodat hij vanuit zijn ooghoeken zijn buurman kon gadeslaan.

'Het is iets zeer bijzonders,' sprak Hans daarop op samenzweerderige toon en begon de plastic tas zachtjes te kneden. 'En het is voor jou alleen.'

Arend vertraagde zijn pas en luisterde gespannen naar het knisperende geluid.

'Ik hoop dat je het leuk vindt,' zei Hans. 'Vroeger was je er in elk geval gek op.'

Arend probeerde zich voor te stellen wat Hans voor hem had meegebracht. Zwaar kon het niet zijn, want de wind speelde met de tas zoals met de bladeren van een boom. Misschien waren het wel vleugels, ging het opeens door zijn hoofd, want die waren ook zo licht. Misschien had Hans nog andere vliegen thuis en had hij opnieuw vleugels verzameld. Misschien had hij zelfs vlinders gevangen en hun vleugels uitgetrokken. Misschien...

'Wil je je cadeautje nu of zal ik het voor je bewaren tot we thuis zijn?' vroeg Hans.

Ze gingen zo traag vooruit dat ze haast stilstonden.

'Nu,' antwoordde Arend prompt en was verrast door het dwingende geluid van zijn eigen stem.

'Prima,' zei Hans en hield zijn pas helemaal in. 'Maar je moet voorzichtig zijn of ze gaan vliegen.'

Die woorden deden zijn hart sneller kloppen. Wat hij vermoedde, bleek echt waar. Hans had zijn vleugels bij zich.

'Laat zien, laat zien,' zei Arend.

Hans boog licht voorover en overhandigde de plastic tas.

'Ik heb er veel werk aan gehad. Ik hoop dat je er blij mee bent.'

Er zat een knoop in de handvatten, die het geduld van Arend op de proef stelde. De tas knisperde tussen zijn nieuwsgierige vingers. Hans keek geboeid naar het gefrutsel van zijn buurjongen.

'Zal ik je helpen?'

Arend schudde vastberaden het hoofd. Hij kon het wel alleen af. Hij wilde het alleen af kunnen. Die ene keer dat hij een cadeautje kreeg.

Toen hij eindelijk de knoop los had, moest hij twee keer in de tas kijken om zich van de inhoud te vergewissen. Er zaten geen vlindervleugels in, ook geen vliegenvleugels, zelfs geen muggenvleugels. Het enige wat in de tas zat, waren veren, tientallen veren, alle even groot, alle hetzelfde zwart en wit gekleurd.

'Vind je ze niet mooi?' vroeg Hans, die de teleurstelling van zijn gezicht aflas. 'Het zijn echte arendsveren. Om mee te vliegen.'

Arend wist niet wat hij moest zeggen. Hij keek nogmaals in de tas. Sommige veren waren krom, andere gerafeld of hadden een deel van hun vlag verloren, het wit was vaak vuil, het zwart verschoten. Nee, ze konden allerminst wedijveren met de vleugels die hij had gehad. Daar had hij pas mee kunnen vliegen. De glazige vliegenvleugels zouden geschitterd hebben in de zon en met de kleurige wieken van de vlinder zou hij iedereen die naar hem keek, betoverd hebben. Maar deze veren... Wat moest hij daarmee?

'Ik heb er elastiekjes aan gemaakt,' legde Hans uit en probeerde zo enthousiast mogelijk te klinken, 'waar je je armen in kunt steken. Dan lijkt het net of je echte vleugels hebt.'

Met deze woorden verloren de veren in Arends ogen ook het laatste greintje ontzag. Hij wilde niet dat het léék of hij echte vleugels had, hij wilde échte vleugels.

'Je had jezelf vroeger eens moeten zien,' begon Hans toen op genoeglijke toon op hem in te praten. 'Je huilde voortdurend, maar toen ik je mijn verentooi gaf, zweeg je onmiddellijk. Ik heb je nog in de lucht getild, zodat je kon vliegen.'

Hij knikte voldaan en besloot lachend: 'Ja, je vloog al nog voor je goed en wel kon lopen.'

Hoe goed de woorden van Hans ook bedoeld waren, Arend had er geen oren naar. De hoop die bij de jongen weer even was opgeflakkerd, was nu voorgoed verdwenen. Nooit zou hij zijn vleugels terugzien. Nooit zou hij door het luchtruim scheren. Hij deed de tas dicht en stopte die onder zijn arm.

'Dank je,' zei hij droogjes en keek Hans terloops met zijn gedoofde ogen aan.

'Graag gedaan,' zei Hans, maar ook hij kon geen vrolijkheid meer veinzen.

Zij aan zij hinkten ze verder naar huis, allebei met de handen in de zakken van hun jas. Alleen de zware ademhaling van Hans trotseerde de stilte die als een wachter tussen hen in liep.

11

In de gang van zijn flat deed Arend de schooltas van zijn rug, zette deze naast de plastic tas op de grond, trok zijn jas uit en hing hem aan de kapstok. Hij deed de deur dicht en luisterde of zijn buurman, die hij kort tevoren had achtergelaten op het muurtje voor de ingang van het flatgebouw, al naar boven kwam.

'Ga jij maar alvast door,' had Hans gezegd. 'Je huiswerk maken. Ik moet even op adem komen.'

Nadat Arend zijn schoenen had uitgedaan, liep hij op kousenvoeten naar de woonkamer, de schooltas in de ene hand, de tas met veren in de andere, en ontstak de luchter boven de eettafel. Hij trok een stoel onder de tafel uit, zette de schooltas tegen een van de poten aan, gluurde in de plastic tas en vroeg zich af waar hij de veren moest verbergen voor zijn moeder. Hij vermoedde dat zij ze weer als rommel zou beschouwen en in de vuilnisbak gooien, en dat wilde hij niet laten gebeuren. Hoe onaantrekkelijk hij de veren ook vond, hij had ze nu eenmaal cadeau gekregen.

Terwijl hij rondkeek in de woonkamer stak hij zijn hand in de tas. Het leek of hij een pas beslapen kussen betastte. De veren voelden zacht en warm aan en kriebelden tegen de palm van zijn hand. Hij vond het aangenaam en draaide zijn hand om, zodat ook de rug ervan kon delen in het prettige gevoel.

Nieuwsgierig haalde hij de lange verentooi uit de tas. De

zwart-witte slagpennen bleken met het holle doorschijnende ondereind in een smalle, bruinlederen band gestoken die aan de boven- en onderkant was dichtgenaaid. Arend bracht de tooi naar zijn hoofd en liet de veren zijn wang strelen. Een rilling ging door hem heen. Hij kon zich niet herinneren wanneer hij ooit zoiets zachts had gevoeld. Ook zijn andere wang kwam aan de beurt, vervolgens zijn voorhoofd, zijn gesloten ogen, de vleugels van zijn neus en ten slotte zijn lippen. Daarna ging hij aan tafel zitten en legde de tooi voor zich neer, uitgestrekt over de breedte van het tafelblad. Nu zag hij opnieuw de schade die er aan vele vleugels was. Diepe hakken ontsierden de brede vlaggen die tegelijk op verschillende plaatsen erg gerafeld waren. Met zijn vingers streek hij over een van de beschadigde veren en merkte tot zijn verbazing dat de baarden zich in elkaar haakten zodat er opnieuw één grote, zachte oppervlakte ontstond. De volgende veer liet zich even gemakkelijk opkalefateren en toen hij ook bij een derde veer erin slaagde in één strijkende beweging het gat te dichten en de rafels weg te wissen, liet hij zijn toverhanden een voor een over de resterende veren gaan tot ze er allemaal even ongekreukt uitzagen. Bewonderend keek hij daarop naar de verentooi, die nu op tafel lag als een pianoklavier dat uitnodigde om erop te tokkelen. Hij weerstond de verleiding niet en sloeg neuriënd veer voor veer zachtjes aan. Bij de laatste veer gekomen duwde hij zijn stoel naar achteren en stond op. In een opwelling trok hij zijn trui en onderhemd uit en begon met het boveneind van een veer zijn tepel te strelen. Opnieuw voer een rilling door hem heen. Vervolgens liet hij de veer over zijn huid naar zijn uitpuilende navel zakken, beroerde deze even en leidde zijn hand opnieuw omhoog naar de andere tepel. Hij sloot zijn ogen om zich helemaal weg te laten voeren, maar werd toen opeens gealarmeerd door een gestommel dat in het trappenhuis weerklonk. Geschrokken keek hij op en herkende tot zijn opluchting het gesteun van Hans die op weg was naar boven. Hij legde de verentooi terug op tafel en herinnerde zich hetzelfde ogenblik de woorden van zijn buurman: 'Ik heb er elastiekjes aan gemaakt waar je je armen in kunt steken. Dan lijkt het net of je echte vleugels hebt.'

Hij liet zijn blik van links naar rechts over de verentooi glijden. Hij telde vier elastiekjes die op gelijke afstand van elkaar aan de lederen band waren vastgemaakt. Opnieuw weerklonk toen in gedachten de stem van Hans: 'Het zijn echte arendsveren.'

Opeens was Arend ervan overtuigd: wat voor hem lag, waren echte vleugels, helemaal en alleen voor hem bestemd, zíjn vleugels. En het waren vleugels waarmee hij zou kunnen vliegen, hoger zelfs dan ooit een vlieg of een vlinder was gevlogen, en hoger dan welke vogel ook. Daarover was geen twijfel meer mogelijk.

Arend had het gevoel niet te kunnen slikken. Werktuiglijk nam hij de verentooi opnieuw in zijn handen, boog zijn hoofd en legde de lederen band in zijn kale nek, zodat de veren links en rechts van zijn hals over zijn afhangende borsten kwamen te liggen. Met zijn linkerhand hief hij daarop een helft van de verentooi omhoog en stak zijn rechterhand in een van de elastieken. De fluwelen baarden van de veren gleden soepel over zijn naakte arm. Vervolgens trok hij het elastiek op tot het om zijn bovenarm spande en stak tegelijkertijd zijn hand door het tweede elastiek, zodat dat rond zijn pols kwam te zitten. Hij strekte zijn arm en merkte op dat de veren zich precies van zijn schouder tot zijn hand uitstrekten waardoor het erop leek dat Hans stiekem zijn maat had genomen. Bij zijn andere arm herhaalde hij de handeling, geconcentreerd als bij een ritueel, en stak toen zijn beide armen zijdelings uit. De veren klapten met het witte boveneind naar achteren en vormden nu één lange strook die van zijn ene hand naar zijn andere hand liep en strak zijn schouders en zijn gebochelde rug volgde. Geen opening viel nog tussen de baarden te bespeuren. Traag bewoog hij zijn armen naar beneden. Alle veren volgden. Ook bij de opwaartse beweging raakte niet één veer los, niet één veer gerafeld. Sneller bewoog hij daarop zijn armen op en neer. De veren maakten nu een zacht suizend geluid en bliezen tegelijk een lichte wind onder zijn armen door.

Arend stond versteld. Hij knipperde met zijn ogen, draaide zijn hoofd van links naar rechts en weer terug. Ik heb vleugels, ging het door zijn hoofd, en nog geen tel later riep hij het ook uit.

'Ik heb vleugels!' klonk het door de woonkamer. 'Ik heb vleugels!'

Roepend begon hij zich te verplaatsen en bewoog tegelijk zijn armen op en neer, eerst in de maat van zijn stappen, daarna steeds sneller.

'Ik heb vleugels! Vleugels!'

Voor de deur naar de gang hield hij opeens in.

'Hans,' mompelde hij en zei meteen daarna, opnieuw met heldere stem: 'Papa! Papa moet mijn vleugels zien!'

Hij deed de deur open, hinkte door de gang, zijn kostbare vleugels tegen zijn lichaam aangedrukt, en glipte door de voordeur.

'Papa, ik heb vleugels,' wilde hij roepen, maar besloot

toen dat hij Hans wilde verrassen.

Vlotter dan hij ooit had gekund ging hij de trap op. Hoewel hij zijn vleugels niet bewoog, leek het of hij er al door gedragen werd. Af en toe bekeek hij zichzelf nogmaals en sloeg dan zijn ogen op, terwijl in zijn hoofd zijn eigen stem bleef gonzen.

De deur stond op een kier. Arend gluurde door de opening, maar zag zijn buurman niet. Wel meende hij diens schokkerige ademhaling te horen.

Ik ga hem verrassen, dacht Arend, ik vlieg naar binnen.

Eenmaal nog testte hij zijn vleugels. Op en neer gingen ze. Ze deden het nog uitstekend. Met zijn voet duwde hij de deur verder open en liep heftig fladderend naar binnen.

'Papa, ik heb vléúgels!'

Hans lag languit op de grond, met zijn hoofd half opgericht tegen de voet van de fauteuil, die schuin naar achteren was verschoven. Eén hand rustte op zijn borst, de andere lag omgekeerd naast zijn buik. Uit zijn mond liep een sliert speeksel. Zijn ogen waren gesloten.

Arend staakte zijn bewegingen, plotseling, alsof hij kramp in zijn armen had gekregen, die hij half geheven in de lucht hield. Hij kon zich ook niet meer verroeren, zo versteld stond hij. Alleen staren lukte hem nog. Naar het imposante lichaam dat als een boom was geveld. En terwijl hij keek, begonnen zijn ogen nat te worden. Zijn keel slibde dicht.

Toen opende Hans zijn ogen. Door twee spleetjes keek hij zijn buurjongen aan, bewoog zijn lippen, maar zei niets.

Arend voelde hoe een last van zijn schouders viel. Opeens kon hij weer bewegen. Hij liet zijn armen zakken en stond in twee passen bij Hans. Hij ging op zijn knieën zitten en boog zich over het gezicht van zijn buurman, die probeerde te glimlachen, maar niet meer dan een krampachtige trek om zijn lippen kreeg.

'Heb je pijn?' vroeg Arend.

Hans opende zijn mond, maar sprak zo zacht dat Arend zijn oor dichterbij moest brengen.

'Mijn borst...' zei Hans.

Arend wendde zijn hoofd naar de borstkas van zijn buurman.

'Ik zie niets,' zei Arend die een open wond had verwacht.

'Ik krijg... geen lucht... meer,' zei Hans en trok een grimas van de pijn. Op zijn borst trok zijn hand samen.

'Moet ik een raam opendoen?' vroeg Arend en wilde al overeind komen, maar Hans verschoof zijn hand van zijn borst naar de knie van de jongen.

'Blijf,' zei hij. 'Blijf bij me... Ik ben bang.'

'Waar ben je bang voor?'

'Om... dood... te gaan.'

'Je gaat niet dood,' zei Arend overtuigd, wachtte op een bevestigende reactie, die maar niet kwam, en voegde er toen aarzelend aan toe: 'Nee hè?'

Hij zag hoe Hans slikte. De uitdrukking op zijn gezicht vertelde voldoende.

'Nee, je mag niet doodgaan,' zei Arend toen op dwingende toon. 'Je moet bij me blijven.'

'Ik kan niet anders,' zei Hans en kneep in de knie van de jongen.

'Ik wil niet dat je doodgaat,' zei Arend koppig en voelde hoe hij een brok in zijn keel kreeg. 'Je mag niet doodgaan. Dan moet je in de grond en dan zie ik je nooit meer.'

Hans knikte zwakjes, terwijl hij de donkerbruine ogen van zijn buurjongen vochtig zag worden. Opnieuw probeerde hij zijn pijn achter een geforceerde glimlach te verbergen.

'We zien... elkaar toch... in de hemel,' zei hij moeizaam.

Arend schudde zijn hoofd. Krachtig.

'Ik kom niet in de hemel.'

'Iedereen gaat... naar de hemel.'

Opnieuw schudde hij zijn hoofd en zei snikkend: 'Ik niet. Mama zegt dat alleen lieve kindjes een engel worden!'

'Jij bent toch al... een engel,' zei Hans. Zijn borstkas schokte. Toch sprak hij verder, hortend. 'Kijk eens... wat voor mooie... vleugels... je hebt.'

Voorzichtig raakte hij de gevederde arm aan, waardoor Arend zich opeens weer bewust werd van zijn vleugels. De woorden van zijn buurman zinderden in zijn hoofd. Parmantig draaide hij met zijn schouders.

'Ben ik een engel?' vroeg hij. In zijn ogen sprak de verwondering.

'Je bent een pracht... van een engel,' zei Hans. Hij was nauwelijks nog verstaanbaar. Zweet parelde op zijn voorhoofd. 'Als je doodgaat... zul je de mooiste engel... in de hemel zijn.'

Hij streelde de vleugels en probeerde nog naar Arend toe te buigen, maar het lukte hem niet. De sliert speeksel uit zijn mond was stroperig geworden en was intussen bij zijn hals beland. Een laatste keer vertrok zijn gezicht, erger dan de vorige keren. Zijn hand schoot naar zijn borst en drukte er krampachtig op. Even deed hij zijn ogen nog wijd open om ze meteen daarop te sluiten. Toen zakte zijn hoofd verder naar de grond en gleed zijn arm van zijn borst.

Arend zag deze laatste beweging uit zijn ooghoeken gebeuren. Hij had dit eerder gezien, in een film. Vertraagd. Een huivering ging door hem heen, alsof iemand een koude hand op zijn naakte rug legde. Zijn mond ging open, terwijl hij naar woorden zocht. Hij hoorde zijn hart in zijn borst kloppen.

'Papa?' was het enige wat hij eruit kreeg en wachtte even. Gespannen keek hij naar de ogen van Hans, die gesloten bleven, naar de mond, die zweeg.

Hij boog verder naar voren, naar het oor van zijn buurman toe.

'Papa?' Er was nu lichte paniek in zijn stem te horen. De brok in zijn keel was teruggekeerd. Achter zijn rug tastte hij naar de hand van Hans, nam die vast en kneep erin.

'Papaaa!'

Er kwam weer geen reactie. Hij kneep harder. Zijn nagels drongen diep in de huid. In zijn hoofd begon het te bonzen.

'Papaaaa!'

Hij liet de hand los en begon met zijn vuisten tegen het lichaam van zijn buurman te stoten dat amper meegaf. Tranen rolden uit zijn ogen.

'Papa, niet doodgaan. Papaaa! Je moet bij me blijven! Papaaaaa!'

Met zijn vuisten begon hij vervolgens op Hans zijn borst te trommelen. De veren aan zijn armen bewogen klapperend op en neer. Steeds harder timmerde hij. Door zijn ogen zag hij niets meer. De tranen vielen op de borst waarop hij tekeerging, op zijn vuisten, op zijn vleugels. Zijn stem wakkerde aan, botste tegen alle wanden van de kamer. Zijn hoofd ging heftig heen en weer. Maar het haalde allemaal niets uit. En langzaam drong het ook tot hem door. Hij voelde zijn armen zwaar worden, evenals zijn hoofd. Zijn bewegingen werden loom, zijn hoofd zakte weg tussen zijn schouders. Nog eenmaal keek Arend naar Hans, door een waas van tranen, toen stak hij zijn armen in de lucht, balde zijn vuisten, legde het hoofd in de nek en liet uit het diepst van zijn borstkas de schreeuw horen die hij ook bij zijn geboorte had geslaakt. Door merg en been ging zijn schreeuw, door muren en ramen, maar deze keer was er niemand die luisterde. Uitgeput legde de jongen daarop zijn hoofd op de zachte borst van zijn buurman neer.

Toen Arend overeind kwam, was zijn hoofd licht geworden. Ook zijn schouders bleken geen gewicht meer te torsen. Het was alsof er een jarenlange, zware last van hem was afgevallen. Hij voelde geen kou meer, geen warmte. Zijn hoofd was bovendien leeg. Alle gedachten waren eruit. Hij stond op en verliet de flat. Blindelings daalde hij de trap af en liep rechtstreeks naar zijn slaapkamer. Daar zette hij een stoel onder het raam en klom erop. Hij opende het raam, plaatste een voet op de vensterbank, de andere voet, en zette zich schrap. Vervolgens bewoog hij zijn vleugels tweemaal op en neer, en vloog op.

Nooit had hij zich zo licht gevoeld.